遙遠的莫家店

短篇
小說集

李安娜——著

耶和華是我的牧者，我必不致缺乏。祂使我躺臥在青草地上，領我在可安歇的水邊。祂使我的靈魂甦醒，為自己的名引導我走義路。

我雖然行過死蔭的幽谷，也不怕遭害，因為祢與我同在；你的杖，你的竿，都安慰我。在我敵人面前，祢為我擺設筵席；祢用油膏了我的頭，使我的福杯滿溢。

我一生一世必有恩惠慈愛隨著我；我且要住在耶和華的殿中，直到永遠。

——詩篇二十三篇

獻給我的祖母和父親

序

瞿少華

如果沒有互聯網，許多童話故事就沒有結局，許多少年同伴就會老死不相往來。

安娜是我五十多年前泉州一中的同學，從一九六〇年初一到一九六六年高三，因為同級不同班的關係，我們同窗多年卻不曾交談過，我是從學校公布的各種獲獎榜上認識她的。

安娜是品學兼優的學生，很早就顯露出寫作才華，當年泉州教育界出版了一本《中學生作文選》，她有兩篇作文同時入選，令同學們羨慕不已。對我們一些不上進的男生來說，她就像青春電影《那些年，我們一起追的女孩》中的沈佳宜，讓我們遠遠地欣賞著。

一九六九年上山下鄉之後，同學們為著生計，各自奔波，雲散四方。互聯網使得幾十年失散在天涯海角的老同學再次相聚，並能閱讀到安娜的許多文章。

四十多年後與安娜重逢，歲月的波瀾化成雪花附著在她的髮梢，她依然保持了我們曾經欣賞過的文靜和優雅。

安娜的筆下的許多人和事都是老同學所熟悉或知道的，那一段苦難的記憶讓我有一種撕開自己心底陳舊傷口的感覺，時常會不忍卒讀。

安娜希望後人能知道，我們這一代人有過怎樣的經歷。

我也相信後人會理解，經歷過許多磨難的知青一代，仍然堅忍不拔、心向光明，看透了生活的真相，依然熱愛著生活，相信明天更美好。

目次

遙遠的莫家店

坐在小照片前，點起一塊小蠟燭，莫愁常常這樣與父親唯一的遺相對坐。有時徒然落淚，有時悵然若失。這張放大後十分模糊的遺照，是父親生前參加工作的證件照片。小時家中有本大相簿，父親穿西裝打領帶，英俊瀟灑，母親著旗袍，婀娜多姿，可惜最後都成為某些人眼中的罪證。他們把那些老照片作為證據，抖落進熊熊大火中，灰飛煙泯。

「大音希聲，大象無形。」

曾經歷過太多的苦難難以描述，曾擁有過太豐滿的感情無法宣洩。

年輕時為五斗米折腰，思想幾乎停頓。下鄉時無異於一名農婦，臉朝黃土背朝天，默默無語。換過一個世界，多年女工生涯，同樣碌碌無為。大半生為三餐一宿奔波，一個囫圇，已經走到盡頭。

退休了，原本可以坐下來享享清福，心安理得當孫經理，做個善烹飪樂帶孩子的好奶奶。可是那些已然無法言說的魂魄總是縈繞著她，訴說著那個世紀的滄桑，那是一個說不盡道不完的時代啊！況且在其心深處，還有多少結未解開！只惜猛醒活泛之時已然垂垂老矣。

如荊棘鳥的傳說，有一隻鳥兒一生只唱一次，歌聲比世上一切生靈的歌喉都優美動聽。從離巢那刻起，鳥兒就在尋找荊棘樹，直到如願以償才歇息下來。把自己的身體扎進最尖最長的荊棘，放開喉嚨。在奄奄一息之時，牠超脫了自身的痛苦，而那歌聲竟使雲雀和夜鶯都黯然失色……

也許她就是那隻愚笨的刺鳥，心下惟恐時日無多，發了狂似地尋覓。「鳥兒胸前帶著棘刺……她被不知其名的東西刺穿身體，被驅趕著，歌唱著死去……只是唱著、唱著，直到生命耗盡……」

莫愁真的不知道自己何以要這樣做。「當我們把棘刺扎進胸膛時，我們是知道的。我們是明明白白的。然而，我們卻依然要這樣做。我們依然把棘刺扎進胸膛。」三十多年前離鄉時，弟弟懇求她：「姐，你出去後不要寫。」唯有兄弟知道姐姐心中的訴求。今天，應該可以大聲疾呼了吧。

曾祖母素貞

二十世紀初，搖搖欲墜的大清帝國光緒皇朝。

閩南地區一沿海城鎮。

小鎮臨海處有一條街，街道從南至北兩面店鋪鱗次櫛比，客舍、酒樓、茶肆、典當、五金、藥材、布匹各類門面，瓷器、籐器、玻璃、裁縫、鐵匠、銅鎖各款舖子，乃至米、麵、油、鹽、洋油及打棉績各式作坊，甚至棺材壽衣鋪，無一不有，氣派繁華不已。街道正中最熱鬧的路段，面東占據兩個鋪位的「莫家瓷器」張燈結綵。大門上新貼著醒目的一副對聯寫道：

一世良緣同地久

百年佳偶共天長

迎娶隊伍遠遠地鑼鈸鎖吶吹打而至，十三歲的小新郎頭戴絲絨碗帽，帽子正中嵌一方漢白玉，頸項後掛著條胖辮子，身穿曲襟背心織綿花袍，底著緞帶扎腳褲，腳上一雙厚底靴子。小家伙一路走走跳跳地玩耍，吵吵嚷嚷地鬧騰，直至被他母親半恐嚇半哄騙地拖到大紅花轎前。好在媒婆是見慣世面的，左手攙扶新嫁娘的右臂，右手稍稍鬆緩她的紅蓋頭，新娘即時撩起自己的裙褂，依傍媒人迅捷跨過火盆進入內屋大堂。

小新郎腳下雖穿靴子仍嫌個頭矮，一對新人男低女高被木偶式地按頭，拜過天地、祖先和父母，然後盈盈互拜，再喝杯合巹酒。鳳冠霞帔的新娘給擁入新房，耐心枯坐等待新郎來挑蓋頭。洗耳恭聽杯盤交錯，猜枚喧囂之聲不斷，眾人吃飽喝足方一一作別。酒席收盤賓客散去，一時間庭院沉寂，廳堂上紅燭高照，郎君卻遲遲未入洞房，可歎奶聲奶氣的小女婿早早打起瞌睡，一嘴涎沫地伏在母親床上。洞房花燭千金一宵，傻小子竟然死乞賴白不肯放開母親的大枕頭，最後被老媽子強行抱起來，塞到大他四歲的新娘子素貞懷中。

婚前一直有尿床記錄的曾祖父在新嫁娘的照料下成長，夥計三天兩頭看到頭家娘素貞趕太陽曬被褥，褥墊上一幅幅地圖定然是小丈夫的光榮業績。光陰荏苒，幾年後丈夫終於長大了，即使沒有接受性教育也懂得做其男人。婚後四年，曾祖母素貞生下她唯一的兒子。

新娘外家經商，人長的窈窕標緻，凝脂肌膚鵝蛋臉，長長的眉眼，濃密黑亮的一頭長髮梳成辮子盤到腦後。素貞不僅健美而且聰明，粗通文墨也識計數，別看她裹著小腳，裡裡外外一把手。孩子略微長大，公公婆婆便把店鋪交給媳婦管理，兩人樂得帶著孫子往茶樓泡茶講古化仙去。在遙遠的京城，皇太后早已頒布退位詔書，皇城上的旌旗頻頻更換，而南方的老百姓依然生活在皇帝的影子下，男人長衫馬褂，瓜皮帽下拖著條大辮子；女人寬大的裙褂下，搖曳著三寸金蓮。

原本一派歌舞昇平的世界，叫無聲無息殺到的可惡瘟神毀了。沒有人知道疫症究竟從哪一天開始，第一個遭災的又是哪一個。就像海浪漲潮沖至岸邊，潮落時海水漫過的鹽碱灘塗，蔓延之處荒涼狼藉不堪。或許始自遠方來的流浪者，將瘟疫傳到周邊的鄉鎮，染至街頭乞丐，而後殃及鎮上居民。

一日爺爺奶奶拖著孫子上茶館，吃飽喝足下樓來，老人照常打賞給等在門外的乞丐一些銅板，小孫子將手中的碗糕遞給一個流浪漢。當晚孩子又拉又吐，為娘的急忙叫人背孩子上醫館，其時方知等待看病的早已擠滿醫館內外。自此瘟神肆無忌憚地襲擊這片土地，往日嘈雜的街市顧客幾乎絕跡，家家閂門閉戶，處處迷漫藥草的苦澀味，小鎮頓時成為死城。

素貞關上店門全心全意照顧親人。女人親手煎好藥茶，用筷子潷去渣滓，調好冷熱灌入小兒口中，轉過身孩子渾身顫抖，剛喝下的湯藥全噴射出來，枕頭被褥盡濕。如是重複，幾服藥一點也無法停留腹中。折騰數日，眼看懷中的寶貝往日明亮的大眼逐漸失去神彩，眼窩深陷骨瘦如柴，親娘心如刀割。素貞夜夜焚香頌經，磕頭祈求菩薩保佑，情願自減陽壽予兒子，終究未能留住孩子。

第三代獨苗夭折了，緊緊抱著兒子的屍體縮在牆角，淚水打濕孩子的面龐和僵硬的小手，任誰也勸不了摟緊愛子不肯放手的娘。而死神尚未走遠，緊接著公公、婆婆、丈夫相繼倒下，一個接一個地告別人間。「我的兒啊！我的兒啊！」婦人哭天搶地撕心裂肺一再昏厥，她哀號的是心肝寶貝兒子，丈夫公婆的死對之似乎已沒有更多感覺，喪子之痛令她瀕臨崩潰的邊緣。

廳堂擺放四具可怕的大小棺材，沒有舉行喪禮，沒有僧尼唸佛，沒有誰來告別，左鄰右舍皆具相似的命運，外地人根本不敢靠近死城。粗麻孝衣裹住年輕孱弱的新寡，白布條下是死灰蒼白的面容，未亡人漸漸流乾了淚，活像個紙人祭品。供桌上的白蠟燭閃爍著微光，影子映照在牆上仿如鬼影幢幢，冥紙的灰燼漫天飛揚。

未有離棄的一名老夥計張羅買了塊墳地。素貞原以為自己終將追隨一家人而去，吩咐給自己留一個空穴。親人下葬那天雲霧散開陽光和煦，白色雛菊在野地裡怒放。許是命不該絕，許是「置之死地而後生」，女人奇蹟般地活了下來，命運殘酷地將之留在人世。孤苦伶仃的日子裡，陪伴女主人的是因往日善行佛寺高僧饋贈的一部佛經，日日茹素夜夜抄讀，借以麻醉痛苦超度亡人，寄託無盡的哀思。

當小鎮再次甦醒過來時，大難不死的曾祖母痛定思痛，放下哀傷重新開業，獨力撐持起莫家門庭。素貞變賣了娘家陪嫁的首飾，招請帳房、夥計和老媽子，親自指揮裝修店鋪門面。鎮上居民時常看到小腳女人爬上梯子，向夥計示範油漆和裝潢技巧，「莫家瓷器」大招牌油的鋥亮。

待生意走上正軌，曾祖母用老屋契作典當，以低廉的價格買下隔壁結業的鋪子連同後面住家，開了家雜貨鋪。瓷器店的粗瓷瓦罐搬了過去，再添些塗料、油漆、小件農具及各式日用雜物。鎮上和周邊農村的人口迅速恢復增長，人們逐漸習慣上街購物，而非翹首等待貨郎擔。「莫家雜貨」幾乎壟斷了遠近的生意，業務日趨興旺。

家族中人關心起素貞來了。有日船老大七斤從老家江城帶來兩位客人，老者頭髮眉毛業已斑白，另一位中年人模樣甚為英俊。

「您是三叔公？」女主人熱情地迎接遠道而來的客人，一邊示意夥計斟茶，一邊噓寒問暖。「一路舟車勞頓，辛苦啦！」

「侄媳婦，你真有本事啊！」老者被素貞攙扶著，三個門面的前鋪後居、樓上樓下參觀一輪後，由衷地贊歎。

晚間店鋪打烊後，女老闆請兩位貴客坐上首，與店夥計共圍一桌，頻頻舉酒敬客。三杯下肚，老者坦然道明來意，身為族長肩負著同宗委託，關心族人原本義不容辭。

「侄媳婦，我很為死去的親人感激你！咱明人不說暗話，如今莫氏這一支不幸剩下你一個女人，我只想聽你一句心裡話。你年紀輕輕理當再婚，絕對沒有人敢反對，假如已有意中人，老叔公願為你主婚。惟有一點，他日若生育，頂給莫家一名兒子，這個要求不算過分吧。」客人捋了捋稀疏的鬍子，呷上一口醇酒。

女主人立即回話道：「叔公的好意侄媳婦心領了，只是親人忍心拋下素貞而去，我心已死，別說未曾想再醮之事，更無所謂意中人。」

「咱們鄉例亦有小叔代兄之誼，若有合適人選或者可以考慮……」老者沉吟一下，投向那同來的中年人一眼，不知是徵求其贊同或另有他意。

聰明的素貞豈能不明白老人的意思？她連眉梢亦不掃那男人一眼，自顧自猛喝一杯，鏗鏘有力答曰：「三叔公請放一百個心，這裡所有的人均可見證。素貞生為莫家人，死是莫家鬼，有我在莫家生意在，莫家瓷器始終姓莫！」

送走了兩位族人，素貞又把心思撲到生意上去了。這些年生意特好，兩家店鋪都賺了錢。女掌櫃決定暫不贖回房契，思想先搞點別的生意做。未嫁在家時常聽老爹說：雞蛋不能放在一個籃子裡。娘家一直經營漁業生意，素貞果斷地買下兩條漁船，交由兄弟去打理。這一來二去曾祖母素貞的名氣漸大了，鎮上誰不曉年輕漂亮的寡婦素貞？商會有什麼決策便請莫家老闆去開會商討，組織戲社、賑災救濟等公益事業也找她捐款，慷慨解囊已成為莫家年終結算的一項固定支出。

商會裡有些生意人三妻四妾的，仍明裡暗裡獻殷勤，圖的什麼呢？素貞心裡明鏡似的。她總是以小腳做推託，讓大夥計代替老闆出去應酬。曾祖母是個有主見的人，私底下在考慮一項計畫，物色自己將來的依傍。這並非說，她想找男人做靠山。公公乃大男人，鬥不過命去了；丈夫是小男人，也養不住去了；好男人誰又肯倒插門？自己掐指算一算，快三十囉。古人語：「女人三十爛茶渣」，即便有人娶你他又貪圖些什麼？除非保證替他生幾個牛高馬壯的兒子，否則日後他亦大有藉口收小妾。莫家需要兒子來繼承香燈，可是兒子可靠嗎？自己親生的也未必，莫道別人生的！她決意買個童養媳親自調教，期望小時候貼心的女兒長大成為孝順的媳婦，還是女兒可靠。素貞委托了薦人館，卻不好明確指示應聘者需具備什麼條件，只能親自過目。聰穎的女子心中有數：太小的需等她長大；太大的已難調教；老實的嫌其笨拙；聰慧的怕太狡黠。如是等了兩三年，終於撞上了有緣分的——母女的緣分。

一天媒人領著個約八、九歲的女孩來到莫家瓷器店。小姑娘很清瘦，胳臂和腿都沒長肉，尖尖的下巴，牙齒有洞正換乳齒，眉眼倒是很清秀，頭髮也挺濃密。素貞撩起女孩的長褲，探視了腳的大小，方才放下心來，心下明瞭是她了。

「叫啥名？」主人問。

「留香。」女孩直視女掌櫃的眼睛，清晰地回答。

「這丫頭忒[1]大膽！」媒人自作聰明搶白了一句，似乎怪罪孩子不知天高地厚，丫頭理應低聲下氣嘛。

---

① 過分、過甚。通「太」。

「噓！」素貞豎起食指阻止媒人，又問女孩道：「姓啥？」

「以前姓楊……」小姑娘仍然抬起頭，思索的眼神好像在問，以後該姓啥？

「吳嫂！」素貞呼老媽子出來。「給小姐準備洗頭洗澡水，帶她去自己的房間。新衣服都在衣櫃內。」

吳嫂十九歲守寡，半輩子打住家工攢錢，兒子十六歲上給他討了一房媳婦，豈知婆媳不合，索性死心塌地跟莫家過日子。曾祖母叫她拿零錢打發媒人，說等會自己去跟她老闆結帳。

祖母留香

「阿香，牛肉羹和餛飩檔的數期到了，晌午記得去收數啊。」阿娘吩咐。

「哎！」大小姐陰聲細氣地回答。

在素貞娘的精心調教下，阿香長到十三四歲已經婷婷玉立。清晨阿香當娘的跑腿，中午站櫃檯輪替夥計，晚上識字、記帳、打算盤。小姑娘出落得水蔥兒似的秀麗靈巧，瓜子臉上兩道長眉跟畫上去似的，眼睛水汪汪就像會說話般，紅唇貝齒，鼻子挺直，整個年畫上的人兒。瞧她一身繡花衣裙，全是自己裁剪刺繡，針黹[2]簡直巧奪天工，裙裾上的牡丹幾乎把花叢草間的蝴蝶蜜峰引下來。

月初的清晨，阿香扭著裹蒸粽般的小腳到海邊等貨，雇個腳力將貨挑到店裡；月杪[3]的黃昏，阿香

---

② 縫紉、刺繡等工作。
③ 每月的最後一天。

顛著小腳到小食攤販前，收小筆款項。經她手的銀錢一文不差。冬天店主招呼她坐下喝碗湯熱熱身，小妞死活不肯，寧願坐在一邊等，儘量低頭不去看食客。女兒記住娘的教誨：吃人的嘴軟。可是那些食客偏偏愛看這漂亮的妞兒，把她臊的臉紅撲撲的。識趣的店老闆立馬湊齊數，好讓小姑娘早點離去。

「阿香，明天七叔的船到岸，早點去碼頭點貨。」昨天晚飯時分阿娘交待。

生意人的年關最忙，今年還訂了一批德化細瓷，是鎮上大戶黃家給女兒辦嫁妝要的，娘特地囑咐船老大七斤千萬小心。不巧的是大夥計提早回鄉討老婆去了。

還未開舖阿香就出門，碼頭上風大，吹得人龜縮著脖子。阿香披上繡著牡丹的大圍巾，將自己裹得只剩下張粉臉。可是碼頭上的苦力仍認出牡丹花披肩的主人，一路上不斷和少女打招呼。

沉沉的桅船都靠岸了，人們陸續將貨物取走，卸了貨的船輕輕地浮出水面，又揚帆出海去了。

「阿香！快叫夥計來提貨啊，我們趕著回江城跑第二趟呢！」船老大兩隻手捲成喇叭筒，對著牡丹花少女高聲催促。

「七叔，我家夥計回鄉娶親，沒人幫忙啊！」阿香向船上喊話。

「太巧了，我恰好有個新夥計介紹給你娘呢！」

船老大轉身進船艙拖出一個後生，對那小伙子指指點點，指著他給岸上的阿香看，並教他將一籮籮瓷器背上岸讓姑娘過目。

阿香從籮筐裡抽出一張貨單，一一對照驗明，仔細看並無打破的碎瓷片，便指示這男子到市集人多處僱一名腳力，說那些人是識得莫家瓷器店的。小夥子依言跑去，轉瞬帶了個挑夫，兩人挑起籮筐大步流星走了，丟下阿香扭擺她的小蠻腰。

望著漸漸遠去的人影，阿香突然覺得心跳沒來由地加快，臉也不由自主地漲得通紅，這種奇怪的感覺令少女惴惴不安。她索性解下披肩矗立於海邊，讓海風將熱臉吹涼，把心也冷下來，這才慢騰騰踱回去。

「怎麼啦，受涼了？」母親見進門的少女，心下奇了：這是她手把手教養大的女兒嗎？阿香是愛美的姑娘，一向面貌姣好臉色紅潤，刨花水將烏絲抹得一絲不苟，今兒怎麼蓬頭散髮臉色灰白呢？

「娘，我沒事，海風吹的呀！」阿香心虛了，急急進屋去，沒敢多瞧店鋪一眼。

鋪子裡新來的小伙子在老闆娘的指揮下工作，新貨一部分上了架，一部分藏閣樓，大戶訂的細瓷整簍子先擱一邊去。

素貞坐在櫃臺上，一壁指手畫腳，一壁細細打量這青年。剪著分頭穿著灰色長衫的小子二十出頭，身材甚高皮膚白晰額高鼻正，儼然一名新文化青年。他是哪裡人為何流落到此地？船老大介紹的肯定不會是歹人，若想知他的底細只能等七斤回來再詢問。再說為什麼要起人家的底呢？生意人從來憑藉「信用」二字，就像今天運來的貨全是賒的帳，供應商一年內僅在端午、中秋、年關來收數，買家絕不會賴帳。至於聘請夥計，既然有熟人船老大擔保也就夠了。

吳嫂迅速收拾好房間，給新來的夥計林洋安排妥住宿。自從買下隔壁的鋪面，瓷器店和雜貨店的後面居室已經打通。素貞兩母女和吳嫂住樓下，男夥計住樓上。偌大的庭院栽花植柳，春來燕子回歸啣泥築巢，滿庭花草紅綠相間；夏日葡萄、絲瓜、葫蘆上架，綠蔭下雞鴨好乘涼；秋高氣爽宜賞朗月傾聽蟲鳴；冬夜北風一起，各人躲入房間，男人讀書女人納鞋。

林洋長得體面，站在櫃臺前成了道顯目的生招牌，女客都喜歡與他拉刮兩句，有幾個錢的太太講究起生活來，買細瓷花瓶和各種擺設的女士居多，德化茶盅幾乎遍及大戶人家和店鋪櫃面。小伙子禮貌溫存很有人緣。在他的建議下，素貞進了幾批福祿壽三星和送子觀音，立馬售罄供不應求。店面的鋪排乾淨俐落，店裡的帳目清楚明白，老闆娘省卻了好多心。有了精明的夥計，阿香樂得騰出身子顛著小腳幫吳嫂做家務，舂米、搗臼、蒸糕、做粿，過個快樂豐盛年。更有意思的是，姑娘突然醒悟到自己正值荳蔻年華，對鏡顧盼猶自憐。兩道峨眉如彎彎新月，一雙眸子龍眼核般漆黑，紅唇皓齒橢圓臉蛋，肌膚瑩雪長髮及腰。

兩代女人的心事跟著來了，且剛剛萌芽便叫人點破。開春商會茶聚時，大家互道恭喜發財，會長特意向素貞討喜酒喝。「恭喜莫老闆！恭賀莫家雙喜！」經營酒樓客舍的會長一向嘴不饒人。「什麼時候請同行喝喜酒啊？」素貞尷尬得紅了臉，不置可否地回敬：「同喜同喜！」

年假休到初七，大夥計托人帶來口訊，新婚燕爾捨不得離家，請老闆另請高明。此刻的阿香忙著裁衣繡花，林洋依舊捧書沉迷，只有曾祖母素貞顯得慌亂。她命吳嫂沏了壺大紅袍，擺上自家做的年糕、炸粿子，鎮上買來的糖蓮子、糖冬瓜，江城叔公託人捎來的黑瓜子、葵花子，客氣地邀請林洋品茗。年輕人手執書本，落落大方下樓奉陪。言談間素貞有意無意地問其離鄉之故，小伙子紅著臉囁嚅，謂逃避父母包辦婚姻故而離家出走。「你另有意中人？」曾祖母直逼其眼。「說不上有，但我必須娶自己喜歡的人。」林洋亦不示弱。老闆點點頭表示贊同。

素貞還是沉不住氣，藉拜年的機會找了回家過年的船老大七斤。「恭喜發財！給大哥拜個年！」曾祖母雇了頂小轎登門作揖。一來回報船老大常年帶貨辛勞，二來感謝他介紹了個好夥計。歸根究底是要打聽來人的出身，這一點行船跑碼頭的七叔怎不了然？可七叔一說實話曾祖母差點給嚇暈了。

「那日我們船隊裝滿貨物起錨離岸，忽見岸上有幫流氓吆三喝四殺到碼頭，我不以為意照樣起錨。

船走了約半個時辰方發現貨倉裡有個生人，豁然明白就是剛才那班人追殺的對象。」七叔一邊讓茶一邊講述。「我請他出來甲板上用飯，問他得罪了什麼人，小伙子一五一十向我作了交代。」

原來林洋老家在閩西龍岩地區，五年前入讀江城師範學校，畢業後因成績優異留校任教，是一名循規蹈矩的書生。學校放假時年輕人悶得慌，常到戲班看戲，自此他迷上了戲臺，幾乎每個週末都到戲園去。

惺惺相惜，有共同喜好的人總會互相欣賞。戲園子觀眾不多，經常出入的碰面便成為點頭之交。「您好，林老師！」一位常來觀戲的少女主動向他打招呼，不曉得姑娘如何知道他是位教書先生。有一回彼此座位相距甚遠，戲未開場林洋偶爾一瞥，見到的竟是含情脈脈的眼神，把個林洋激動得心噗通噗通亂跳。那天的戲碼是「天仙配」，天真的小伙子禁不住將仙女與這位優雅的少女作起比較，幻想自己會不會走了桃花運，樂滋滋的忘乎所以。

豈知美夢尚未開始竟成為噩夢。

後來戲院上演《西廂記》。週末林洋下了學，輕輕鬆鬆地哼著曲子，準備朝戲園方向踱去。穿過一條小巷，拐角突然躥出兩條大漢，攔住林洋擺了個動手的架勢。「大哥，你們認錯人了吧？」林洋質問。對方不由分說，抖出一條黑布企圖蒙住林洋的頭，眼看拳頭將雨點般落下來，恰在此時巷口傳來轆轆的洋車聲，兩個打手趕緊落荒而逃。

愚蠢的書生不服氣，心想自己不曾得罪過什麼人，又自恃身強體健，光天化日何所懼？便繼續去看他夢寐以求的好戲。買票的當兒，熟悉的售票員一味向他打眼色，林洋轉身一瞧，原來幾個小流氓藏頭露尾地跟在後面，這才心知不妙。好漢不吃眼前虧，小伙子取票跨進戲園，馬上朝後臺衝去。

後臺那裡有道方便演員進出的邊門，林洋顧不得禮儀，奪門拔腿而出。北風呼呼地吹，大衣沒穿出來，身上只有幾個錢，天大地大往哪去呢？看來這些人不肯放過自己，決不能回頭，只有朝碼頭方向狂奔。

碼頭上停泊著許多貨船，不知它們將往哪兒開，惟有聽憑命運安排。趁著船夫吃飯的當兒，他躲進一條桅船的底艙。小伙子僅是想躲一陣瞧瞧局勢再作定奪，哪知過了一袋煙工夫露出船艙一抬眼，那些流氓還徘徊在各個路口，只好無奈地縮回底艙去。

「聽年輕人這般說法咱總算弄明白囉。」七叔斟第二遍茶，繼續與曾祖母素貞探討。「那位女戲迷一定名花有主，哪位江湖大哥罩著這位姑娘，監視著她的一舉一動，懷疑其有傾心林老師之嫌。年輕人入世未深哪！」

曾祖母頗為贊同七叔的分析，一味點頭稱是。「禍兮福所倚，福兮禍所伏。」素貞想起父親的教導，人生禍福難料，小伙子或者因禍得福。

日子一天天過去。經過整整一年時間的觀察，親如一家，曾祖母素貞相信眼前的林洋是個好對象。經過整整一年時間的相處，耳鬢廝磨，兩個青年互生情愫，留香深深愛上林洋。就在這一年春節，曾祖母素貞給七叔封了媒人大利市，請鎮上商會會長主婚，林洋入贅莫家當其養老女婿。再過一年阿香的大兒子出世，莫愁該稱他為伯父。

兩兄弟

「莫家瓷器」後院傳出第一聲嬰兒尖銳的啼哭，阿香看清楚穩婆手中血污的新生兒，盯緊他的小雞雞，長長地作了個深呼吸。兒子啊，你給母親爭氣啦！十六歲的祖母留香從此奠定了她在莫家的地位。小母親心安理得地享受素貞娘無微不至的服侍，坐滿了月子容光煥發，挺起兩隻堅實肥滿的乳房，已然是一名豐胸肥臀的動人少婦。

兒子滿月的儀式非常熱鬧。商會主席、劇社理事、各業行家、街坊鄰里，就連老家三叔公也派人來賀喜。幾杯喜酒下肚，席上賓客話便多起來啦。見過世面的說，京城老早就沒有皇帝，現在是民國九年啦。走南闖北的道，扛槍桿子的輪流坐莊，終究是拳頭大的說了算。可是眾人仍不曉得民國是啥玩藝，大總統是不是比皇上大。只有外鄉來的新派人物如林洋，或者商家在外讀書的兒子們，他們才會去掉大辮子，鎮上年輕人也跟著趕時髦瞎起鬨。不少老派生意人跟周邊的老農一樣，仍捨不得那條豬尾巴，覺得將辮子盤到頭頂上去最穩妥。

曾祖母宰了一頭猪，誠心誠意地拜祭天地祖宗，歡天喜地招待親友。林洋給兒子取了個不俗的大名：莫家騏。

轉眼頭生子周歲了，「抓周」的儀式當然要舉行。大案上擺滿印章、《千字文》、筆、墨、紙、硯，乃至算盤、錢幣、帳冊，升斗、戥子，甚而至於尺子、刀剪、胭脂水粉盒，可謂應有盡有。曾祖母素貞將孫兒抱過來，讓小寶貝坐在自己膝頭引誘他挑選。主子、客人、夥計、老媽子，多少眼睛急切地望著孩子，期望肥藕般的小手抓住大人心儀的某個物件。祖母期望他抓算盤，不指望孫子升官發財，只想家業後繼有人；父親盼文房四寶任他拿一件，日後讀書出仕；母親心裡在罵老公，幹嘛把自己那個漂亮的脂粉盒放上去呀？書呆子，測試什麼！千萬別……

大家屏息以待的當兒，小傢伙不理會眾人的心思，抓起一枚黃燦燦的金幣，放在口裡吮吸起來。似乎除了銀錢，其他全無興趣。林洋「哼」了一聲，起身離去。店鋪的夥計倒挺識相，齊齊向老東家拱手祝賀：「貴公子長大以後會做生意，必定賺大錢。」素貞很覺得滿意，樂陶陶地招呼大家吃長壽麵。阿香明白丈夫顯然十分不滿，兒子總算沒抓香粉盒，為娘的倒是鬆了一口氣。

典當出去的老店鋪地契一早已經贖回來，家裡人手不夠，暫時不急於擴充營業。自從阿香有了身孕，曾祖母便開始頤養天年的籌劃。早年她在郊外買了幾畝地，準備按照老家的模式蓋座大房子。素貞時常憧憬公婆生前描述的，老家那些好大好大的「五開張」大厝：綠色琉璃瓦在陽光照耀下閃閃發亮，屋頂上的龍、鳳、牡丹被襯托得栩栩如生；牆身一色紅磚，牆腳白色花崗石，華貴古艷；浮雕上刻著一齣齣精彩的戲文，戲子的頭髮鬍鬚纖毫畢現；有保險門的大門仝兩邊的腰門，彰顯著大戶人家的非凡氣派；門外的石埕夠曬十幾擔谷子，門內可擺下十圍八圍酒席……

小鎮附近的沿海土地皆由女人耕種，他們是幾百年前從遠方遷徙過來的回民後裔。這兒的男人自小被培養成木匠、石匠、泥水匠，師傅的手工藝名揚海內外。為了完成他鄉變故鄉的宏願，素貞花去整整三年時間，可謂竭盡心力。當大厝以驕人的雄姿初具規模落成時，遠近轟動人人稱羨，這時候曾祖母素貞才發覺，她將榮升第二任祖母了。

留香的第二個兒子是在新屋出生的，滿月就交給奶媽，繁文縟節全免了。此時的曾祖母素貞將全部家業交給兒子媳婦，全職監督裝潢大厝及含飴弄孫。家騏和弟弟家駒陪祖母住進郊外大屋，父母全身心投入生意住在鎮上。今天的莫愁偶爾會遐思：當年曾祖母若為第二名孫兒舉行抓週儀式，祖父林洋仍然堅持放上妻子的首飾和胭脂盒，父親莫家駒會用他的小手拿起筆，還是抓住漂亮的脂粉盒呢？他一生的光彩都投射在舞臺上啊！

兩個孩子長得十分相像，就像一個模子倒出來似的，額頭飽滿，濃眉大眼，鼻樑挺直。兄弟倆雖相差兩歲，但不站在一起對比，外人還真難以分出伯仲。只有自家人看得出分別：家騏的面貌和舉止都酷似母親阿香；家駒的桃花眼和氣質神似父親林洋。

孩子跟祖母長相廝守形影不離。

白天，祖母蹓著小腳陪孫兒屋前屋後跑，在石縫中抓蛐蛐兒，用芒草黏蜘蛛網捕蟬。一隻螳螂跳過來，祖母教孩子們齊聲唸：「草味公，穿紅鞋，沒人請，自己來。」晚上，祖母指著銀河裡的星宿，三點一線代表扁擔，是牛郎星；菱形視為梭子，是織女星。看哪，太公在釣魚，等蛇來上鈎喲。天要下雨了，祖母用紗布縫個兜兒，讓孩子去抓螢火蟲。祖母唱呀唱：「天黑黑，欲落雨，阿公仔拿鋤頭，要掘芋，掘著一尾旋鰡鼓，阿公欲煮鹹，阿嬤欲煮淡……」

這兒遠不如鎮上繁榮，貨郎擔子看準機會，天天圍著莫宅大屋轉。

「來了來了！」每天清早吹糖哨的必經過門前，哥倆聽見哨子聲，等不及祖母挖出懷裡的錢，一人一支糖哨子已經含進嘴，吹一吹旋即嚼得劈啪響。中午時分，賣茯苓糕的小販敲擊他的金屬板，吆喝著「茯—苓—糕！」孩子們扔下飯碗，拽著祖母出來買零嘴。林洋見兒子的牙都蛀了，知道再不管教孩子將被祖母寵壞。是受教育的時候了。作為父親，林洋心裡疼著他們，外表卻保持著嚴父的面孔。在孩子的記憶中，父親幾乎未曾摟抱過親吻過他們。母親是個現實派，心思都在生意上，不曾給予兒子撒嬌的機會。

父親帶著兩個兒子到鎮上的新式小學報名。與林洋同樣留分頭、穿長衫的校長十分客氣，答應把兩兄弟交給最好的老師，他一直躬腰親送父子三人至校門口。奶奶一再要求弟弟緩兩年上學，可是家駒哭鬧不止，小子自穿開檔褲便跟在哥哥屁股後，豈肯留待家中？這一下倒省得林洋費口舌，他深知小兒子留給祖母只會被雙倍溺愛。

孩子們回鎮上讀書，自然留在父母身邊住宿。兒子媳婦萬萬料不到，素貞曾祖母受不起寂寞，心情陡然抑鬱，無端端生了一場大病。鎮上老中醫三天兩頭過來把脈開藥，吳嫂被派去大屋專職伺候老主人。往日充滿兒童嬉戲打鬧聲的房子，此時只聞藥香彌漫。阿香白天分身乏術，間或打了烊雇頂轎子去看母親，陪她住一宿說說話，第二日一早又得趕回舖子。看著一天天消瘦的娘，阿香刀剮似的，自己亦因奔波勞碌憔悴不堪。如此一來，兩夫妻經商議達成共識，不如勸素貞娘搬回鎮上，得空才回去大屋住。老人家倒也沒有異議。

每天能看到兩個可愛的孫兒是奶奶最大的安慰。兄弟倆放了學必先到祖母榻前問安，告訴老人學校發生的趣事。今天哪個同學欺負人，被老師打手板；哪個沒寫三頁大字，被罰面壁；又是誰在老師的凳上揩鼻涕，校長通知見家長……每天都有新聞報導，把個祖母笑得前俯後仰。搬回店鋪的曾祖母病情很有起色。

素貞的頭風症時好時癒，病體令之忽略留香再次懷孕，兩個兒子的順產也令阿香大意了。中午時分廚房煎著素貞的藥，阿香聞了覺得噁心，跑到桂花樹下乾嘔一陣，想洗洗手漱漱口，巍顫顫地扳動井臺上的轆轤絞水，猛然間腹部一墜，眼前一黑腳下一軟，幸虧手抓得牢，額頭險些撞上井沿。腰部的劇痛令之清醒過來，只感到褲襠裡熱烘烘的，卻沒有大呼小叫，雙手托著褲子從容回房。將已經成形的女嬰包上毛巾裹進早已準備好的小襁褓，阿香方艱難地登榻上床。女人按著肚子淚如雨下，只聽她嚶嚶地哭泣，輕輕呼喚：「我的心肝寶貝女兒呀！」

阿香心知這一胎是女兒，她求的觀音娘娘呀！想起自己三歲路還沒走穩，親娘就給女兒扎腳，那是怎樣的一種酷刑啊！女孩子的四個趾頭被強行彎曲貼向腳心，用一條長長的白布層層裹住，親娘拿著藤條在後面撵，女兒不肯走路就不給飯吃。待血肉模糊的小腳變形為小粽子可以勉強行走時，狠心的娘搬來小石磨，一下壓在女兒腳背上，腳趾骨頭全活生生地給折斷了……

每當晚間解下長長的裹腳布泡腳，一天行走的痛苦得到舒緩，小時的情景就回到眼前。阿香發誓有女兒一定不讓她受這樣的罪，哪怕嫁不出去養著她。瞧郊縣的女人全是天足，她們能耕田能下海，多麼能幹！況且早是民國了，用不著擔心女兒腳的大小。想一陣哭一陣。「我的心肝寶貝女兒呀！」

晚間林洋見老婆沒跟大伙兒一起吃飯，這才想起大半天不見人影，有些兒反常，問吳嫂咋了。吳嫂瞥了素貞曾祖母一眼，說頭家娘不大舒服，下午喝了她煲的紅棗薑茶，睡著了沒敢叫醒她，等會煮個線麵作宵夜吧。

曾祖母素貞的耳朵靈著呢，說是累的呀，打我一病阿香沒睡一個好覺。「少年家，跳過溝，呷三甌，讓她歇幾天，睡飽了準沒事。」

林洋進屋聞見一股刺鼻血腥味，心下狐疑，看妻子海棠春睡嬌俏可人，湊上去想吻她臉蛋，這才瞧見老婆一雙杏眼哭的紅腫，方知不妙。阿香讓林洋的鬍鬚一搔，猛地鉤住老公脖子鑽進他懷中，再度哭起來。

「我的女兒，還我可憐的女兒！」

林洋明白了。

「我們會有女兒，一定會有！」他把妻子攬得緊緊的。

「你答應的，你可要記住！」

「記住！永遠記住！將來我們生個女兒叫家珍。」

林洋沒有辜負阿香的期望，並以其獨特的方式實踐了對妻子的承諾。

祖父林洋

老家大哥林海寄來一封長信，洋洋灑灑幾頁蠅頭小楷，細數兄弟之不忠不孝，林洋儼然成了悖典忘宗、流連溫柔鄉的貳臣逆子。在林洋心裡，父母亡故大哥早婚，大侄兒僅比叔叔他小兩歲。若說長兄如父，供給弟弟讀書功不可沒，可是父母的田產在大哥掌管之下家業甚為豐盛，林洋師範畢業後獨立於外，從未染指一分一毫。今日流落他鄉全是命運的嘲弄，自己何罪之有？奈何念在兄長疼惜的手足情份上，自己確實離鄉多年，是該回去看視族人。

林洋將打算回鄉省親的心事告訴妻子，老婆表面不置可否，實則心潮澎湃洶湧。這些年來，丈夫兒子已成為自己生命的全部，枕邊人突然要離開，令之忐忑不安。儘管林洋說得瀟洒，願意帶妻子認祖歸宗，但是這可能嗎？如何放下維生的家計？又怎樣向莫氏家族交代？幾夜輾轉反側，阿香咬咬牙終於答應丈夫短暫分別，默默為他打點行裝。當年祖父林洋兩袖清風來到鎮上，今天算得衣錦榮歸。細心的祖母留香為林家每個親人準備一份體面的禮物，綾羅綢緞裝滿兩隻大籐箱。千里送君終須一別。祖父林洋把心一橫登船而去，家騏、家駒一會兒對遠去的桅船喊「爹」，一會兒拖著母親的手，惶恐而淒楚。吳嫂扶著女主人上轎，一手拖一個孩子，自個兒亦淚如雨下。

幾天來水陸兼程，林洋終於回到老家——閩西一個小山鄉。眼前的林家村只得三百餘戶人家，祖上傳落十幾代人並非興旺。一路走過疏疏落落的山鄉，林洋一邊用袖子揩汗，一邊敦促挑夫加把勁。莫非祖上曾當過大官得罪仇家，因被追殺躲到這山旮旯裡來了？連村裡最高壽的老人也道不清祖先的來龍去脈，林洋為自己無端的胡思亂想笑了起來。

從村口大榕樹看過去，一幢幢新舊房子組成的莊稼院，或青磚砌成或土坯壘就，戶戶依小丘而築，錯落有致地匯集在朝東的一面，院落後面樹木鬱鬱蔥蔥。經過一家家敞開的農戶，院落裡雞飛狗走小兒跑，架上大籮筐晾曬著各類穀物，繩索交叉吊掛著紅紅綠綠的蔥頭乾菜。惟有林洋家大院與眾不同，三進水磨青磚大屋加護院傲視同群。尚未走到自家門口，已經看到歡迎的隊伍。挨個兒排成行的是大哥的兒女，他們狂呼著「二叔」，爭相奪下挑夫的擔子。林洋多付給腳力早先議訂的工錢，邀請他們進屋喝杯茶，老實的農人婉拒而辭。

大哥的成群子女顯示林海門楣的興旺。林家深居山區，兩兄弟卻分別以海、洋為名，皆因父親身在南洋。林洋自小垂聽母訓，父母婚後才幾日，父親便跟隨叔公去呂宋謀生。幸虧大哥的出生令父親沒有忘記老家，十多年後他與人合夥的橡膠園賺了錢，不斷給老家匯來巨款。那些年除了蓋大屋，一併買下幾十畝良田和大片果園，還替大哥訂了門親事。只惜好景不常，爹爹在南洋也有一大家子，自他病故後，番婆生的兒女中斷了與唐山的聯絡。

林洋則是父親唯一一次返鄉留下的第二顆種子。母親守了大半輩子活寡，鬱鬱寡歡令肺病纏身終日臥榻。林洋準備畢業找到工作就接母親到江城，以便侍奉膝下盡人子之責。可嘆母親等不到這一日。當小兒子接信趕到老家時母親已處於彌留狀態。跪在母親榻前，林洋痛徹心肺深深自責，死神終於殘酷地把母親帶走。

守靈的日子裡，林洋發現家中多了個十一二歲的小女孩，小姑娘不僅漂亮而且天足，膚色略嫌黑了點，但水靈靈的模樣挺討人喜歡。大戶人家買丫環不足為奇，林洋並不放在心上。有天二公子百無聊奈，動手做了個風箏想到山上去放，小丫頭不等主人出聲，默默陪伴他一道上山。

坡上風很大，紙形長蟲隨風一飛而起，飄飄蕩蕩地徜徉在藍天上。小女孩被風扯的緊，眼看風箏就要脫手而去，失聲驚叫起來。

「別怕，我來幫你！」林洋抓住她的粉嫩小手，合力將風箏控制住，兩個人跟著風箏跑呀跳呀，林洋興奮得忘記喪母的憂傷。

「你叫什麼名？」林洋隨口問。

「阿嬌。」小姑娘泰然自若。

「阿嬌？」林洋大吃一驚，腦子立即泛起「金屋藏嬌」的典故。「阿嬌是隨便叫的嗎？」林洋嗤之以鼻。

女孩瞪著二少爺，鳳眼變成杏形。

更有林洋料想不到的，阿嬌竟然是母親臨終前給小兒子買下的童養媳！據所有家人佐證，母親一再交代大哥：她未完的心願是要大兒子代母替兄弟完婚。為了這層緣故，三七過後脫了孝期，林洋立馬趕回江城學堂，將一切拋擲腦後。原來他並沒對曾祖母素貞撒謊。

今天林洋回來了，他早已忘卻一個名叫阿嬌的女孩，印象中縱使曾經有過亦應已他嫁。然而事實是姑娘仍留在林家，甘心為奴為婢，等待她的負心郎。大哥堅持要他們完婚，林洋回答，自己已是兩個兒子的父親。

「你的兒子姓啥？你去祖宗靈前叩頭，告訴先人，孩子跟你姓林了嗎？」大哥十分憤怒，喋喋不休。「還有阿嬌，耗費人家多年青春，你對得住良心嗎？」

大哥揪著兄弟跪倒在列祖列宗神牌前，替他點燃香燭，逼之親口稟告父母。林洋默默跪在父母靈前，無言以對。

阿嬌房間內燈火通明，一夜流淚未眠。

林洋動搖了，他需要面對自己，再決定何去何從。想起當年投考師範，正是出於一顆為鄉梓培育棟梁材的赤子之心，打算盤做生意並非自己的意願。然而命運卻跟自己開了個很大的玩笑。

幾日後鎮上來了位紳士，鎮長派專人上門，聘請林洋為新式學堂的教務主任。

祖父林洋上任住到鎮上去。此期間他並沒忘記沿海小鎮的親人，一再寫信催促留香母子從速前來團聚，並告訴妻子，以他的薪水養家完全沒有問題。他在鎮上租下一間大宅子，等待老婆兒子的到來。

當祖父的信件從山區送達沿海時，祖母顫抖地打開價抵萬金的家書。阿香識字不多，但揣摩到丈夫的意思。她冷靜下來，明明白白地，丈夫雖冠冕堂皇，卻斷然不肯回來了。縱使男人真心希望一家團聚，業已不可行。從大意義上著眼，兩個孩子都姓莫而非姓林。在女人心目中，兒女是自己肚裡割出來的肉，比丈夫重要得多，男女情愛只有融入親情才能久遠，至於姓啥名甚僅是一種文字遊戲。而在丈夫心目中呢？兒子必須是自己的種，還要跟自己姓。男人要的是臉面，他們的肩膀厚實，心靈卻比女人脆弱。依生活小節而言，阿香與孩子生長在海邊，大海是他們的天然浴場，魚蝦螺蟹是家常便飯，如何適應窮山區水貴如油，以及一年到頭的鹹菜蘿葡。最為揪心的是母親久病在床，對養育自己的老人又怎能置之不顧呢！

於是阿香託人代書回信，哀而不怨地請丈夫把自己休了，以便安心繼續他的教書生涯。幾年後莫家騏讀完小學，沒有到縣城升讀中學，櫃檯需要人手，母親有心讓兒子學做生意，便不再請新夥計，叫大兒子頂了上去。莫家騏是天生的生意人，自小顯示其理財的本色，週歲抓金的故事仍時時叫人回味。

且說林洋老家有名久居南洋的老華僑臨終前留下遺囑，將祖屋捐出來作校舍造福鄉梓。這位善長仁翁還捐獻一大筆款子，作修繕房子和添置教具之用。鎮長任命一位老鄉紳當名譽校長，學校需要有人跑腿、打鐘、掃地、挑水、燒飯，聘了個雜工，美其名教務主任的林洋實則身兼數職。

那是一座漂亮的四合院，庭院四圍種著驅蚊子的桉樹和樟腦樹，大門前留著一塊比房子還闊大的空地，周圍有一片樹林。徵得僑委會同意，維修和拓展工程同時進行，在擴大的空地內建幾排簡易平房課室，庭院前劃為操場豎起兩個籃球板架，舊房子前院改為辦公廳，後院做教員生活起居室。

錢主要花在買材料和請木匠及泥水師傅之上，鄉村派了義工，農民因子弟有書讀，都樂意前來義務勞動。男人帶著飯來工地幹活，全心全意地搭席棚、支鍋臺、做小工、打下手。女人也來幫忙，替師傅燒飯、做菜、漿洗衣服。有些農戶還送來柴禾、蔬菜、醃菜、茶油等，林洋一一記下明細帳目，用大紅紙寫下來張貼上牆。人人感覺受到贊揚很有光彩，工程如期完成。

峻工揭幕那天，鎮上有頭臉的人物都來參觀，縣政府教育長官親臨訓話。最為令人鼓舞的是，縣裡新派來兩名師範畢業生，給林洋打了一支強心劑，大大振奮其興辦教育造福鄉民培養國家棟梁的信心。

夏收後正式開學，房子還飄著淡淡的油漆味，教室內的桌椅也參差不齊，是來自不同家庭的捐贈。開學典禮簡單而隆重。一串鞭炮聲在校門口爆響起來，林洋在大廳孔子像前燃香磕頭，兩位老師依次敬香跪拜後侍立兩旁，入學的孩子和陪他們來的家長齊齊於大廳外下跪叩首。鞭炮再次響起來時，家長魚貫走出校門，學生編班進入課室，暫以年齡分為三個班級。一位青年教語文和體育，一位教算術和常識，林洋巡視沒老師上課練字自修的班級，他的主要工作是代課、聯絡上級、負責日常事務。既然妻子不肯追隨，他就退掉租屋，搬到學校裡住。

當學校走上正軌順利運作時，教務主任終於鬆了一大口氣。建校繁忙的日子裡，他將私事置之度外，每天過得勞累而充實。而當水到渠成應該心安理得之時，卻再也無法如往常三餐吞嚥粗糙的米飯，夜晚靠上枕頭呼嚕大睡。尤其是漫漫長夜，燈下陪伴自己的只有孤單的影子。

校工是當地農民，每天傍晚做好晚飯，看兩位青年教師吃完飯，略微收拾一下便回家去，夜間再返校守夜看更。主任林洋的飯菜固定溫在灶臺大鍋內。

想起又是鹹蘿蔔伴糙米飯，林洋根本沒有胃口，但人是鐵飯是鋼，必須強迫自己接受。每回邁進廚房均是舉步維艱，唯獨今日有些異樣，看真切了讓他嚇一大跳！大灶上擱著麥秸稈編的保溫套子，裡面是罐飄著些微黃油的雞湯，飯桌上罩住個蓋籃兒，幾隻小碟分別是香脆花生、油燜筍乾、酸甜黃瓜，還有自己最愛的鹹帶魚。今天怎麼啦？夢遊回到沿海的家？掐掐自己的臉，疼著哩。不管三七二十一，不吃白不吃，掃光了飯菜喝足了湯，林洋這才發覺吃得太飽，必須出去散散步消化一下。沿著操場走了幾圈仍未消滯，想拐進小樹林蹓躂蹓躂，迎面撞上兩位年輕教師。

「林主任！」教語文的黃老師率先點頭打招呼。

「謝謝嫂子今晚的飯菜！」教算術的陸老師接著補充。

林洋隨意點點頭。待他們擦身而過，咀嚼兩人的話，什麼意思？一時糊塗而又明白過來，立刻轉身回頭朝寢室奔去。

鄉間夜色黑的快，幾個房間都亮著油燈。林洋推開自己的房門，一個陌生而又熟悉的女郎背影，在一針針縫綴床上的被子。聽見開門聲，阿嬌轉過苗條的身子，嫣然一笑，又繼續她的工作。這時林洋聞到久違了的淡淡桂花香，跟著嗅覺見到梳妝臺上擺放一隻瓷花瓶，那是阿香特地讓他帶回來的，丈夫曾對妻子提及老家大宅有棵桂花樹。整個房間窗明几淨，新掛上的彩色窗簾系他帶回鄉的洋布做成，布是阿香買的。漿洗過的床單被褥發出陽光的香氣，枕套上的牡丹也是阿香繡的。阿嬌為何不讓他忘記阿香？想把她自己融入他曾經愛過的女人？

拒人千里便是矯情……

第二年他們的女兒出世，林洋似乎在女兒身上聞到一股淡淡的香味，分不清究竟是桂花香，還是阿香髮髻上的桂花油味？女兒取名林家珍，父母直呼其「桂兒」。在父母的呵護下，桂兒快樂地成長，父親創辦的小學業已頗具規模。待她讀完初級小學，母親正愁如何讓愛女繼續學業，縣府將林洋調到縣城一所完全小學榮任校長。

伯父莫家騏

林洋走後小鎮依舊繁華不已。阿香掌櫃操持有方，生意蒸蒸日上，莫家的大招牌閃爍生輝，莫氏瓷器遠近馳名。只是祖母素貞的病剛見起色，由於林洋的返鄉不回令老人心憂，吃不香睡不寧引致病情反反覆覆。病榻上的母親對女兒說，陳林滿天下，蘇吳占一半，林氏終究是個大姓。言下之意，阿香能嫁給林洋並不虧，做母親的無意薄待女兒。老人家並不自私，她知道自己的病體會拖累女兒，叫阿香把店鋪賣了，帶孩子追隨丈夫而去。老人尚有漁船的收入，讓春花陪自己住回大屋。春花是吳嫂的侄媳婦，吳嫂已於年前告老還鄉。如此推心置腹反叫阿香心如刀割，更加堅定要服侍母親至天年。

生意如此興旺，阿香怎捨得放手？父親不在對孩子最大的影響無非是：背少了幾篇論語，拿不定該讓孩子習顏體或歐體字，算盤乘除法打到幾位數？所幸莫家在鎮上擁有實力，沒有人敢欺負孩子。心力交瘁的阿香顧得了母親顧不上兒子，只能任他們自由發揮。孩子在缺乏父愛的環境中漸漸成長，他們似乎更懂事了。大兒子輟學頂替了父親的位置，每日正襟危坐店鋪，調度夥計揮洒自如，儼如一家之主。小兒子活潑好動無心生意，其宏圖大計乃繼續升學做名文化人。

三十出頭的阿香本像一朵開得正盛的鮮花，丈夫的離去和母親的長期臥病，令之彷彿經歷兩場風霜雪暴，頓然失去最美的光華。唯一欣慰的是兩個孩子長大了，尤其是大兒子莫家騏，極速成長為一家之主。十六歲的小夥子寬寬的肩膀，比嬌小的母親足足高了一個半頭，身子骨雖嫩心思卻挺縝密，其不苟言笑令店裡的老夥計都不敢怠慢，把大公子當正經主子服侍。

世事變幻無常。聽說外面的世界不平靖，小鎮也漸露出不景氣的苗頭，居民的消費購買力一天天下降，同行賒數、拖欠、倒閉的情況陸續出現。官們像走馬燈似的，鎮長一任未滿換一任；駐防的兵走了一撥來一撥；商人被徵完這稅繳那稅，生意越來越難做；老百姓缺乏生計，日子越來越難過。

再難總是要過活。提親的媒婆不時上門來。難得阿香對一位涂家姑娘上了心，覺得少女頗適合當莫家媳婦。身為母親她倒是挺開通的，非要讓兒子自己挑選。涂家二女兒翠翠年方十四，知書識禮善女紅，其父年輕時教私塾，至鎮上興辦新學堂，改替人記帳代書信。涂先生的女兒既美麗又文雅，在鎮上繡莊帶領一班女孩刺繡幫家。

重頭戲還在後面。媒人富姐另有個好介紹：胡家閨女喜兒十七歲尚待字閨中。春花聽了即向主人道破：三年前有人提及這位閨女，其時姑娘已芳齡十七。她還說，姑娘長的不怎麼樣眼角卻挺高，左挑右揀的快成老處女了。然最可取處乃胡氏家底雄厚嫁娶闊綽。胡家有四個頂天立地的兒子，唯獨只生一名千金，應了閩南人督信「四隻桌腳撐一臺桌面」，父母視其掌上明珠一點不過分。胡氏船公司擁有一支十五條雙桅帆船的強大船隊，胡家陪嫁女兒的妝奩自然不菲。媒婆受了女家父母重托一再重申，女兒看上莫家公子，若然能成其美事，除了豐厚的金銀綢緞早於多年前備齊，嫁妝清單中將添加一條雙桅船。

生長在海邊的姑娘都是天足，家境好的讀書綉花，一雙玉手，十指不沾陽春水，胡家喜兒應屬這類。家境差的親手洗衣做飯，甚至開海蠣曬魚乾，涂家翠翠時常兼職幹活，兩手必定略嫌粗糙。阿香不貪圖女家嫁妝，只希望未來兒媳賢慧好生養會操持家務。她與媒人約定，安排年輕人在廟會見。

沿海小鎮的居民多信奉佛教，更是媽祖的虔誠信徒。每年春節期間鎮上舉行盛大廟會，村人或於所屬宗族祠堂，或從廟宇請出一座座木雕偶像，眾人恭敬地推車抬轎子，持香燭者簇擁著在街上巡游，意盡後方送佛歸原處。善男信女們祈求菩薩保佑：海上風平浪靜、田間風調雨順、小鎮生意興隆、村民人丁興旺。

廟會上到處是惹人食慾的閩南小食：噴噴香的海蠣煎、冒著熱氣的鴨肉線麵糊、古早味炸棗、煎餅、封肉、紫菜糰、五香卷、元宵、八寶芋泥、一口酥、擔仔麵、米糕……各種小吃以最誘人的方式，擺滿整條小街。除了吃食，不少小攤子擺賣軟木畫、漆箸、金箔、漆線雕、剪紙、銀器、木雕、茶葉、藥材，每條街都琳瑯滿目。各款工藝品甚受年輕男女歡迎，買來送給心上人，浪漫又實惠。老年人則愛坐在大榕樹旁的戲臺下，聽一曲南音清唱，欣賞高甲或歌仔戲，最愜意不過了。

一場由雙方父母和媒婆精心安排的幽會在悄悄進行。

廟會頭天到媽祖廟上香事宜有不成文的規定，年年都由阿香與其他各位頭家上頭柱香，而後才是會眾跟隨。今年母親推託頭疼，讓大兒子代勞。看著兒子脫去家常便裝，換上嶄新的藏青色中山裝，顯示出一股男子漢的英偉，母親禁不住憐惜地用生髮油替兒子梳理整齊分頭，丈夫曾經的模樣又出現在眼前。

大兒子家騏才邁出大門，弟弟家駒飛一般追上，母親原想喝住小兒子，怕他無意中壞了好事，結果還是由他們去了，心想哪樣不是冥冥之中注定的？多年來家駒一直在縣城寄宿讀書，放寒假回來過年，整日除了出去瘋瘋癲癲，閒來無非與母親磨嘴皮，說是今年暑假要投考濱城專科學校，他對家中的生意壓根兒沒一絲興趣。阿香突然心血來潮，如何想個周全計策，把小兒子的心繫回身邊來。

媽祖廟裡裡外外人山人海，人們習慣先敬羅衣後敬人，見到衣冠楚楚的莫家兄弟，謙卑地讓出一條路來。巧妙的是，漁業公會的胡頭家今天也沒能前來，由他的大公子和千金代父親上香。胡公子已是成家立室的男人，鎮上幾乎沒人不認識他，人們爭相一睹芳容的是其妹胡喜兒，聽聞這位姑娘的身價令人咋舌。

胡喜兒瘦削的身子被寬鬆的衣裙包裹，什麼人都看不出其真正身材，何況任誰也想不到，這位身長不足五尺的女郎，拽地長裙遮住的是一雙四寸高靴子。姑娘團團的小臉幾成調色盤：原本灰黃面容先鋪了層薄薄白粉，再撲上淡淡的鵝黃花粉；眼角到鬢邊是兩抹月牙狀的微紅，腮上乃紅樸樸的胭脂；眉毛差不多拔光，畫下兩道細長的翠色曲線；細瞇的眼睛描得大大的；厚厚的嘴唇被點成殷紅的櫻桃。當莫家騏抬眼瞥見這位小姐時，美人正巧模仿足戲文中的花旦，拋過來一個嬌俏的媚眼，牢牢鉤住了少年的心。

拜過媽祖，心神恍惚的哥哥不知往哪走，弟弟拉他去逛街，家騏這才想起母親交待他到繡莊買一條圍脖。阿香做女兒時繡工遠近聞名，哪個女人不羡慕她的針黹？她最擅長描牡丹，繡出來的花卉彷彿鮮活一般。可是現在的阿香忙裡忙外，除了弓鞋上的小花，哪來閒心刺繡？「翠苑繡莊」在一條較僻靜的巷子裡。兩兄弟跨進門檻，把幾個小姑娘羞得放下手上工夫躲進後院。

「咋啦，我們又不是色狼！」莫家駒大呼小叫起來。

「歡迎光臨！」此時步出一位妙齡女郎，巧笑嫣然盈盈作揖。「兩位客官需要什麼，翠翠樂意效勞。」

哥哥是個正人君子，不敢直視女郎的眼，惟有弟弟直面素顏少女。只見少女高挑個兒肌膚凝雪，眉不畫漆黑，唇不點殷紅，兩頰如搽胭脂，雙眼顧盼流星。

「我娘要一條圍脖，請姑娘拿來看看。」弟弟直視姑娘的眼眸。

姑娘取出各式各樣精緻彩脖圍巾，攤開一桌子。難為哥哥不知該挑哪款。

「我娘喜歡牡丹，只要漂亮的牡丹。」弟弟很有主見。

姑娘聽罷迅即跑進裡屋，拿出兩條大圍巾，兄弟倆一瞧，與母親的繡工不相上下，全要了。待包好圍巾，兩兄弟走出院門，姑娘倚在月門上目送他倆。家騏不敢回望，家駒一而再地回過頭，嘻皮笑臉地揮手作別。

胡喜兒成功釣到莫家大公子，婚事訂了下來。今天的莫愁經過思索確定，哪怕伯母不巧作裝扮，伯父還是會選她做妻子，莫家駒的經濟頭腦決定了他的婚姻取向。

只有祖母阿香若有所失，成親之後更確定了自己的懊惱。大媳婦帶了個老媽子嫁過來，專司伺候娘家主子。胡喜兒從未做過一絲家務，就那麼矮小的個頭，灶臺也上不去。幸虧應了古語「矮子多計」，婚後兩年胡喜兒連生兩個兒子，她主僕二人也夠忙活了。又虧得孩子像爹，日後長大全是高個兒。阿香捨不得放棄那位好姑娘。小兒子返回學校後，母親繼續留心涂翠翠的動向，她真希望有這樣一位兒媳。做母親的還有另一層心思：兄弟將來終究要分家，家騏這些年一直主持店務，裡裡外外都上了手，自己完全可以放心。家駒也該回來了，不如讓他學習搞船務，舅舅已經一把年紀，家務早已交給兒子，自家的船隻是時候接手了。

晚間阿香伺候素貞娘喝藥時，細訴了自己不成熟的想法，老人家居然十分贊同，恨不得即刻起來見娘家兄弟，等二小子夏天畢業回來，立馬送他上船去。只是她倆萬萬沒有想到，計畫尚未實行便遭到否決，母女的體己話被大媳婦的老媽子聽了去……

夜裡胡喜兒向丈夫吹了枕頭風。

「我的陪嫁歸我自家兄弟打理，誰也別打主意。莫家兩條船，你是長子阿仔是嫡孫，莫家駒連一條也攤不上，憑什麼叫他管船務？」

女人家頭髮長見識短，對於妻子的胡攪蠻纏，莫家騏愛理不理。

「你那兄弟是個楞頭青，放假時你娘叫他去收數，他拿過一分錢回來沒有？人家一叫窮，他連口袋裡的錢也肯拿出來倒貼，傻小子能做什麼生意！」妻子意猶未盡，又數了小叔子諸多不是。

見丈夫仍然沒有吭聲，胡喜兒還想繼續發動攻勢，終是被丈夫阻止了。

「別吵啦，我心中有數！」莫家騏吹熄油燈，將身子轉過一邊，表示不想理會妻子。

可這胡喜兒是個人精，漫漫長夜裡，男人最想做什麼事？年輕人血氣方剛，小鎮縱使有其他娛樂，莫家騏是正人君子，決不肯出去嫖賭。他的短處牢牢掌握在小女人手中。巫山雲雨神魂顛倒之際，大男人也得向小女子俯首稱臣。話又得說回來，胡喜兒的看法並非全無道理，且胡家的勢力莫家騏也不敢小覷。幾年來一直不景氣，店鋪生意如同守株待兔，而莫家資金很有限。他決心放下一向清高的身段，到岳父妻舅那裡走動應酬，尋覓另一線生機。他想了一宿，心下已然有了對策，用不著送禮上門，只須如常生活。

鎮上的小茶館是莫家騏每日清晨必到之處。與其說多數人趁未開鋪，前來享受一壺好茶清清腸胃，倒不如承認來此者志在收集情報。商家同行每天各忙各的，難得有時間聚首，在這裡泡茶化仙，相互打探和傳遞信息才是他們的真正目的。胡家兄弟平時多跟商船出海，只在船隻靠岸卸貨或者維修時方上茶樓來。

「大哥回來了？真巧哇！」莫家騏坐在正對大門口的位子，起身向甫進門來的胡大海拱手作揖，裝著不期而遇。其實他已經等了好些天。

莫家騏招手叫來茶博士，要一壺鐵觀音，隨手叫了些小茶點，從妻子嘴裡知道大哥愛喝頂級烏龍茶。胡大海不推辭，大大咧咧坐下來。寒暄之後，莫家騏從胡大海的言談之中，方才曉得外面的世界翻天覆地，眼看不久日本人就要打進來，城裡人都慌裡慌張避到鄉下去。

「今次船隊險些遭災，我差一點回不來！我帶的三條船送一批貨到浙江，回程兩條船裝的是江城的棉布。我見還有空艙，心想反正順道，便又接了一單貨送濱城。一路上很是風平浪靜，不料船駛到距離濱城尚遠的五通、泥金海面，突然冒出一艘日本炮艦朝我的船開火，所幸船隻尚未進入其射擊範圍。船隊一向備有槍枝防海盜，我命令手下開槍還擊，醒目的船長指揮舵手迅速掉轉方向，總算狼狽地逃出鬼門關。」胡大海抹抹汗，彷彿心有餘悸。「告訴你，濱城已經淪陷啦！鎮守的國軍幾乎全部陣亡！」

「濱城陷落？」這個突如其來的消息令莫家騏彷似受了電擊目瞪口呆。怎麼可能？自家兩條船一直走這條線！曾幾何時，家駒還吵嚷嚷，秋季要去濱城升學！

莫愁不會忘記，濱城淪陷這一年是民國二十七年，西元一九三八年。

「大哥，今天晚上過來看看你兩個外甥，兄弟給你洗塵壓驚。」莫家騏招呼茶博士結了帳。「您慢用，小弟先走一步。」

父親莫家駒

莫家騏匆匆趕回家，並非急著開店，依照眼前這光景，生意能做多久還是個疑問。他走進祖母的房間，春花剛好替主人梳了頭，道聲「大少爺早，來給祖母請安啊？」隨即笑著出去準備早點。

「過來在我身邊坐下。」祖母倚在床上，向乖孫招手。「成天忙生意，難為你記得來和奶奶拉刮。」奶奶撫摸著孫兒的手，抓住小子粗壯的胳膊，憐惜地問長問短。莫家騏從未有過如此耐心，東家長西家短地瞎聊扯，這種事照例是兄弟莫家駒才會做的。別理說的盡是細碎瑣事，對足不出戶的祖母通通是新聞。最後說到戰事才是孫子的主題。奶奶身殘心不殘，她的思路十分清晰。兩條船不能再依靠自家兄弟了，事實上兄弟也老了，為今之計，還是胡家財雄勢大，他們可以對付海盜，或者也可以應付小日本。祖母授權孫兒接管她的財產。

晚上胡大海捧著一大堆禮物登門，除了送給小外甥的汽車、輪船玩藝兒，還有孝敬親家祖母的貴重藥材：東北鹿茸、韓國高麗參、米國西洋參、印尼燕窩，全都名貴至極。胡家生意蒸蒸日上，與他們擅走市場經濟有很大關係，老實巴交的莫家人望塵莫及。胡喜兒臉上有光，說起笑特大聲，走路腳下也格外生風。

「大哥，明日起莫家兩條船也交給你打理，咱家可是投資三條船哪，你妹子和外甥吃香喝辣全指望你呢。」

阿香聽媳婦這話著實吃了一驚，但也很明白，沒有更周全的辦法。

第二天一早，莫家騏交待夥計看好鋪子，店員拼命點頭應允老闆大可放心。近來生意清淡，夥計怕店鋪裁減人手，醒神的很。家騏對母親說，這幾天恐怕要泡在鎮上了，別等兒子吃飯，晚上早點歇鋪。阿香明白兒子要辦的是大事，雛鳥翅膀硬了，哪怕自己有疑問也得爛在肚裡，多問何益。

胡氏船公司在濱城登記註冊，老四胡四海就讀於集美航海學校，畢業後留駐濱城管理家族生意，三位哥哥大海、二海、三海親身跟隨船隊在海上跑。現在濱城碼頭淪落在日本人的管轄之下，胡四海退居安海繼續統籌，所有駛往濱城貨船改在安海交接，再由安海轉運其他地方。伯父莫家騏如願以償加盟胡氏集團，岳父安排女婿在鎮上的辦事處兼個職位，時時過來學點船務。自此莫家騏的眼界寬闊了，不似以往只懂得吃飯睡覺、老婆孩子、帳目貨物、瓷器雜貨，那只是平民家雞毛蒜皮的瑣事。他的生活中出現了報紙和電臺，他的字典裡增添了政治和主義。往日弟弟家駒回來，多次試圖向他訴說一些新鮮物事，他總擺大哥的款嗤之以鼻。今天對總統提倡的新生活運動，「要改革社會，要復興一個國家和民族」，自己竟然深深認同。

提起弟弟莫家駒，做哥哥今次就不能省心了。縣城的學校一早放假，鎮上別人的子弟都回來了，只是不見兄弟的蹤影，母親和祖母都急壞了。他考慮要不要親自去縣城找，還是等多兩天吧。除了大哥，家人並不清楚家駒去年業已初中畢業，只是尋找借口賴在縣城，一邊替學校當通訊員掙點生活費，一邊自修溫書準備升學考試。學校庶務長特喜歡這勤快的小子，准許他依舊留住學生宿舍，替孩子省下外宿的租金。

往年一放假學校就關門，今年卻始料未及，因為有幾個寄宿生家在郊縣五通一帶。五月十日日軍強行登陸五通並大肆燒殺擄掠，據悉那些遭受屠戮的村子幾無生還者。學校需要收留這些家破人亡的學生，並對他們進行心理輔導。莫家駒與這些孩子共同生活數年，彼此已經結下深厚情誼，此時替學友難過，也為自己的前途憂心如焚。

有家歸不得，有仇不能報，少年們鬱結著悲苦怨恨，一支名叫〈松花江上〉的歌曲傳播開來。莫家駒是個天生的音樂家，生就一副淳厚的嗓子，一向活躍於學校劇社，尤享有男高音的美稱。每唱到情切處高亢激昂，聲淚俱下，餘音繚繞，令聽者迴腸欲斷。歌聲激發起年輕人的反抗情緒，青春的血液在沸騰，人人恨不得衝上戰場。孩子們偷偷集結成小團體，少年們歃血為盟，他們相約投筆從戎，參軍上前線。幾個毛頭小子跑到縣府，高聲嚷嚷要求見縣長，卻沒有人予以理會。孩子們索性坐在縣衙門前高唱〈松花江上〉，惹來大批市民圍觀，連記者也來拍照，最後才把縣長秘書逼出來。

秘書說，縣長公務繁雜分身乏術，叫推舉一名代表進去。來自五通的學生王自強自告奮勇站了出來，昂首闊步跟秘書走了。其他的孩子不肯散去，直等到五通那小子出來。只見他漲紅臉對伙伴們說，大家皆未到當兵年齡，連進保安團都不合格，軍隊更不會錄取。於是各人只好垂頭喪氣地回校。當晚校長被請到縣府，當局懷疑學生受人鼓動，警告學校展開調查並小心處理。校長漏夜招教務主任、訓導主任開會，馬上實施有關安排，當地學生第二天立即被趕出校門，無家可歸者送往教會學校暫住。

家駒終於回來了，像被霜打了的茄子，耷拉著腦袋。家人原以為他會吵著要繼續升學，豈料小子沒有聲張。是誰挫敗了少年的鬥志？雖然到處都不平靖，一些沿海城市淪陷了，但仍有不少學校繼續開辦，只是由沿海內遷去山區。大嫂一早看扁了他，既非做生意的料，又不肯用心讀書。二少每天睡到日上三竿，不去櫃臺幫忙，是因為見店鋪沒啥可忙的，假如自己頂了上去，那店員不久便得被辭退；樂得被人誤認為二流子，是因為小子不熱衷數鈔票，只向往浸淫在文學藝術的表演世界裡。可他的思想、他的理想，誰又能明白？

揣著滿腹心事，二少爺踱到「翠苑繡莊」，到這裡看看塵世外的少女，她們多麼清純無邪。刺繡是一門歷史悠久的工藝，瞧姑娘們手中的工藝品，有的寫實、有的浪漫、有的誇張，繼承傳統風格又滿溢著鄉土氣息，除作日常裝飾用品，亦可純粹欣賞。姑娘們，你們真是一雙巧手啊！莫家駒看得入了神，把那一幅幅繡畫想像為舞臺上的戲服，那些個生旦淨丑，穿著刺工精緻的華服，他看到了《西廂記》的崔鶯鶯、《霸王別姬》的虞姬、《牡丹亭》的杜麗娘……

「莫家二少爺請喝茶！」家駒想入非非，怠慢了捧茶的小姑娘，店主輕聲提醒他。

「不客氣，叫我家駒得了。」小子連忙轉身向送茶的小姑娘鞠躬，把一班女孩子都惹笑了。

「莫公子喜歡刺繡？」翠翠試探地。「想做點什麼送給朋友？枕套或被面？」她想說「女朋友」，卻又說不出口。

「不！不！拿來做枕套被面豈不大煞風景？」家駒急急辯解。「好刺繡要嘛當成畫鑲起來欣賞，要嘛做成戲服，穿在角兒身上，讓萬人觀賞。」

小姑娘們聽這般傻話更是笑得前俯後仰，惟有翠翠聽此番分辯，對這位不務正業的公子哥兒倒是另眼相看了。

對小兒子的無所事事，做母親的阿香擔心死了。店鋪生意不景，有家騏主持已足夠。先前對小兒子的船務安排已經落空，況且行船跑馬三分險，目下海面又極不平靜。難道叫兒子去學個手藝，將來資助他開另一片店維持生計？兒子已經十六歲，學哪一行都嫌遲了！就怕小子真的好吃懶做，哪家姑娘也不願嫁給他。往日在家裡母女說不了體己話，阿香趁大媳婦回娘家晚上才回來，把話對母親挑明了。一提到婚嫁，奶奶一萬個贊成，說男人有媳婦綁住自然會顧家，娶到好媳婦才能幫家。阿香說有個現成人選不錯，涂家女兒美麗又勤勞，家駒常常去繡苑，說不定已經喜歡上人家閨女呢。素貞道事不宜遲，叫馬上託媒人去游說。

媒婆富姐再次跨進涂家大門。上回是涂家託她說合，今次則是莫家拜託，有意與貴府結百年好合。涂老爹本來窩著一肚子火，當著女兒的面大罵莫家貪財，放棄涂家千般好的姑娘，寧肯娶矮腳婆胡喜兒。反倒是女兒聽罷發起爹爹脾氣，甩下手中工夫衝出大門。媒婆明白涂翠翠是願意的，笑著揶揄涂老爹，說女兒都煩你了還留她做什麼？於是討了涂小姐八字，叫等她好消息。

這邊廂素貞阿香母女忙活起來，翻箱倒櫃準備聘禮。傍晚家駒見母親忙得顛來倒去，問為啥事體飯也顧不上吃，引得剛歸家的大嫂吃吃地奸笑。家駒心知有異，非要母親說明白，母親卻不肯搭理。

「傻小子，替你討老婆哇！」嫂子皮笑肉不笑。

「胡說！」家駒急了。「我不要討老婆！」

「我姓胡，自然是胡說。」胡喜兒不示弱，「你不喜歡涂翠翠嗎？」想到涂翠翠曾與之爭莫家騏，咬牙切齒怨恨未消。

「我要上省城讀書！」家駒聲嘶力竭吼叫。

母親不理會小兒子的爭辯，勞累一天後倒頭呼呼入睡，一覺醒來發現床頭櫃上小木匣被打開，昨晚自己親手放入十張印著孫文頭像的拾元紅底鈔票，數一數只剩下五張，立即驚呼起來！大廳上春花正在清點聘禮，準備待擇定好日子送去涂家。幾乎同時這女人也大叫一聲，原來她發現紅漆籃上有個信封。

阿香顫抖地打開信紙，猶如當年讀丈夫林洋的來信。信文大意是：兒子不孝，未能在家侍奉母親和年邁祖母，只因國難當頭，男子漢無法顧及兒女私情。兒打算先赴省城半工讀，日後伺機奔赴沙場殺敵。由於需要路費和學費，不問自取五十元鈔票，權當向母親借用，望家人諒解。請大哥照顧祖母和母親。不孝子家駒頓首。

可憐阿香亂了方寸，軟癱榻上差點休克，虧得春花掐人中搽藥油，方悠悠醒來。嗚呼！最親的丈夫和兒子竟然相繼背叛自己，阿香再次受到致命打擊。今天的莫愁想起來仍感同身受。所幸莫家的女人決不讓悲痛擊敗。還是曾祖母高明，立馬喚來媒婆富姐，吩咐她前往涂家，如此這般……

媒人富姐輕扭腰肢來到涂家，向主人盈盈作揖道了恭喜，莫家店老闆留香膝下無閨女，鍾愛令千金翠翠已久，今欲認她做乾女兒，特備上契物品數項：金飯碗、金筷子一副，金花一對。此時的涂老爹真的糊塗了，不是結的百年好合嗎？怎演變成認乾女兒上契？真乃一頭霧水。翠翠更是嬌羞難當，難道自己一廂情願弄錯了？

此時的莫愁拍案叫絕，難為曾祖母素貞這位最佳導演，如此將錯就錯之計，總算替莫家挽回了聲譽。

話說浪子父親莫家駒連夜將五張鈔票貼緊內衣，縫上一層布，再穿上襯衫西褲，勒緊吊帶，隨手拿起幾件換洗衣物就走。原來他早有預謀，行李一直存放於王自強處。天未亮二少爺偷偷溜出家門，搭上去縣城的頭班車。學校不能去了，依照當日記下的地址，找到教會學校。幾天不見，老同學像隔了一個世紀那麼久，王自強抱怨說，莫家駒你再不來，我們明天照樣出發哩。莫家駒吃了一驚，還好來得及時，忙問他去哪兒。王說，這家教會分校僅只初中程度，校方推薦他們去省城總校上高中。省城有幾門專業課程，包括文科和理工科，還培訓女孩子當護士。這下正中下懷，莫家駒急忙請求牧師一並開出介紹信，好與大家同行。

到了省城，王自強等選修機械課程，男孩子都想用實業救國，教會予這幾個孤兒全免學費。莫家駒的詩人氣質自然厭煩機器轟鳴，經過左思右想決定選讀文科。他交了一學期學費和住宿費，課餘替報社排鉛字作校對，賺取生活費用。中日戰爭全面展開，中央政府已經遷都重慶，由於日本人步步逼進，許多工廠和學校都往內地遷移。入讀的學校從屬教會系統，校方一邊開課一邊物色山區校址，等待簡易校舍建成即將內遷。

生活在教會大家庭裡，孩子們真誠地贊頌：

「主耶和華，你至高超乎全地，你已被尊崇遠超過萬神之上，主耶和華，你至高超乎全地，你已被尊崇遠超過萬神之上。我尊崇你，我尊崇你，我尊崇你，哦！主，我尊崇你，我尊崇你，我尊崇你，哦！主。」

畢業了將赴前線的年輕人唱著：

「我在此，差我。我在此，主，差我。心甘願來到主前，捨棄自我。指示我當走的路，使我走在正途。若我迷路，求顯亮光扶助，因我在此，請差遣我。我在此，差我。我在此，主，差我。寶貴聖靈請進來，充滿我心。賜我智慧與力量，使我生命能夠反映你無限的大慈愛，因我在此，請差遣我。我在此，差我。我在此，主，差我。教導我獻上心靈，全然屬你。幫助我用歌聲唱出對你的讚美，讓我每天都充滿喜樂歌。主，我在此，請差遣我。」

莫愁終於明白了父親歸依主的心路歷程。

姑姑林家珍

莫愁記得小時候見過林家姑姑。那年夏天她四歲尚未入學，坐在大雜院木桶內泡澡。家裡突然來了兩位客人，看似一對夫婦。那時辰爸媽上班姐姐上學，姥姥對客人說，二丫頭名叫莫愁。女人走到木桶旁邊仔細端詳，且握住她的小手說，叫姑姑。叫是叫了，莫愁心裡不情願，連看都不多看她。後來長大上學了，有一天莫愁突然問媽媽，咱不是有個姑姑嗎？媽媽立即捂住女兒的嘴，說小孩子千萬別亂說，把她愣得巴眨著大眼，不敢問下去。再後來長成大姑娘了，又一次追問母親，才令她道出真相。「咱都自顧不暇，別瞎摻和啦。」最後這句大實話，讓莫愁琢磨了好些年。

莫愁扳手指數了數：伯父莫家騏七歲父親莫家駒五歲那年，祖父林洋送兩個兒子上學堂不久，便拋妻棄子回閩西，第二年和阿嬌生下女兒林家珍。莫家騏十八歲已結婚生子，身兼鎮商會救國公會副理事；其年莫家駒十六歲，赴省城升讀中專；這一年他們的同父異母妹妹，莫愁的姑姑林家珍十歲，尚未小學畢業。

話說莫家駒在省城讀了兩年文學課程，第三年由於戰事吃緊，跟隨學校搬遷到閩西與江西交界處的深山老林。這裡沒有報社可以兼職半工讀，他便於當地醫院藥房找了份工作，因為工作需要同時修讀藥理學。好在學校搬得及時，春節才撤退完畢，四月中省城就淪陷了。除了每天上幾堂課，大部分時間他都留在醫院藥房。這裡是個三不管地帶：崇山峻嶺小日本打不進來，邊遠地區國民政府鞭長莫及，老區土八路倒是時常路過。醫院雖屬教會管轄，卻不分派系只問救死扶傷，傷病員都是前方送來的將士。一寸山河一寸血，十萬青年十萬兵，熱血青年紛紛投筆從戎奔赴救國前線，縱使一時未能殺向戰場，亦極積投身保衛大後方，準備來日收復失去的河山。教會學校護士訓練班日以繼夜為前線培養醫護人員。

莫愁想，現在十三四歲的小姑娘，沉迷打遊戲機的還不少呢，而當年同齡的林家獨生女兒，由於特定的生活環境，其心智甚至比大人成熟。

姑姑林家珍栗色的頭髮和眼睛像父親，沉靜大方；高高的身型和微黑膚色像母親，清秀靈巧。兩年前家珍從林洋的小學畢業後，被當地一家中學錄取，在一位老師的鼓勵和引導下，上學不久又毅然轉校，插班入讀教會學校修護士課程，並在這家醫院實習。常言道，人生如戲。說書人尤愛說，無巧不成書。實際恰恰如此，人生何處不相逢！並非血緣的關係令兄妹滴血相認，而是林家珍的導師心中瞭然，他們除了告訴小姑娘，藥房那個職員是她的親哥哥，還試圖考驗她信仰的堅定與否，要她協助完成一項艱巨的任務。「先認你哥吧！」導師指示。

病房需要消毒酒精，護士長命令林家珍去藥房取。小姑娘輕輕敲了藥房門，當值的正是莫家駒。少女先送上一個甜甜的笑，用夜鶯般的嗓子問了聲「您好！」對聲音特別敏感的男子抬頭看了她一眼，心裡感覺真好，可又說不上為什麼。

禮拜天一早，久違的太陽破開雲霧，向大地灑下一片金燦燦的光芒。莫家駒做完主日崇拜，捧著一大盆衣服到泉邊洗濯。小姑娘林家珍急急扯下床單，跟了上來。

「莫先生早！哇，好多衣服喔！」林家珍笑盈盈地。

「懶惰嘛，天又潮，儲下一大堆衣服。今天難得大晴天，大掃除。」莫家駒答了又問：「怎麼稱呼你？」

「我叫林家珍。」小姑娘仰起頭，撥了一綹遮住眼角的劉海，深情地看他。

「林小姐鄉下哪裡？」莫家駒有些害臊，緋紅著臉。

「我家離這裡不遠。來，我幫你擰。」林家珍挨近他，兩個人絞起沉沉的被單。於是一邊繼續洗刷，一邊互道自己的家事，莫家駒因女孩的信任而感動，直到她有意無意地說出父親林洋的名字。

「你父親叫林洋？」他不敢相信自己的耳朵。

「不錯。江城師範畢業生，以前在沿海做買賣，後來回鄉辦教育，現在是一名完全小學校長。」姑娘鄭重地重複。

「怪不得林家珍這名字好熟悉。原來你是——」莫家駒有點猶豫。

「二哥，其實我知道你，對不起！」林家珍臉紅了。「妹妹有個要求，請不要公開咱倆的兄妹關係。」

莫家駒不清楚她的用意，卻依然點頭答應。也許她有自己的難處。他倆如常地各自生活，客氣但不冷漠，相望的眼神是滿溢著親情的。有天傍晚妹妹湊上哥哥的飯桌，低聲囑他一會兒林子裡見。莫家駒見她神神祕秘的樣子，覺得怪好笑。通往林子的小路盡頭有塊大石頭，他坐上去瞧小妮子搞啥偵探遊戲。這時從林子走出一個農民，摘下頭上斗笠向家駒招手，家駒壯著膽子走上前向來者致意。

「莫先生你好，我是你妹妹的朋友鄭華。」農民說。

妹妹提過她的導師鄭華，可鄭華是知識分子，怎麼會變成農民？啊，他忽然醒悟了，此人喬裝！他因自己的愚蠢覺得可憐，妹妹和她的朋友生長在老區，他們都姓「共」。

鄭華開門見山：「幫我們跑一趟運輸，山裡游擊隊急需醫藥器材，不少傷病員危在旦夕。大家都是中國人，醫治好戰士重上前線打鬼子。」

莫家駒說：「不用擺大道理，問題是我沒有權力根本幫不上。」

「只要你有心就一定能夠。」鄭華答。「我特來知會你，你祖母已經昏迷在床等日子，回家去看看老人，找大哥想想法子，我們的同志會接應你。」

「我哥不姓『共』。」莫家駒反唇相譏。

「你哥姓『國』，國共合作打日本鬼子。」鄭華說：「我們相信大哥會幫這個忙。」

「可是我既不姓『共』也不姓『國』。」莫家駒執拗地反駁。

「你信上帝，神教世人大愛。」鄭華誠懇地看著家駒的桃花眼。

「那得申明只此一回下不為例，至於成功與否聽天由命。」莫家駒屈服了。「我當向主禱告，祈求神看顧！」虧得家駒是讀藥理學的，那些西藥名稱和醫療用具對之一點不陌生，立馬爛熟於心。

為了見曾祖母最後一面，莫家駒向學校請假啟程回家。趕了三天陸路方抵江城，再搭胡家的雙桅船回去。一路上聽船家說，在日本人層層封鎖下，海面不僅風高浪急，而且時時槍林彈雨，這兩年胡氏折了幾條船，有些連人帶船一去不回。所幸水運利潤豐厚，尤其是走私禁運貨品，一次成功就可扳回前面的損失。

當母親見到歸家的浪子，哽咽得話都說不利索。莫家駒直奔祖母房間，老人家已然迷迷糊糊睜不開眼睛。家駒抱著祖母大聲呼叫：「奶奶，我是家駒！我是家駒！我回來啦！」一聲淚俱下，聞者傷心。素貞似乎眨了眨眼皮，眼角滲出兩滴淚水。家駒伏在奶奶身上號啕大哭起來。

奶奶走了，大嫂又添了一個兒子。居喪的日子，兩兄弟沒有說話的心情和機會。當一切都回復原狀之時，兄弟倆坐在碼頭上談判。莫家騏是明白人，再三權衡利弊，知道這一劫的深淺，必須盡力而為。三民主義給予莫家騏信仰，卻沒有改變他文質彬彬的氣度，有些事情只能依賴江湖人士來解決。幸虧胡家兄弟本事大，莫家騏告訴胡大哥，自己同父異母妹妹在人家手上，惟有拼死一救。胡大哥忍不住挖苦他們：「不恨父親拋棄你們母子，反倒要去救他女兒，莫家兄弟真是腦子有毛病啊。」

話是這麼說，事依舊去做，胡大哥駕輕就熟，沒有什麼可以難倒他。三人立下盟誓，此事關乎人命，決不可過第四人之口，一切盡在不言中。莫家駒在縣城書局買下一大批書籍文具，是受學校教務主任所託；深山沒有海產人們缺乏碘質，順便購買許多鹹魚、蝦皮、海帶、蠔仔乾回去，則是總務主任的交代。胡大哥僱人將這許多行李包裝捆扎完畢，寄胡氏船務公司水運到江城，到那裡再叫人取貨請腳力轉陸運。

明天一早就得踏上歸途。扳手指一算，已經整整四年沒有同家人團聚吃飯。春花給二少爺捧上一碗濃濃的西洋參雞湯，家駒馬上挾起雞腿，送到侄兒的碗中。母親阿香推託頭疼，啜了兩口湯就回房，往日喜歡說笑話的嫂子亦訕訕地沒有吭聲。一席飯吃得冷冷清清，幸虧侄兒們鬧嚷嚷地才不顯尷尬。家駒隨便扒了幾口飯，悄悄溜出家門。

信步踱到「翠苑繡莊」。白天這裡充滿少女的嘻笑聲，此刻的繡坊烏燈瞎火。想起姑娘們滿屋子的巧手製作，忘不了翠翠溫柔的笑容，還有美女目送自己的眼神。家駒若有所失，為人達觀的小子不清楚自己為何怏怏。小伙子豈不明瞭母親的心意，老人家多麼希望替他娶一房好媳婦，將小兒子留在身邊。母親啊，原諒兒子不孝，父親為了他的理想走了，兒子也不能侍奉您膝下。粗枝大葉的戇小子竟然輾轉反側徹夜未眠。

莫愁彷彿看見父親莫家駒像祖父林洋一樣蹬上帆船，岸上的祖母阿香又一次肝膽俱裂。身邊的親人一個個離去，留下她孤獨地承受歲月的寂寞。

莫家駒回校交了差，繼續修讀完所有課程，幾個月後考試完畢拿到畢業證書。縱觀福建地區形勢，省城、濱城淪陷，江城、漳城尚在自己人手中。一介書生手無縛雞之力，惟有追隨主流堅守大後方。對於林家珍的特殊身分，二哥既不反對亦未認同，兩人始終以師兄妹相稱。師妹送師兄到大路旁，千言萬語在嘴邊，卻不知要說哪一句，兩隻眼睛有些紅腫，昨晚該哭了罷。算是當哥的心腸硬，囑咐一聲妹子珍重，既然選定了方向就朝前走，哥會天天禱告神賜福予你。車子來了，回去吧。他把心一橫，連頭也不回。此後林家珍全心投身她的革命，沒有人知道其畢業後的動向。

莫家駒離開閩西到達江城，莫家騏安插兄弟到一家船公司。報關是一項枯燥無味的工作，家駒勉為其難暫且棲身。每天只要在漁船入港之前做好報表呈送海關，剩餘時間均屬自己。大半年時間裡望海興嘆，鬱結的心情化為一首首詩歌；逛碼頭見到販夫走卒人生百態，記下的是一篇篇生活小品。單純的基督徒掛念他姓共的妹子，每天必做的功課是早晚祈禱神看顧他的親人。莫愁明白父親不能打探姑姑的消息，除非姑姑自動現身，事實則是她一直石沉大海，父親甚至懷疑他的妹子光榮了。

父親繼續他的夢想，終於尋覓到一家報館，最初人家聘請他當校對而已，實際上還得兼職打雜當跑腿。後來老編意外地見到小伙子一手行書，眼鏡差點從鼻樑上掉下來。此後上司不斷加重其工作量，颳風下雨來不及送到的稿件，版面迅速由筆名莫凡的文章填補上。父親漸漸出息為小有名氣的記者。

民國三十三年（一九四四）林家珍在護士班畢業，這一年她剛滿十六歲，被地下組織發展為共產黨員。女革命家既沒上戰場殺日寇，亦未投入社會當白衣天使，繼續留在老區隨時待命，組織指向哪裡奔向哪裡。

光復後遠避陪都的官員紛紛回來接收戰果。大伯莫家騏的救國公會揚眉吐氣，大可撈個一官半職，無奈他僅是個生意人，只圖經商有道有錢賺、老婆孩子熱炕頭，業已心滿意足。父親莫家駒更是一根筋，已然尋找到合適自己的工作，正在實踐其當文化人的理想。姑姑更名林桂兒，應聘到復辦的龍溪中學當職員。其導師鄭華早在濱城大學讀書時加入共產黨，同時被指派到這家中學任教。

抗戰勝利的國民黨當局為了自家的天下，把大量精力投入剿共之上。國共內戰幾年，林桂兒和鄭華一直潛伏在龍溪中學，他們從假夫妻變成真夫婦，生下兩個女兒取名「一生」、「一世」，寓意一生一世追求共產主義理念。莫愁現在想起來覺得充滿諷刺。

姑姑的家是共產黨的聯絡據點，地下工作者常在那裡開會策劃反對當局的活動。他們準備醞釀一場學生運動，不料特務事先獲得情報，參與的師生被包圍在會場內，全部當場被捕。當年龍溪地區國民黨衛戍司令是大名頂頂的錢當亮，其伯父錢大鈞隸屬中統，乃蔣介石嫡系。年輕的革命師生鬥不過這些老狐狸。

鄭華和林桂兒夫婦被逮捕入獄，眼看就得光榮就義。家中保姆是自己人，見頭家早晨出門晚間不歸，兩個小公主嗷嗷待哺，慌忙央人傳遞消息給鄉下孩子的奶奶。鄭華用的是化名，他本家姓蔡，蔡氏乃漳浦豪門世家，家人自是千方百計設法營救。不曉蔡母花了多少金條，案子才緩了下來，據說共產黨閩西南地下組織為保存革命實力，暗中傳遞信息，同意獄中青年寫悔過書，他們終獲當局釋放出獄。自此鄭華脫黨恢復蔡姓，受聘漳浦一家農場當技術員，他讀的本科原就是農業技術。兩公婆遠離喧囂的塵市，暫別紛亂的江湖爭鬥。

莫愁不曉得沒有出賣組織算不算叛徒，但寫悔過書的污點實永難抹去。早知今日何必當初！沒有錚錚鐵骨蹚什麼政治混水？莫愁不能不對他們嗤之以鼻。做了歸家娘後姑姑生下一對孿生兒子，命名為「同舟」、「共濟」，許是兩夫婦在患難中萌志相扶持吧。

解放後新政府鼓勵大生產大建設，恢復原名的林家珍夫婦不甘寂寞又出現於江湖。姑丈的母親已經亡故，大哥乃政府要員去了臺灣。姑丈認為商機不可失，賣掉老家的農田和大屋，在鎮上蓋了一座旅店，賺得盤滿缽滿。人人皆以為新機遇來了，新政權將給人民帶來財富。

解放前夕胡氏的船隻被當局強行徵用過半，十幾條船有去無回，胡家老二老三失蹤，音訊全無。縱使如此土改時還是讓新政府評上「漁霸」，胡大海差點挨子彈，僥倖留了條小命。大伯莫家騏的三條船全泡了湯，店鋪生意一落千丈，阿香祖母憂心忡忡。

此時從城市頻頻傳來經商不難獲得成功的消息，人們將某人開旅社賺大錢、某人辦工廠生意興隆，一一傳遞相互證實，大家對新時代都有了信心，並以實際行動支持新政權。莫家騏鼓動母親賣掉大厝和店鋪，舉家遷居濱城開工廠。此時的莫家駒亦巴不得有機會去濱城闖新天地，間接支持了大哥的決定。

莫家以低廉的價格賣出所有家產，年老的祖母留香眼看一生的血汗付諸東流，淚水從小鎮一路流到濱城。愚蠢的伯父沒有買房子安頓祖母，只顧養他那一大堆孩子，終其生房子永遠是租的擠的破的，富貴遠離其而去。他把錢全部投資到工廠，迅即賺了一筆再投資，到「三反五反」一來，新政策強行逼迫廠家補稅，傾家蕩產也填不了那個大窟窿，惟有倒閉收場。姑丈的生意同樣慘澹經營，之後被公私合營。伯父和姑丈唯一的收穫是得到「資本家」的光榮稱號，日後在歷場政治運動中被批鬥，窮困僚倒一無所有。至於後來的家事不必記了，那是屬於新朝代的故事。

自姑姑來訪那日起，莫愁開始有記憶。生長在偉大的紅色時代，飢餓和迫害家常便飯而已。假如父親能夠挨過去不冤死，能像姑丈被打殘了還活下來，兩岸交流那當兒海峽那邊的哥哥點名要與弟弟相會，這邊的政府立馬封了個政協委員給姑丈。國共第三次合作，本來就是一家人嘛。

或許主憐憫祂的子民，不忍看父親受太多的苦，早早把他召了去。

莫愁肯定自己的記憶沒錯，姑姑林家珍和姑父那年確實來過濱城，之後為怕相互牽連受累乾脆斷絕往來，彼此心照不宣。上一輩都熟讀歷史，中國歷朝歷代都興坐連九族，這便是母親不讓小孩開口之故。所有四歲前老莫家的故事，莫愁需要自己去尋找，翻開的一頁積滿厚厚的苔蘚，前塵只能串成濕漉漉的回憶。就算早已明瞭結局，因為那血濃於水的親情，她依然站在過去的風景裡，甘願品嘗那份孤獨，兀自傾杯。

二〇一三年十一月二十九日

完成初稿已是子時，西方的感恩節剛開始

鷺江孤雁

孤雁不飲啄，飛鳴聲念群。誰憐一片影，相失萬重雲？
望盡似猶見，哀多如更聞。野鴉無意緒，鳴噪自紛紛。

——《孤雁》杜甫

深遠無垠的藍天，置身雲海之間凝望窗外，白雲似草原上溫順的綿羊。飛機從高高的空中下降，座位靠窗的女郎透過薄薄透明的雲帶，俯瞰腳下綠色的港灣。啊，故鄉的土地，清澈的雲海下一片起伏的山巒，海礁嶙峋，風光明麗，碧海環抱中的小島，是我的故鄉。飛機徐徐滑落，木蘭的心情無法平靜，人曰往事如煙，或云往事似夢，何以一切於我歷歷在目？愈近鄉愈情怯，想著杜甫的《孤雁》，淚流披面。離鄉三十餘載，那些積澱在心裡的苦水，止不住要往外流。可說給誰聽？誰是我的知音？

大雜院

一

人民共和國誕生了。多麼振奮人心啊！共產黨領導人民推翻帝國主義、封建主義、官僚資本主義三座大山，中國人民站起來了！根據政府的工作報告：全國各地紅旗飄揚彩綢舞動，城鄉群眾敲鑼打鼓迎接解放軍，大街小巷張燈結彩，人們踩高蹺、扭秧歌、打腰鼓，勝利歌聲響遍每一個角落。「五星紅旗迎風飄揚，勝利歌聲多麼嘹亮；歌唱我們親愛的祖國，從今走向繁榮富強。」

實際上濱城人都緊關大門躲在屋內，街上不見一個人影。倒是解放軍好紀律，見百姓關門閉戶也不騷擾，就在雨廊上打地鋪，早起的人們見到一地阿兵哥。戰火剛停，硝煙未散，清匪反霸、土地改革、鎮反、肅反、三反、五反、抗美援朝……一系列改造舊中國的群眾運動風風火火地展開來。五十年代是個懾人心魄的年代，出生在這個時代的孩子們，在風裡浪裡與共和國一起成長。

濱城，閩南地區的一座小城。二百年前這兒尚是孤島，島上一片茫茫蘆葦蕩，荒無人煙只棲息白鷺，故有鷺島之稱。藍色的鷺江海岸線迤邐，萬石巖上峰岩跌宕，白鹿洞旁山巒疊翠，虎頭山與龍頭山遙遙相望，龍吟虎嘯守護著美麗的海港。虎頭山是個小山丘，山上座落著幾棟別墅，現今駐紮著子弟兵，保衛島上的老百姓。山腳下一條大路從南到北叫思明路，中間第一個交叉口，以橫向的中山路為界，東至水庫、紀念碑，西到輪渡。第二個交叉口以思明戲院為界，在這裡分東、西、南、北。橫向是思明西路、思明東路，縱向是思明南路、思明北路。越往北走越熱鬧，再過一個街口就到七彩繽紛的大同路了。大同路就像上海的南京路，百貨、布莊、洋行、銀號、戲院均在此處。這個地段是不夜天，商店門口搭著戲棚，夜間吹、彈，拉、唱滿臺人，霓虹燈閃亮，人頭簇擁，歌舞昇平。沿街賣宵夜的攤子五花八門：炒栗子、燒肉粽、扁食、粿條、沙茶麵……小販聲聲吆喝，一派繁榮景象。微弱的街燈下，巷口站著打扮妖冶的女人，搽脂抹粉，擺首弄姿。

縱向的思明南路是平民區，當街的商鋪除了小食店、柴店、米鋪、雜貨鋪，就是小作坊，鐵匠、鎖匠、木匠、玻璃匠，門面暗淡冷清。隔幾號門牌就見一條小巷，往內走多幾步又是橫七豎八的巷中巷，內多瓦楞平房，住著窮人；也有豪宅人家、花園大屋，畢竟少數，且房主或已易手他去，有些小洋樓則是商家或高級白領自住。西南方向一條叫文淵井的陋巷，「文淵井」三字已不可考。碎石小路自巷口依牆蜿蜒，拐個彎來到三十號大雜院，木做的大門朝西，門框上嵌著一排碎玻璃片。打開大門是乾淨的院落，兩邊牆角各有個篾條編織的雞籠，罩著兩族雞群。四面各幾間瓦房，房頂上擺著幾盆風蔥，稀稀落落的兔尾草迎風搖擺。天井內橫豎著一支支竹竿，上面掛著男男女女的衣褲。地上鋪著不規則的石塊，中間有口水井，住客在此處洗濯：刷牙、洗臉、沖澡。大雜院沒有衛生設備，家家用痰盂、馬桶，男人的尿壺和小孩的痰盂裡，那些金燦燦的液體一概倒入天井下水道，待婦人們洗衣、洗菜、洗馬桶，薰人濁臭自當銷去。

朝南正屋大廳和西廂房住著舊《江聲日報》記者木先生一家：姥姥、木家夫婦和兩個女兒，木先生三十出頭。東邊住著個單身女人，名叫白鳳，在中山醫院內科當護士。左面亭子間元家來自郊區，元先生臨解放被官兵拉壯丁一去不返，妻子月華靠肩挑賣菜度日，有個十歲的兒子阿坤。右面亭子間三家合用作廚房。北屋方家三代人：方奶奶的兒子去了臺灣，媳婦開雜貨店，孫子方誠才二歲。

喔喔喔！方奶奶養的大公雞一早就把人吵醒。女人們蓬頭垢面，提著馬桶往巷尾的公廁倒「夜香」，男人們伸伸懶腰又睡下，睡多一刻也是福。坤媽出門前不忘將兒子趕到天井早讀，阿坤只好放開喉嚨念頌他的三字經：「人之初，性本善，性相近，習相遠……」姥姥從院子的水井打起一桶水，那吊桶是木先生撿下個破洋油罐，打橫釘上一段木棒做成的。搪瓷面盆的底鏽爛得無可再補，先是阿坤自告奮勇，用空牙膏皮燒熔黏了幾次，補了小洞又從邊緣漏水。有一回小巷來了個工匠，喊著「補面桶補雨傘！」姥姥拿給他看，那工匠就將整個底剪掉，換上重重的木頭底。井水冬暖夏涼，洗了個臉立馬清醒了。大丫七歲，頭髮又長又黑，自己梳了兩條大辮子，她上學早，已經讀三年級。二丫四歲，正正黃毛丫頭，姥姥替小外孫女扎了兩根羊角辮。

姥姥趕著擺檔賣香煙，數給大丫二丫各三張一百圓（一分錢）的票子。幼稚園在思明南路的新街禮拜堂，過馬路下幾級石階向東走。說是上學，沒有書包沒有課本沒有校服，就只一隻手捏著三分錢走路去，一路遇上提馬桶的鄰人，妞兒趕緊捏鼻子貼著牆讓路。出了巷口一街擺賣早餐的，三分錢可以選擇吃碗甜糯米粥，也可以買豬血韮菜綫麵糊。孩子慢慢享受，用湯匙將碗底刮得乾乾淨淨。隔壁炸著又香又脆的大餅油條，聞得人流口水，但她是醒目的孩子，知道外婆省著連早餐都沒吃，就裝著很飽的樣子，舌頭舔舔嘴角，滿意地離開。

妞兒根本不喜歡上幼稚園，上課時盡神遊太虛。她不愛唱「小羊兒乖乖」，也不想聽《兔子和烏龜》的故事。一般小女孩只會向爸媽撒嬌，二丫卻每晚陪姥姥上街道識字班，已經認識好多字：大、小、老、少、工、人、口、手、牛、羊、上、下、生、死、男、女……但政府有規定，入學須滿七歲，孩子只能讀幼稚園。昨晚居委會教了新歌：「勝利的旗幟嘩拉拉地飄，千萬人的呼聲地動山搖，毛澤東、史達林，毛澤東、史達林，像太陽在天空照。」婦女主任拿出兩張大相片，是毛主席和有八字鬍的史達林像。

「放學啦？」姥姥遠遠地看見小孫女遊蕩過來，叫住了。初解放百廢待興，市民都沒有工作，家裡能變賣的全賣光了。木先生工作的報館倒閉了，好不容易獲政府安排，卻是供給制，只管一人吃穿不發工資。木太太斯斯文文的也顧不得體面，給南下軍人當保姆去了。家裡兩口等吃的孩子，外婆只好在巷口擺了個香煙檔，一天賺幾千塊（幾角錢）與孫女們餬口。一個扁平的木頭匣子，兩面各自一格格地擺齊香煙，匣子豎放打開就開工啦，合起來也就是收檔。大丫放學要做功課，二丫必須幫忙賣香煙讓外婆去做飯。顧客每次只買一枝煙，都是些打工的粗人，總是急不及待地擦火柴，對著孩子噴一大口黑煙才肯走。多數人都買便宜煙，大前門和飛馬是高檔貨，通常一天也賣不出一包。外婆也抽煙，但她只將別人抽剩的煙頭收集起來，剝開紙攪和著，用自家的煙紙捲來抽，木先生笑謂「百鳥歸巢」。二丫的樂趣是將包香煙的紙收藏起來，放在枕頭下壓平後交給阿坤。

阿坤的娘月華很會做生意，每天一早去菜行買貨沿街叫賣，傍晚將賣不出去的賒給鄰里街坊。姥姥今天要了她賣剩的芋婆（小芋頭），煮了芋粥。大丫晚間要在煤油燈下做功課，二丫陪姥姥去街道治保會。今天思明區婦女主任來講《婚姻法》，隔壁大院房東老太太的媳婦朗飼聽了，忍不住哭哭啼啼地控訴，說她七、八歲上就當童養媳，吃盡婆婆的苦。二丫聽見主任小聲勸朗飼離婚，說工作組一定支持她。接著一班人就排演起話劇來。幾天後大家上街頭表演，孩子們都去當拉拉隊。有個節目是諷刺文盲在館子叫菜，明明不識字卻冒充文化人，指著菜牌最後一行字對店小二說：「最後一道菜來兩盤！」小夥計大聲叫道：「二號枱要意見兩盤！」引得觀眾大笑，旨在鼓勵人們上夜校讀書摘除文盲帽子。另一個節目則由兩個女人化裝成惡婆婆和小媳婦，婆婆拿著雞毛撣子追打小媳婦，小媳婦一味繞著場子跑，政府派來的工作人員上門責備婆婆，並向小媳婦灌輸婚姻法，教她反抗封建婚姻。小孩子跟著大人呼喊：「打倒萬惡的舊社會！」「支持婚姻法！」眾人高唱「解放區的天是明朗的天，解放區的人民好喜歡，民主政府愛人民，共產黨的恩情說不完……」

二

白鳳是虔誠的基督徒，因為她到處宣揚福音，大院的人除了方奶奶信佛，全部加入教會。有個星期天大家做完主日崇拜回來，只見路人行色匆匆神色慌張，左鄰右舍一個勁往外跑，街道治保主任吹著銀哨子通知集合，還一戶一戶地檢查不許留人。大人們議論紛紛，小孩子卻期盼可以看熱鬧，他們興奮地跟在大人後面，有些人還扛著長櫈。

萬人空巷。

人們去到虎頭山下一處空地，那裡已經擠得水洩不通，孩子們將長櫈放在最後面站上去。遠處樹下有個臨時搭的臺子，大白布條橫幅上的字二丫不全認得，四處的竹棚上貼滿劃著紅槓打著大勾的紙張。大人說是開公審會。一批民兵佩帶槍枝，押著幾個五花大綁者上臺，被押的人背上插著大關刀似的生死條，胸前還掛著大牌子，幾個黑字用朱紅筆打了大叉。二丫只認得最前面那人胸前的名字是「×江河」，姓氏那個字筆劃太多不認識。高音喇叭吵嚷得很，大人們喊著口號，將幾個罪犯拖下臺，人龍跟著湧去。大丫和阿坤呆立原地，二丫兩隻手拽緊他倆，不遠處傳來一串放電光炮的響聲。「死了！」阿坤喃喃自語，大丫緊緊閉上眼睛，小妞感覺哥姐的手都在顫抖。聽人說那些壞人給槍斃了，子彈從頭殼打過，腦漿塗地。主日學校老師說，罪人是不可以上天堂的，孩子們想象地獄的熊熊烈焰正吞噬這些壞人，悲哀得吃不下飯。

「雄糾糾，氣昂昂，跨過鴨綠江，保和平，為祖國，就是保家鄉。中國好兒女，齊心團結進，抗美援朝打敗美國野心狼！」可惡的美帝國主義者侵略朝鮮，血性男兒都爭相報名，上前線保家衛國。到處傳頌著志願軍的英雄故事。黃繼光用身體擋住兩支機關槍，使後續部隊能夠攻下高地；偵察兵邱少雲被燃燒彈的火勢蔓延燒身，為了不暴露部隊埋伏的地點，堅持到犧牲。多麼可歌可泣的英雄！大廳的邊門通往隔壁大雜院，那裡的阿興哥哥要當兵了，多光榮啊！阿興才十六歲，虛報大了年齡，他不願跟家裡過窮日子，要奔前程去。穿上軍裝的男孩氣宇軒昂，居委會給他家送來光榮匾。那天他戴上大紅花，在喧天的鑼鼓聲中上朝鮮，羨慕死整條街的孩子。他娘名叫春花，哭了幾天幾夜。阿興有好多弟妹，老爸是禾山農民，進城後劈柴維生，只要打開這道門，飛入耳朵的必是破柴的聲音，孩子都不敢走近，生怕給柴禾擊中。春花糊紙盒幫補家計，家中床上床下任一角落無不是紙盒，一家人生活在紙盒的包圍中。後來政府安排春花到街道當組長，雖然她根本不識字。

送了阿興哥上部隊，二丫若有所失，心中十分不捨，不曉哪一天輪到哪一位哥哥又會出去打天下。她將儲下的一沓煙盒紙順手交給阿坤。阿坤立即摺疊起各種紙人和桌椅，說可以開新戲了。

「你就知道玩，能像阿興哥去當英雄嗎？」二丫揶揄他。

「我長大也當兵去！」阿坤不示弱。他書讀得不怎麼樣，就擅各種紙藝，能演一齣齣紙偶戲：張飛大戰長板坡啊，魯智深拔垂楊柳啊，張羽煮海啊，又唱又念又打，演得維妙維肖，雖然只有大丫二丫兩個觀眾。阿坤家就是戲院，他娘的床是戲臺。

「咚咚槍！開場啦！」阿坤喊話。

「又是《武松打虎》啊？」二丫心想已經看過十幾回了。

「不是，今天開新戲《包公奇案》！」

天涼了，大丫沒及時添衣傷風了。姥姥摘下幾棵風蔥，加幾片薑，沖了碗茶給她喝，說快捂實被子睡覺，鼻子很快就會通暢。

方奶奶養了隻暹羅貓，取名香香公主。冬日裡公主在瓦片上曬太陽，屋頂上的兔尾草隨風搖擺，替牠的臉搔癢癢，晚上總是來鑽外婆的被窩。公主尖尖的耳朵，倒三角型的長臉，有雙上揚的褐色杏眼，長長的身軀，長長的尾巴，長長的四肢，長長的頸項，全身乳白的短毛，只在額頭、耳尖、蹄子和尾巴有褐色的點。公主的好奇心很強，孩子們說話牠總豎起耳朵聽，轉著琥珀色的眼睛，似乎明白小主人的心意。春天來了，公主每晚都在屋頂上舒展她流暢的體型，像美女般在天橋上顯擺其優雅的姿態。晚上公主一開金口，便引得遠近的王子爭相唱和。幾隻貓公在屋頂上大打出手，鬧得大家睡不著，姥姥抓起竹竿嚇唬著喊打，才稍稍靜了下來。不久公主腹大翩翩，生下四隻可愛的小貓，阿坤伺候牠們，彷彿公主不是方家而是元家養的。小子輕輕地從公主懷裡握出一隻小貓，放入手掌心慢慢欣賞，愛撫牠們，然後置入鋪著破布條的腳盆裡。大丫二丫急忙拿小魚和飯來犒勞剛當媽媽的公主。四隻小貓名叫：阿黃、阿白、阿灰、阿黑，長得並不太像公主。方誠吵鬧著要看貓貓，阿坤不讓，怕他一驚一乍嚇壞小寶寶。

小巷有許多大肚婆娘。毛主席說：「人多好辦事」，蘇聯有個母親英雄生了十個孩子。木太太經僱主首長介紹參加掃盲工作，挺著個大肚子，臨盆之前還下工地。她的工作熱忱和能力獲得領導嘉許，迅即被納入市總工會。兒子出世，不致「攏生查某」[1]。二丫愛胡思亂想，放學不用排路隊，許多小朋友有家人帶，她則沿街亂走東遊西蕩。後路頭住的窮人多，整條街多是手工作坊。

---

[1] 只生女兒。

小妞常站在一家鐵匠鋪門口，那屋子正中有個大火爐，他們家中最小的兒子，約摸十二三歲模樣，雙手拉著風箱的橫柄，將身體前傾後倒，爐火燒得旺旺的，噴出火舌來。打鐵的工作彷彿樂團奏交響樂，風箱在平緩勻稱的節奏中加速，強力的節拍就像人生充滿希望。灶中的火苗隨風箱的韻律跳躍，在勁風的吹奏中升騰。父親待鐵器燒至火紅，用火箝迅速將它取出放到大鐵墩上，從身後腰間取出一把小鎚子，輕輕敲打一陣，去掉鐵件上的死皮，然後翻動鐵器，讓大兒子掄起大鎚擊打，一而再地放進爐子循環往復。幾番鐵錘上下，一串叮噹聲響，大汗如雨飄落，鐵件終於成型。父親把鐵器放入水槽內，隨著一聲「嗞——」，一道白煙倏然飄起，淬火完成。平常有個孕婦張羅他們吃飯，後來不見那女人，姥姥說：生了，生了個兔唇的兒子。方奶奶說：胎兒天天受鐵鎚鍛打，能不哭裂嘴嗎？隔壁大院阿生一家做掃帚，一捆捆高粱桿子用板車運來堆滿院子，全家男女老少齊動手，摔、打、扎，阿生嫂負責最後一關，將半成品掃帚用鍘刀切齊。婦人雖挺著個大肚子，動作卻很利索，可惜生下一個沒手沒腳的嬰兒，只好不要了。

爸爸回來了！木先生加入高甲劇團當導演和編輯，除了長駐劇社，還得經常下鄉采風或隨團出外公演，為了看剛出生的小兒子，特地請假從郊縣趕回來。父親穿著一件大花襯衫，樣子滑稽可笑，引來滿巷人圍觀。「沒辦法，供給制，給什麼穿什麼。」木先生攤開兩手向鄰居解釋。時興學蘇聯，男人穿花衣，女人著布拉吉[2]。這時老鐵匠撥開眾人，手中抱著兔唇的小孫子，讓木先生給起個名。木先生說：「抗美援朝，保家衛國，就叫衛國吧。」老鐵匠忙道：「好！好！就名叫衛國，長大當兵打美國佬。」

② 連衣裙。

木先生指揮身邊的孩子們唱起歌來：「我們祖國多麼遼闊廣大，她有無數田野和森林。我們沒有見過別的國家，可以這樣自由呼吸……」

木先生給女兒帶來永春土產油紙傘和草帽，家家給送了幾把紙扇子。那幾把花花綠綠的油紙傘真好看，大丫那支畫著《白蛇傳》，二丫那支畫著《嫦娥奔月》。大丫撐開傘，踱步朗頌起《雨巷》：

「我撐著油紙傘／獨自彷徨在悠長悠長又寂寥的雨巷／我希望遇著一個丁香一樣地結著愁怨的姑娘／她是有丁香一樣的顏色／丁香一樣的芬芳／丁香一樣的憂愁／她在雨中哀怨／哀怨又彷徨／她彷徨在這寂寥的雨巷／撐著油紙傘／像我一樣／像我一樣地默默彳亍著／冷漠／淒清／又惆悵……」

「好了，好了，我的詩人女兒，你們快吃飯看戲去吧！」木先生拍拍大丫的肩膀。聽說去看戲，孩子馬上捧起飯桌上的地瓜粥，囫圇吞噬，準備去民眾劇場。

三

昨晚看的是《荔鏡記》。這陳三五娘的老戲看過好多遍了，大丫別說有些唱段會唱，連走步念詞都來得。姐姐扮黃五娘，叫妹妹扮益春，兩丫演得似模似樣。木先生聽到女兒的唱腔，連說要改革要編新戲了。二丫並不太愛看戲，她最喜歡到後臺看演員化妝。可不是嘛，林賜福叔叔沒化妝是個大男人，剛剛還擰了她的小臉，可剎那間就變成媒婆了，多麼神奇！她想了一夜：女人若真能變成男人將會如何呢？醒來又想也沒想通。女孩伸伸懶腰起床，今天不上學沒早餐錢，只見桌上有一海碗蕃薯。什麼時候不吃蕃薯就好了，她這輩子就最討厭蕃薯，今早寧願餓肚子也不吃。

姥姥、誠媽和坤媽都做生意去了，母親放產假還睡著，院子靜靜地真舒服，弟弟不愛哭，方誠也不吵鬧。二丫一邊洗臉，一邊拿眼掃過亭子間，偷窺阿坤做些什麼，這家伙看書呢。她悄悄走上前，「喂」了一聲，把阿坤嚇一跳。「你真勤奮，咱們今天出去玩吧！」「好！」阿坤求之不得，立刻叫了大丫，準備出發。三個孩子正要出門，迎頭撞上鳳姑。「三個小家伙，今天為什麼沒上主日學？」鳳姑大興問罪之師。遭了，這下子可走不脫了。白鳳是山城人，高挑個兒，皮膚微黑，明眸皓齒，娥眉鳳眼，一頭披肩長髮，常在炭爐上放把火鉗，將髮尾捲成波浪。她身上總有一股幽幽的香味，雖說是護士卻絕非醫院的藥水味。白鳳很少在家做飯，也不用倒馬桶，昨晚一定是上夜班，一早已經去了教會。

孩子們不敢出門，乖乖地跟鳳姑進她的房間。這座大院，就數鳳姑的家最乾淨漂亮。東廂房跟木家西廂房一般大小，只是木家人多隔成兩間用。進門處靠左邊牆是一張五個抽屜的桌子，一隻靠背椅，桌上幾本醫學書籍和聖經，細瓷花瓶內插著萬年青。貼著中間那面牆是張大床，掛著雪白如絲的圓頂蚊帳，被褥是白底細花布，被子上面兩個又大又鬆的枕頭。赭紅色的地磚上鋪著張灰色的小地毯，上面放置兩個蒲團，右牆上掛十字架。三個孩子自動跪下，合上眼睛聽鳳姑祈禱，接著說「阿門」。禱告完畢鳳姑拿出一隻糖果罐，照例每個孩子一顆，二丫替方誠要了一顆。白鳳很喜歡小孩，孩子都叫她姑姑。木太太曾跟她閒聊說，咱倆今年都二十五歲，我已經生了三個，你還不趕快結婚生子？她答道：「你的孩子也是我的孩子，我們都是主的孩子。」木先生說白鳳這叫博愛主義。

二丫給方誠送糖果，進他家聽到留聲機又在唱那首歌，母親說那是吳鶯音的〈好春宵〉。木太太也常常唱：莫再虛度好春宵，莫教良夜輕易跑，你聽鐘聲正在催，的答的答的答的。碧空團圓月色好，風拂枝頭如花笑，莫叫鐘聲儘是催，的答的答的答的……

方家奶奶兩個兒子都去了臺灣。大兒子解放前是市警察局長，盡人皆知。小兒子即方誠的父親原不肯走，因為放不下老母和妻兒。本以為馬上就要回來的，唉！一水之隔不能往來，這人世間的悲歡離合只能聽憑主的安排。成媽開著一家雜貨店，負起養育兒子侍奉婆母的責任。這女人很少講話，只一味地抽煙喝酒，玩玩唱機和那些黑膠唱片。木先生說，那是她賴以生存的寄託。女人高興起來抱著兒子吻個不停，又哭又笑；生氣了扒下孩子的褲子打一頓，一條一條又紅又紫的籐印，慘不忍睹。小子很怕她娘，好在有奶奶護著。北向一廳二房，廚房是加建在天井邊的，誠媽住前房奶奶和孫子住後房。大廳一邊擺著木沙發和茶几，沙發後的牆上掛著幾幀照片，鑲上玻璃框，沙發前放著搪瓷痰盂，茶几上擺個玻璃煙灰盅。另一邊是飯桌椅，桌上尚有隔夜的菜，用竹籃罩著。中間靠牆一張長條木櫃，留聲機就放在上面。

「阿誠！阿誠！」二丫揮著包玻璃紙的糖果叫道。方奶奶應聲走出房間，順手拿起唱針關上轉盤。「吵死了！他娘出門也不關上。」人人都知方奶奶怕媳婦，背後才敢出聲。好歹這家依靠媳婦呢，能留住她已屬難得。遠近都曉得方誠的娘曾是黑貓舞廳最紅的舞娘，當年拜倒石榴裙下的不知幾許，多少男人一擲千金，為求一親芳澤。可她不給大商家做小，不遠嫁南洋，肯做歸家娘就為的腹中骨肉方誠。只因時局動盪，方誠爸隨大伯跟政府遷去臺灣，心想安置妥當再來接家人，豈料從此一水隔天涯，生死兩茫茫。

「二丫！」這妞本要逗逗方誠，卻聽到姥姥甫進院子就喊她。原來家裡煮鹹菜飯沒沙茶辣椒醬，姥姥叫買去。二丫是姥姥的跑腿，大丫是大小姐叫不動，老說她功課多。二丫喜歡到處跑，買東買西借錢借米都是她的份內事，小小年紀懂得的事才多呢。市場在新街對面，買魚買肉是姥姥的事，遺憾多久沒吃魚肉了。孩子拿著隻碗去到醬油舖，付店夥計三分錢，給了一調羹沙茶辣捧回家。鹹菜飯就全靠這醬，沒它飯就沒味兒，窮人的孩子大吃，阿坤一餐可吃三大碗，就只點辣椒油下飯。姥姥有時當會頭，二丫常來此收會錢，這市場內不少人入會。小孩子收了錢也不怕丟，絕對沒有壞人敢搶劫，也從未有人賴帳。窮人家急錢用就要標會，價低者中。比如兩塊錢的會若投一元五角，日後要還足二元，標價越低損失越大。醬油店對面那家陶瓷舖老闆總是收尾會，錢越滾越多，這老頭子有兩個老婆，大老婆滿臉皺紋，小老婆年輕卻醜。大雜院說雜也不雜，街巷的人都挺熱心腸，打開門一家人似的，窮人沒文化低俗些，嘴皮子碎並不害人。

國慶節的濱城張燈結綵，市民歡天喜地，大肆慶祝。大丫又是練嗓子，又是背頌詩歌。她既參加大合唱，又單獨朗誦戴望舒的《雨巷》，躊躇滿志的很。二丫也忙著呢，白天街道主任將長得標緻的孩子都叫去，一個個打扮成戲裡的人物參加巡遊。二丫給化妝成青蛇，大太陽下走遍整個島，又熱又渴，汗水將臉上的油彩都化了，一抹成了大花臉，又累又難看，恨不得快走完。當晚她還得參加基督教青年會演出，方詩英校長彈鋼琴伴奏，孩子獻唱。

木太太拿出自己的粉紅織錦旗袍，給二丫改了件漢裝夾衣，白鳳替她鬆開洋角辮，用火鉗燙了頭髮，孩子看來像個混血洋妞，漂亮極了。青年會在小走馬路六號，夾在主光小學和桃源小學中間。第一次登上大舞臺，她一點不心慌，施施然給觀眾鞠了個躬，跟著琴聲亮起稚氣的童聲：「朝霞裡牧童在吹小笛，露珠兒撒滿了青草地，我跟朝霞一塊兒起床，趕著那小牛兒上牧場……」美妙的歌聲獲得經久不息的掌聲。「小姑娘再來一個！再來一個！」人們站起繼續鼓掌。方校長示意孩子，再彈起過門，二丫又唱了一回，再次深深鞠躬謝幕。

這個晚會，大丫木芙、二丫木蘭兩姐妹出盡了風頭。

主光小學

一

主光小學是教會學校，校長、教師和家長多是基督徒，校舍設備齊全，師資一流。主樓一樓是圖書館、會客室、儀器及體育用品房；二樓是校長室、訓導室和教研室。兩翼為教室班房，前面空地作操場，地下室為小賣部和雨天遊戲間。學校有嚴明的紀律，孫忠誠校長永遠筆挺的深色西裝，鮮色領帶，絡腮鬍子刮得乾乾淨淨，金絲眼鏡後面目光慈祥，不怒而威。

好不容易到了入學年齡，終於上小學了，二丫不再梳羊角辮，打了兩條小孖辮[①]。二丫認的字和算術、珠算夠上三年級，但老師說，新的規定不允許跳級，太可惜了。姥姥嘆息道，人各有命，上帝安排好的。大丫再過一年就小學畢業了，她入學早又跳級，老是考第一名。班主任洪老師說，畢業時很可能安排她參加夏令營，夏令營是每個孩子夢寐以求的樂園。主光小學在小走馬路四號，長長短短幾條巷，左穿右插七拐八彎才到。二丫不必用功，讀書對她是輕而易舉的事。她喜歡上學是因為可以交朋友，學習很多玩兒的花樣，小妞的心野著呢。

姥姥用舊床單給二丫縫了個書包，大丫讓出一支鉛筆和半塊橡皮，她嘟囔著說，自己就剩下一支半鉛筆，那半截太短還得插在高粱桿上用呢。大丫從不跟二丫一道上學，姐姐斯斯文文，哪怕中午的太陽曬得石板路燙腳也慢慢走。妹妹就不同了，一步三跳，又跑又叫，經過淑媛家的花園，還學男孩子撿石

① 雙馬尾，在廣東話中稱孖辮，是指左右兩邊各綁上對稱馬尾的髮型。

子打梧桐子吃。姐姐的同學都是商家白領的子女，妹妹的同學多是苦孩子，父親踩三輪車搬碼頭的都來讀主光小學，時代不同了。

姐姐的同學多住中山路。鳳儀爸是紗廠老闆，有座小洋房，幾個姐妹如花似玉；惠芳爸開新新百貨公司，家住商店樓上；淑媛家有個大花園，上學放學都經過。她們全是嬌滴滴的千金小姐，家中保姆傭人成群，都擅長歌舞，是教會詩歌班的臺柱。大丫跟她們玩得多，不自覺地成了大家閨秀。

妹妹的同學分幾派，富有的一派：麗娟老爸是工商界資方代表，她姐姐麗娜是大丫的同學，住昇平路花園洋房；友華家開新華書店，家住書店樓上，哥哥友忠已經考上清華；徐傑父母是名醫，住花園豪宅，他姐與大丫同班；于洋老爸是營建商，住樓房；曉月家更了得，三層獨立洋樓，父親是英華中學校長，母親當教員。窮困的一派：阿恩爸踩三輪車，晚間給教會看門，住教堂地下室；珍珍老爸是搬運工人，她家是座爛木頭房子。不久來了一批插班生：思明、文彬、阿旺，他們來自郊縣，是殷實的華僑子弟。二丫家窮，但父母有文化，人皆稱呼「先生」和「先生娘」，雖處於尷尬地位，卻是眾人的朋友。班主任洪莉老師見她人緣好，指派她當上了班長。不想這個小班長倒是有點能量，慢慢成了囝仔頭[2]。

讀了一段時間孩子們都熟了，有什麼玩的全帶到學校來。一開春就準備養蠶，二丫指揮大家行動：徐傑負責準備小紙盒，因為他父母是醫生，有的是針藥盒；思明是鄉下孩子，叫他負責蠶種；阿旺負責採桑葉。孩子們果然聽她的，思明帶來一張蠶種紙，用鵝毛輕輕將蠶種撣下，每隻盒子分給幾個小不點，人人像得了寶貝，珍重地放在書包裡，上課時還忍不住偷偷望一望。每天放學後，二丫就跟阿旺去

② 孩子王。

找桑葉。淑媛家的大花園內有棵桑樹，男孩子爬牆進去，女孩負責望風，每次摘來的桑葉可餵好些天。天若下雨，桑葉要細心抹乾晾乾，否則寶寶吃了會翻肚子。從小不點的蠶種養到吐絲結繭，孩子們嘗到生命的喜悅。

小息時間不少同學去地下室買東西吃，父母沒給二丫零用錢，她雖不稀罕吃零嘴，但也得想辦法籌錢弄些玩意兒。隔壁一家小販做花花綠綠的米糕小人，一家是吹糖人的擔挑子，姥姥生意好時會獎勵二丫一分錢，讓她買東西。米糕人特漂亮，孫悟空、豬八戒、唐僧生龍活虎的，但光看不能吃，窮孩子實際得很，寧可買一支糖哨子。每次買了糖哨子她都捨不得馬上吃，在路上示威一般拼命吹響哨子，舔得糖快融了才嚼吃，多麼愜意啊！可現在小妞不再吃糖哨子了，每一分錢都珍藏在枕頭下，還找舊書報、空瓶子、牙膏皮，等收破爛的來了換錢用。

「酒干倘賣冇[3]？」

一聽到收破舊的那把沙啞喊叫聲，左鄰右舍的孩子都大呼小叫跑出來，他們捧著各自的寶貝，放到收破爛的秤盤上，秤桿上面的星星更是揪緊他們的心。大鈔歸大人小鈔歸小孩，這幾乎是不成文的規矩。二丫已經儲存了一沓爛小鈔，準備向貨郎擔買針頭線腦什麼的。

篤篤篤！篤篤篤！

終於來了！貨郎擔是個肩挑男人，他不必像收買佬大聲吆喝，只要輕輕搖動撥浪鼓，小巷裡的女人和小孩一早豎起耳朵聽著呢！那小鼓槌擊打鼓兒的聲音迴響在幽靜的陋巷裡，吸引了多少顆期待的心

③冇：方言，沒有的意思。

啊！二丫要了幾色絲線準備端午節用，還買了兩條紅頭繩和一扎彩色橡皮筋。

「一五六，一五七，馬蘭花開二十一。二五六，二五七，二八二九三十一……」小息時間人家去買零嘴，二丫和珍珍她們跳橡皮筋。一條條橡皮圈扣成長繩，兩個人各拉一頭，第三個用腳鉤起橡皮繩，表演各種精彩花式，一邊跳一邊唱。二丫跳得好，輪到她就跳的沒完沒了，兩條小辮子甩得好高。鳳姑還教她縫米袋，教她各種玩法，米袋輕輕巧巧，打起來沙沙響很好聽，成了孩子的拿手遊戲。端午節採菖蒲、燒黃經草、喝雄黃酒，姥姥說是為了防蛇蟲抗瘟病。鳳姑教女孩們用碎布包起樟腦丸，做外形如粽子的各色香袋，垂著漂亮的花絲線，別在胸前。木先生改編歷史劇《屈原》之前，孩子們只知道端午節是關於白娘娘的故事。借傘、盜仙草、水漫金山、斷橋、雷峰塔、祭塔，每一個情節姥姥都講了不下十次，誰也沒聽厭。女孩都討厭無能的許仙，不明白白娘子那麼能幹的仙女，為何要纏住這窩囊男人。男孩則憎惡法海多管閒事，幹嘛要破壞人家的好事。阿坤最後演了一臺《水漫金山》戲，他娘罵他不長進，將那些紙人兒全燒掉了。

二

大丫已經是重點中學的高材生了，不再只讀語文和算術，而是滿滿當當一書包課本，好威風。二丫上學後有了自己的朋友，也不看阿坤的戲了，她喜歡的是《美人魚》、《賣火柴的小女孩》那樣的故事。阿坤可憐巴巴的，因為初上小學時讀的是閩南語，只好留級重學普通話。大家最後一起玩是他初中畢業那個暑假。男孩率兩姐妹去遊紀念碑，爬虎溪岩，鑽白鹿洞。烈日炎炎，三個孩子赤腳踏在滾燙的石頭上，汗流浹背卻欣喜若狂，一路上採擷虎梅和野果充飢，喝山澗溪水解渴，大自然就是窮孩子的遊樂場。他們還去南普陀聽高僧頌經，看香客禮佛還願，鑽有「錢孔」之稱的石門。大殿右側月門上寫著「無我」，左邊則是「隨緣」，二丫瞪大雙眼認了字卻深深不解，大丫和阿坤也不懂得啥意思，只能將疑問藏在心裡。

開學時曉月家發生了巨變。大人說他爸依靠祖父的田租上大學，因而成為土改的「漏網地主」，僥倖沒有血債及曾為社會做過公益不必坐牢，但被解除公職，押解回閩北老家監視勞動。她娘出身「民族資本家」，平時話少沒有得罪什麼人吧，況且全校六十個教職員工中已抓了校長、副校長和教務長三人，百分之五的名額剛滿。政府公布英華中學是資產階級的溫床，將它解散歸並入其他公立學校，曉月母親被調去五中。家中下人都被遣散，僅留下看弟弟的保姆，房子空出來出租。往常一群孩子去曉月家玩，她父親總是呼妞兒「小丫頭」。可敬慈祥的校長被趕走，再不可以踏足濱城，永遠離開苦心經營的學校和家庭，等待他的是不可知的命運。

無論城鄉都發生巨大變化。農村土地改革後分給農民的土地，經過互助組，而後初級合作社，再後高級合作社，又歸了公。所有糧、油、棉實行統購統銷，農村進入社會主義。城市的手工業者也進入手工業合作社，工商業者則實行公私合營。毛主席領導全中國進入社會主義，「社會主義是金橋，是通向共產主義天堂的大道」，人人舉手擁護。街上鑼鼓喧天，爆竹轟響，花車遊行，報喜報捷，熱鬧極了。麗娟爸爸是民主人士，掛著副市長的頭銜，他帶頭將公司股份交出，贏得廣大市民的無數掌聲。校長在集會裡對全校師生作了宣傳，所有學生都將目光投向麗娟，令女孩的圓臉漲紅得像紅領巾。

方誠也上小學了，他是個怕羞的男孩。這一陣子他娘老喝酒，方太太的雜貨店被公私合營了，從此她不再是老闆娘，每月只拿三四十元工資，還得受店長管。所有那些有錢的同學，他們家的廠房、商店、診所，都不再屬於私人所有，貧富均等的共產主義天堂已在不遠處，人們滿懷激情高唱：「社會主義好，社會主義好，社會主義國家人民地位高，反動派被打倒，帝國主義夾著尾巴逃跑了。全國人民大團結，掀起了社會主義建設高潮……」

在文化領域方面，毛主席在中央政治局擴大會議上說：百花齊放、百家爭鳴，應該成為我國發展科學、繁榮文學藝術的方針。中央宣傳部長陸定一代表黨發言，提倡在文學工作和科學研究工作中有獨立思考的自由、有辯論的自由、有創作和批評的自由，有發表自己的意見、堅持自己的意見和保留自己的意見的自由。在學術批評和討論中，任何人都不能有什麼特權，以「權威」自居，壓制批評……從而在文藝界和科學界引起了強烈的反響，學術文化各部門顯示出生氣勃勃的景象。

市委通知各單位都要準備文娛節目參加演出，內容當然是歌頌新中國新生活。班主任洪莉老師是教會司琴，負責彈鋼琴；教體育的孫老師剛從師範畢業不久，擔任指揮。放學後孩子們賴著不走看老師們排練演唱，女教師排前面，白襯衫黑長裙；男教師站後面，白襯衫黑西裝紅領帶。他們擺出昂首闊步的姿勢，激情高唱：「當東方升起了紅太陽，毛澤東光芒照四方，照遍千山照遍萬水，穿過天空穿過海洋。人人抬頭迎幸福，家家齊聲把頌歌唱，歌頌領袖毛澤東，歌頌祖國繁榮富強……」

木先生年輕時就酷愛南曲，他有一把醇厚的嗓音，唱腔高昂婉轉，又擅作曲和彈琵琶，因為在文學和南音方面的造詣，進入高甲劇團任編導。適逢雙百方針的璀璨年代，藝術才華得到充分展現，先後編寫和改編了數十部歷史劇、現代劇和折子戲。二丫常到劇社看父親指導演員排練，有些演員沒文化，見他總是耐心地講解比劃。木先生又是本市出名的書法家，他親自譜寫劇中的曲子，揮毫書寫臺詞幻燈片，常在昏暗的油燈下熬夜寫字，一雙大眼睛總是布滿血絲，女兒常幫老爸磨墨展紙打扇子。木先生辛勤的付出獲得獎勵，被選派出席福建省文教勞模大會。

「看戲去了！」劇團若在繁華的中山路《民眾劇場》演出一定火爆，人們奔走相告。巨大的海報上，大字書寫著：《屈原》編導木凡，主角林賜福。木凡是木先生的筆名，孩子們很為父親感到驕傲。閩南人多不懂北京話，主要的娛樂就是去戲院看戲。臺上演員聲情並茂地演唱，臺下觀眾如醉如癡地投入。木先生改編歷史劇《屈原》時，慧眼識英雄，選定林賜福飾演主角屈原，林叔叔不愧是梨園英傑，成功地塑造了「生當做人傑，死亦為鬼雄」的一代偉人。屈原的瀟灑飄逸、凜然正氣，與嬋娟的嬌嫩嫵媚、純情柔美，使這一淒婉悲壯的哀歌風靡鷺島，經演不衰。

學校叫木芙排個折子戲參加匯演，大丫猶豫得很。老師說，讓木凡先生教你不就得了？老爸那麼忙，就將事情交代給一個叫秀珍的演員。秀珍對木先生敬佩得五體投地，她對大丫二丫說：「我以前不懂做戲，在江城看了木凡先生的新劇《陳總殺媳》，劇本那麼好，演員又出色，才下定決心來跟他學藝。」女兒們這才知道，許多年輕演員是木先生的粉絲。秀珍擅演青衣，手把手教大丫走碎步，吊嗓子，傳授念、作、唱、打的功夫，調教得大丫像個小演員。《打豬草》這個小戲目令大丫紅的不得了，後來還演了《桃花搭渡》。領導開玩笑對木先生說，劇團正缺好演員，不如讓你兩個女兒來學戲吧！二丫聽了心想，誰演戲呀，我要當科學家。

三

阿坤初中畢業了，考不上高中，遊遊蕩蕩地，如何是好？街道來動員上山下鄉。毛澤東關於知識青年上山下鄉的第一次指示是一九五七年發出的，原話是：「一切可以到農村去工作的這樣的知識分子，應該高高興興的到那裡去。農村是一個廣闊的天地，在那裡是可以大有作為的。」隔壁阿興在朝鮮打了勝仗回國，在思明區派出所管理戶口；他娘春花沒文化，好歹是個組長；朗飼辦了離婚搬出去，再嫁給一個南下的老幹部，租住在巷尾，成了文淵井居委會主任。今日的朗飼已非讓人鄙夷的小媳婦，大小是個官太太，走起路來一陣風。小女人剪掉髮髻，梳了齊耳短髮，穿著一身灰色列寧裝，腰間繫著皮帶，手中拿著文件紙袋，意氣風發地進入三十號大院，後面跟著春花。

立了秋的空氣還是熱騰騰地，中午時分，公主和小公主阿黃都攤開身子，躺在磚地板上一動不動，阿黑、阿灰、阿白都送去街市給人養，方奶妨說哪來那麼多米飯。亭子間給太陽曬得滾熱，阿坤不知瘋哪去了。月華穿件沒袖薄汗衫，敞開房門，一邊吃飯一邊搧著蒲扇，讓人隱隱約約看見兩隻下垂的奶子在晃動。她每天早出晚歸，中午回來吃飯休息，這兩個月因為兒子既沒書讀又沒工作，愁得頭髮都白了。

「什麼風把你們吹來了啊？」見到有人上門，況且是風頭十足的朗飼，月華馬上笑臉相迎，招呼讓坐。可惜這房間搭了兩張單人鋪，連轉身的地方也沒有，客人只能坐到床上去。

「阿坤畢業了，年紀也滿了十六歲，有什麼打算啊？」朗飼皮笑肉不笑，開門見山道了來意。

「十六歲囝仔會做啥？有得做兵就給他去，汝阿興真出息呢。」月華因為丈夫被拉伕一去不回，以前對軍人本能地反感，但從阿興身上知道新社會當兵的好處，對春花說。

「月華姐，阮阿興好彩遇上打仗好時機，現今和平免打仗，做工好過做兵囉。」春花是老實人，實話實說。

「祖國大建設，到處需要人才，咱市在店前郊區開了片農場，阿坤去那裡可以有工做，有飯呷，少年家朗沒志氣給老母飼伊。」朗飼憑三寸如簧之舌鼓吹了許多下鄉的好處，更把那農場誇得人間樂園一般。女幹部本想等阿坤回家當面授教，無奈房間西照太熱，只好丟下話叫阿坤到居委會找她，拍拍屁股扭身走了。

　　兩個女人前腳出阿坤後腳進，小子遠遠瞧見朗飼趕緊躲到隔壁去了。在隔壁大院，聽那房東老太太富姐絮絮叨叨了一陣，說朗飼沒良心，當年他老子抽大煙傾家蕩產，被人上門追債，債主本欲將其女兒抵債，要不是她花十個大洋救了小妞，便給賣去當雛妓云云。若非兒子厲聲叫他娘收聲，老太太恐怕沒完沒了。朗飼的前夫小小個子，沒甚男子氣概，靠打蔴繩過日子。她娘收房租放小高利貸，日子其實也不錯。朗飼沒生養，白白胖胖，看不出受過什麼苦。

「瞧你瘋哪去了?家裡冇白飯給你呷。」月華特地少煮了飯，鍋子刮得乾乾淨淨，想的是嚇唬兒子。豈知兒子血氣方剛，不想當二流子讓人看輕，下鄉就下鄉，說不準有拼頭，竟自去居委會報了名。

　　傍晚姥姥炒了碗隔夜的糙米飯，二丫放學三下五除二扒光了，沒細嚼肚子絞起來，越來越疼得厲害，大哭不止。姥姥慌了手腳，不知如何是好。恰好白鳳剛下班，馬上抱起二丫去醫院，還叫阿坤跟著。中山醫院不遠，到了門診，白鳳大喊：「老林快幫忙！」內科主任醫生林金獅原已換好衣服要走，見白鳳抱著個孩子過來，立刻留下，還對白鳳拋個眼神說：「捨不得我啊，又回來?怎麼不曉得你有這麼漂亮的女兒?」白鳳作勢捶了他一拳。林醫生問二丫吃了什麼，又摸又聽，說是急性腸胃炎，吃藥休息就好了。

　　二丫休息幾天沒上學，在家學唱電影《柳堡的故事》插曲：「九九那個艷陽天來喲／十八歲的哥哥坐在河邊／東風呀吹得那個風車轉／蠶豆花兒香呀／麥苗兒鮮／風車呀風車那個依呀呀地唱哪／小哥哥為什麼呀不開言／九九那個艷陽天來喲／十八歲的哥哥想把軍來參／風車呀跟著那個東風轉／哥哥惦記著呀小英蓮／風向不定那個車難轉／決心沒有下呀怎麼開言……」居委會送阿坤下鄉，雖沒阿興當兵那麼隆重，沒掛光榮匾，只戴大紅花，倒也敲鑼打鼓，公家還送他一床棉被和面盆、牙缸。接送的解放牌大卡車停在巷口，大喇叭重複唱著：「到農村去，到邊疆去，到祖國最需要的地方去……」車上滿載背著行李的青年，沒有人喊激動的口號，只見一個個漠然的面容。月華在房裡大聲啼哭，罵兒子不孝，像他老子一樣狠心丟下娘。阿坤訕訕地，似笑非笑，向二丫揮手作別。二丫只覺難過，阿坤像個大哥，突然就這樣走了，她鼻子一酸，躲一邊去了。

回到學校，似乎發生了許多事，自己不明不白地給選上少先隊的中隊長，除了頸上繫紅領巾，還要在臂膀上別個橫兩槓的袖章，開會就唱：「紅領巾胸前飄，少年先鋒志氣高，紅領巾胸前飄，少年先鋒志氣高，時刻準備著，為國立功勞，時刻準備著，為國立功勞。」往日經常訓話的翁主任不見了，來了個年輕姓呂的女主任，每天早晨先由她發話，校長肅穆不語。上體育課的不是孫老師，只見他天天幫著校工掃地搬桌椅，盡做粗重活。班主任洪莉老師不再講童話故事，盡說些劉胡蘭、趙一曼、董存瑞、卓婭·舒拉，一講再講的英雄事跡。孩子們還發現隔壁班大家羨慕的女同學近來不見了蹤影。那女孩漂亮得像個洋娃娃，睫毛似兩排刷子，頭髮自然地捲曲，冬天穿著雪白的長絨呢大衣，上學有傭人跟著，儼如貴族公主。珍珍對二丫咬耳朵：她爸原是國民黨將軍，和平解放濱城立過功，不曉什麼事自殺了。更大的事是：主光小學與附近的桃源小學合並，易名為定安小學，不再附屬於教會。

夜裡聽父親和母親說悄悄話，許多人向黨交心成了右派，戴了「帽子」。主光小學的翁主任和孫老師都「中招」了，洪莉老師的丈夫在四中教地理，也給「劃」了。這些日子，鳳姑似乎挺不開心，眼睛又紅又腫。有一晚二丫送去郵差派來的信，見白鳳沒點燈，跪在地上祈禱，看到二丫竟摟著孩子哭了。

陪姥姥去街道開會，朗飼說有人向黨進攻，要大家多揭發，將這些「毒蛇」抓出來。後來聽姥姥和方奶奶嘮叨，二丫伸長耳朵收到了一些鳳姑的事。

白鳳老爸婚後去南洋音訊全無，母親生下她留給祖母就改嫁了，祖母病死後族長將白鳳交給孤兒院。白鳳在教會的環境中長大，原準備一生奉獻給主，不料與林醫生共事而相戀。林醫生山城老家有個妻子，原是遠房表親，自小由父母主婚。林與妻協商離婚，妻子就是不肯，依舊山裡、田裡勞作，村裡、家裡照顧公婆，村人贊她賢慧，林奈何她不得。醫院有個政工幹部從軍隊轉業，後來提當黨支部書記，擺正車馬追求白鳳。林是他的情敵，正想置之死地而後快，有人揭發林說過「外行不能領導內行」，林大夫便成了右派。

不開心的事畢竟是小意思，只令人忐忑不安了一陣子，海堤的完工和火車通車，這件大喜事蓋過了一切，鷺島從此與大陸連結，不再是孤島。

附註

一九五五年七月一日，中共中央發出《關於展開鬥爭肅清暗藏的反革命分子的指示》，決定以「大約有百分之五左右的暗藏的反革命分子和壞分子」的規模進行卓有成效的『肅反』（這個百分之五的比例以後成為歷次政治運動中的一種「經典比率」）。這樣，以「肅清一切暗藏的反革命分子」的名義，自一九五五年六月起至一九五六年底，中國大陸（除西藏外）城鄉開展了肅反運動。據已經解密的早期政治運動檔案，這場運動一共逮捕了二十一萬四千四百七十人，判死刑二萬一千七百一十五人，非正常死亡五萬三千二百三十人（指被迫自殺，在鬥爭會上或刑訊逼供中被打死，或在監獄、勞改中折磨致死等）。人們根據一九五七年七月十八日《人民日報》社論《在肅反問題上駁斥右派》所提供的數字，很容易推算出：這一場打擊了一百四十多萬幹部和知識分子的肅反運動，錯案率超過百分之九十四。

一九五八

一

一九五八年是中國歷史上最不平凡的一年。

經歷過一九五七反右鬥爭，全國人民的政治覺悟和思想水平大大提高，共產主義理論和革命詞彙越來越多，人人滿懷豪情壯志。有一首風靡全國的歌唱道：「單幹好比獨木橋，走一步來搖三搖；互助好比石板橋，風吹雨打不堅牢；合作社鐵橋雖然好，人多車稠擠不了；人民公社是金橋，通向天堂路一條。」一時任中央政治局候補委員的康生寫了一幅對聯：「共產主義是天堂／人民公社是橋樑」中國科學院院長兼文聯主席郭沫若尊毛主席的「人民公社好」為上聯，續下聯「吃飯不要錢」。陝西山歌〈我來了〉更具震撼力：「天上沒有玉皇，地上沒有龍王，我就是玉皇！我就是龍王！喝令三山五岳開道，我來了！」

麻雀被列入「四害」。毛主席親自發動和指揮了一場消滅麻雀的人民戰爭。一九五八年三至五月間，偉人在成都、武漢、廣州召開的中央工作會議及中共八大二次會議上，都號召要消滅四害之一的麻雀。偉大領袖說：「辦法是，下定決心，統一行動，分片包乾，封閉糧食，撒下天羅地網，連續打殲滅戰。」全國上下一心，全民動手消滅麻雀，必欲趕盡殺絕，亡其類、滅其種，不獲全勝決不收兵！《人民日報》發表了一首詩：「四月十九，雞叫起床，英雄人民，摩拳擦掌。城鄉內外，戰旗飄揚，驚天動地，鑼鼓敲響。數百萬人，大戰一場。成群麻雀，累斷翅膀。漫天遍野，天羅地網。樹椏屋角，不准躲藏。晝夜不休，張弓放槍，麻雀絕種，萬石歸倉。」

麻雀麻雀氣太官，天塌下來你不管。
麻雀麻雀氣太闊，吃起米來如風颳。
麻雀麻雀氣太暮，光是偷懶沒事做。
麻雀麻雀氣太傲，既怕紅來又怕鬧。
麻雀麻雀氣太嬌，雖有翅膀飛不高。
你真是個混蛋鳥，五氣俱全到處跳。
犯下罪惡幾千年，今天和你總清算。
毒打轟掏齊進攻，最後方使烈火烘。
連同武器齊燒空，四害俱無天下同。

傳言這是郭沫若的《咒麻雀》，發表於一九五八年四月二十一日《北京晚報》。也有人這麼寫：「老鼠奸，麻雀壞，蒼蠅蚊子像右派。吸人血，招病害，偷人幸福搞破壞。千家萬戶快動手，擂鼓鳴金除四害。」

鷺島展開了一場前無古人，後無來者的人雀大戰。不分男女老幼，不論工農商學兵，都投入戰鬥。學校召開大會，訓導主任向全校師生嚴肅傳達了黨的精神，老師下達了具體任務，今天每人至少要交十隻麻雀。阿旺、于洋領頭，木蘭、曉月、珍珍一群女孩緊跟著，他們組成一伙潛伏在殲滅區裡，拿著竹竿、石子、鑼鼓、洗臉盆什麼的；思明、徐傑帶著另一組人，手持鞭炮、破鈸、喇叭筒和草人。男孩子手執彈弓，男教師扛著氣槍。全校師生天未亮就在虎頭山下集合，準備從水、旱兩路夾攻，把麻雀趕到湖心或林子裡。一聲號令，鑼鼓齊鳴，嚇得雀兒往湖心飛，神射手瞄準射擊，鳥兒紛紛中彈，也有東闖西撞疲憊不堪自動墜地的。死了的麻雀用繩子穿起來，女孩興奮地一隻隻細數這些戰利品，記下數字。男孩將各自打下的麻雀串起掛在項上，學電影《平原游擊隊》的日本鬼子耀武揚威。傍晚時分，紅旗飄揚鑼鼓喧天，鞭炮齊鳴捷報頻傳，全市人民舉行展示戰鬥成果的勝利大遊行，一隊隊汽車滿載著一串串已被射殺的麻雀，浩浩蕩蕩的隊伍向市委報喜去。

方奶奶看見那麼多麻雀落難，不住念「阿彌陀佛」。姥姥說，太浪費了，炒來吃比雞肉味道更美更有營養。木太太想起抗戰期間生大丫，坐月子沒啥吃的，也曾吃過這小東西。麻雀都打下來了，害蟲沒了天敵，每天上下學經過有樹的地方，學生都提心吊膽，樹上那一串串的蟲子集結成網，隨時跌落滿頭滿臉。姥姥和方奶奶成天攆著雞群，沿著一條條小巷叼蟲子，老母雞飽餐一頓，開心得拍拍翅膀咯咯叫，小雞也都吱吱吱興奮不已。

除了打麻雀還要滅蒼蠅、蚊子、老鼠，「除四害」的要求首先出現在一九五六年公布的《全國農業發展綱要（草案）》中。一九五八年二月十二日，中央發出一項專門指示：「一個以除四害為中心的愛國衛生運動的高潮已經在全國形成」，繼而又提出與「四害」的鬥爭是要達到消滅疾病、人人振奮、移風易俗、改造國家的目的。全市幾乎所有單位統統停工停業，軍民總動員全部投入戰鬥。學校下達具體任務：每個學生每天要交一盒蒼蠅或蚊子，每週一隻老鼠。學生們都隨身帶蒼蠅拍，放了學巡視公廁找蒼蠅，拍死了挾起來放進火柴盒，灑上點草木灰，滿了交到居委會蓋簿子。居委會可紅火啦，滿牆貼著戰報，紅色箭頭節節上升，直指目標數字。

蚊子怎麼抓？黃昏時分方誠將碟子沾上油，對著空氣亂舞一通，蚊子黏上了挾出來放入火柴盒。方奶奶氣極大罵：「油都讓你用光了拿什麼炒菜？」姥姥笑著說：「挑出蚊子的油還可以煮菜，說不定更香呢！」

可是仍然完不成任務，如何是好？

「木蘭！木蘭！」大門外有個男孩叫，原來是于洋。

「什麼事？」二丫走出院子。她剛回家，屁股沒坐熱呢，很為沒「四害」交差煩惱。

「我有辦法啦！你跟我來！」于洋拖著二丫就跑，他家在太古碼頭附近。

聽到有辦法，二丫自然跟他走。原來小家伙想出一個鬼主意來。本來交去居委會的「四害」經驗收後，工作人員會在孩子的小簿子上蓋一顆紅五星印章，以示確認。于洋找來一條蕃薯，刻出一顆星星，再偷出媽媽的圖章匣子，輕輕一按，居然印出漂亮的紅色五角星。太棒了！兩人決定聯手作弊。此後幾個星期木蘭和于洋都登上學校光榮榜。孩子們忘了讀書學知識的天職，熱衷於數老鼠和蒼蠅，小小年紀還說大話，就像社會上流行語：「人有多大膽，地有多大產」，衛星一顆顆上天。木先生對小女兒被表揚上消滅四害榜有懷疑，責問下知道女兒說謊，大怒，抽起棍子要「開葷」。二丫從未見老爸發這麼大脾氣，嚇得大哭。白鳳趕來說：「孩子不懂事，木先生別氣壞身子，讓姑姑來罰她。」一邊勸一邊拖走哭泣的孩子，先帶著二丫祈禱，再拿出一本《安徒生童話》給二丫，兩人靜靜看了一夜書。

二

在「超英趕美」和「三面紅旗」的口號之下，全國「以鋼為綱」，開始了大煉鋼鐵運動。為了迅速實現鋼鐵年產量一千零七十萬噸的計畫，採用人海戰術，群策群力，形成「小土群」煉鋼生產模式，所有單位普遍設立小高爐土法煉鋼。「誰說煉鋼難，請看閩南人，日產鐵千噸，衛星上了天。」小高爐也在文淵井開花。朗飼一聲令下，春花家家戶戶搜尋鐵器，包括鐵鍋、鐵鏟、鐵盆、鐵鎖、鐵箱、鐵門、鐵桶、鐵鉤，只要是鐵做的，全部上繳歸公。

「哎呀，你拿走我的鍋，用什麼做飯啊！」阿生嫂抗議。

「買個錚做的用吧，上頭的命令，我自己的家伙也全部交出去呢。」春花表示無可奈何。

「這鐵箱子是阿誠他爹的東西，行行好，給孩子留個紀念吧！」方奶奶求情。

「給，給，老娘連命都給他們！」方太太發脾氣，將鐵箱子扔出去。

木家有一套不鏽鋼西餐用具，是木先生夫婦從香港帶回來的，全都充了公。白鳳的不鏽鋼消毒盒子、整套鑷子，還有一個漂亮的十字架，都沒能逃過進熔爐的命運。

男人們被派上山砍柴，女人輪流拉風箱，夜裡整條街火光熊熊，大家都不睡覺，搜出來的鐵器全部倒進小高爐熔化，拿它們煉出鋼交給黨。只是那些鐵鉤什麼的雖在火裡熔了，卻煉不出鋼來，所有東西變成一塊無才補天的焦石。

小朋友沒資格煉鋼鐵，但被指派去撿煤渣。週末下午二丫拎著小籃，跟著一班孩子們圍繞著火車轉，大家爭著搶每一顆煤焦。兒童一邊撿煤核一邊唱：「小高爐，像寶泉，鐵水源源匯成川。小高爐，像筆桿，蘸著鐵水畫樂園。小高爐，真好看，吞下礦山吐鐵山。小高爐，全民辦，全國豎起千千萬。」唱著唱著，不知不覺沿路軌枕木走到梧村火車站，眼看天很快就要黑下來，小妞慌亂起來，茫然四顧一個人影也沒有，急得哭出聲。突然聽見遠遠地有人叫：「二丫，二丫！」回頭一望，啊，竟是阿坤哥！二丫高興得像見到救命恩人，撲上前抓住阿坤的手。「查某囝仔走這遠，唔驚歹人拐去賣！」阿坤一邊罵一邊回頭交代同伴一聲，抓住二丫的手，大踏步沿路軌朝城內走。天黑得像落下布幕，二丫拼命小跑才跟得上。阿坤邊走邊嘟囔：「全民煉鋼，樹木砍光。以糧為綱，餓得心慌。」回到家，母親問：「怎麼有空回來，大家都忙著，就你是閒人。」兒子也不回嘴，問有吃的嗎，近來他餓壞了，看到鍋裡有菜飯，連著吃了三碗。原來他今天幫農場運煤，農場也建起小高爐。

星期天二丫坐在廳裡畫畫，一顆大玉米上面坐著一個孩子。阿坤走過來看，說你瞎畫些什麼？學那些人騙人？二丫說，托兒所教弟弟唱的：「玉米大，玉米黃，我們坐在玉米上，我們歌唱公社好。」「亂彈琴，什麼畝產萬斤稻，我們農場連六百斤都收不到，一大片桑田都乾旱死光了。」阿坤憤憤不平。大丫在一旁故意唱歌惹他生氣：「公社是棵長青藤，社員都是藤上的瓜，瓜兒連著藤，藤兒牽著瓜，藤兒越肥瓜兒越甜，藤兒越壯瓜兒越大……」「別唱了。不久就會有人餓死！你們等著瞧吧！」阿坤捂上耳朵，衝進自己家，用力關上房門蒙頭大睡。

街道也辦起公社食堂，就在隔壁大院。春花早就不必糊紙盒子，阿興老爸也不用劈柴禾了。阿興的大弟弟阿星考不上高中，進了一家化工廠當學徒，二弟阿強本來讀桃源小學，現在也歸入定安小學，與二丫同校。房屋改革先殺富姐一個下馬威，留給他娘倆兩個小房間，母子只能合住一間，一間用來打繩子掙錢。食堂就在富姐的院裡搞起來，現在該稱公家的大院才對。春花兩夫妻又做採買又當總務，又養豬養雞，大院好像是他家的祖業。幾家人將糧票、油票交給食堂，搭伙食買飯要付現錢。姥姥不能賣煙了，朗飼叫她和方奶奶幫手做飯，朗飼是文淵井的女皇，誰敢不服？婆婆們穿起圍裙，負責做飯給大家吃。

阿興下來領導公社化，他已非參軍時的黃毛小子，長得高大結實，板刷頭、粗眉、大眼、方臉、厚嘴唇，一幅標準招貼畫的帥哥樣，正準備結婚，街政給他在外面分配了房子。最近派出所成立運動指揮部，他下到街道辦托兒所，指示一些婦人看管孩子。居委會牆上盡是誇張的壁畫：有個年輕人攀著刺破藍天的玉米秸爬上天空；一個老漢乘著比船大的花生殼，飄洋過海周遊世界；嫦娥從月宮下凡，到農田採摘斗大的棉桃……大鍋飯辦了一段時間，似乎有人乘機貪污，眾人意見紛紜，說公社吃飯不是不用錢嗎？現在反而吃不飽！後來有人見沒多少油水，食堂和托兒所才解散了。

三

八月二十三日中午十二時，從濱城角尾、大嶝、小嶝到泉州灣的圍頭，長達三十公里的戰線上，解放軍萬炮齊轟金門群島，兩小時內落彈五萬七千五百發，金門防衛司令部三名將官及兩名美國顧問中彈不治。國民黨軍隊發炮還擊，雙方展開火炮對射，三天之內解放軍的十萬發炮彈落到金門群島。八月二十五日國、共兩軍不僅炮射對方，還展開空、海作戰，雙方均有不同程度的損失。八月二十六日解放軍準備登陸占領大擔島，卻因南來強颱風襲擊，登陸計畫受阻。九月二日兩軍在料羅灣發生激烈海戰，俗稱「九二海戰」，國民黨軍隊三艘軍艦被擊沉，解放軍損失數艘魚雷快艇。

跑空襲！緊急警報一拉起，孩子們飛跑出教室，木蘭是班長，負責指揮全班同學疏散，孩子們都在體育課給訓練得很乖巧。地下室空間有限，像罐頭沙丁魚一樣緊逼，人滿為患。師生們蹲在地上嚴禁出聲，大小便都要忍耐，直到解除警報鈴聲響起才出地下室。放學後洪老師叫班長留下，木蘭幫她將教室的窗玻璃都交叉著貼上紙條。居委會通知晚間家家戶戶都要用被子遮嚴門窗，防止光線暴露目標。學校加緊政治思想教育，操場上掛起蔣光頭和艾森豪威爾的巨像，給孩子們作射擊箭靶用。各級領導不斷宣傳蔣介石要「反攻大陸」，到處深挖防空洞，並加緊對壞分子的監視。老師說：壞人就在你身邊，他們分分鐘偷竊我方情報，配合蔣介石反攻大陸。以前二丫天不怕地不怕，現在老疑心身邊有壞人，走進小巷總要往後面張望，睡覺時大被蒙頭。

房屋改革進行得如火如荼，除了少數特許的華僑資產，私人出租的房屋都要歸公。曉月的母親最醒目早作安排，將二樓分一半給洪老師住，一樓全層給阿旺母子住，都互稱是親戚而非租賃客戶。舊住戶需重新評定居住面積，住得太寬鬆或超過規定面積得讓部分出去。隔壁富姐已經再無房租收入，經常呼天搶地，也只能幫兒子絞蔴繩過日子。姥姥怕萬一，在白鳳房間的地毯上加添了兩張凳子，上面擺放一張小床板，吩咐如此如此。朗飼和阿興母子天天挨家挨戶串門，帶著人丈量土地。得知鳳姑最近值夜班白天在家，幾個人來到三十號大院，說了一大套房屋政策。朗飼蠻好心地對姥姥說，你們孩子多，住的不寬敞呀！姥姥答道：「朗飼你最明白窮人的苦處了，咱家孩子多，住的地方狹窄，多虧左鄰右舍互相照應，鳳姑認領二丫做女兒，不然我們要向政府申請房子囉。」朗飼敲了白鳳的房門，見到房內是兩個人睡的布置，似乎沒話好說。

林金獅戴上右派帽子，本來留在醫院監督勞動，因為局勢緊張給遞送回山城。那段時間沒上什麼正經課，白鳳帶二丫到美仁宮送行。白鳳一身白襯衫、工人褲、回力鞋，瀟脫清麗，只是一雙鳳眼紅腫得像核桃。快到汽車站，林醫生拎著一隻籐箱子，遠遠地招手。大夫看來整個人瘦了，高高的個子依然整潔挺拔，眼鏡後面是兩個大黑眼圈，沒了往日的笑靨。看到二丫，他說：「好孩子，替叔叔照顧姑姑，啊？」那磁性的嗓音帶著重重的鼻音。鳳姑扒在他肩上哭了。林低聲說，「有人看著呢。」「我不怕他們！我不理！他們為什麼要害你？」白鳳嗚咽得更傷心了。林醫生怕白鳳歇斯底里，拿出手絹替她抹乾眼淚，拍拍她的肩膀，輕輕說：「為我保重！」毅然上了車。二丫揮手：「林叔叔再見！」車子噴了一團黑煙開走了。白鳳失魂落魄地，要不是有二丫扶著，恐怕隨時會跌倒，回家後躲進房，整天不吃不喝。

話說木先生任劇團編導期間多次深入民間采風，創作和改編了許多劇本，成為一代才華橫溢的多產劇作家。除了改編一系列舊戲，如《屈原》、《山伯英台》、《西廂記》、《天仙配》、《嫦娥奔月》、《范蠡獻西施》、《煉印》、《金魁星》、《賣油郎獨佔花魁女》等等，還改編當代名著《小二黑結婚》和《阿黑與阿詩瑪》。這些劇作曾受到省和國家領導人的高度贊賞。當年觀賞演出的領導人有：省長葉飛、國家文化部長周揚、國防部長羅瑞卿、國家副主席董必武，林彪也是座上賓。

木先生是個謹言慎行的人，且係謙謙君子從不道人長短，就算有些不同見解，他也不會在外面亂說。比方說，電影總是把國民黨官兵拍成怕死鬼，他看了只是苦笑，一臉不以為然。二丫曾聽父親和母親私下議論：抗日戰爭期間國民黨方面犧牲了很多將士，有許多可歌可泣的抗戰英雄。想不到五七年沒被劃為右派，卻逃不過五八年，厄運終於降臨到木家。一九五八年初，按照上面的指示劇團進行集訓整頓，五七年沒揪出百分之五的壞人，必須補抓「漏網」者，因而在八十個員工中抓了四個人。他們分別是：舊劇團老闆謝某、編導木凡、名演員林賜福，另一個姓李的，據說參加過三青團，解放前是劇團挑夫，湊足了百分五之數。

木先生被解放軍代表「請」到辦公室。

「木凡，你知罪嗎？」軍代表厲聲責問。

「在下不知所犯何罪。」木先生愕然。

啪！軍代表一拳打在桌上的玻璃墊，怒喝：「臨解放你跑香港做什麼去？難道不是去聯絡你的後臺老闆？之前你還去了前線諸島，說是採訪報導，實際上是通報軍情！」

「我是記者，採訪報導是我的工作，況且是報社派我去的，領導可以調查。」木先生理直氣壯。

「你為什麼沒填報加入國民黨？」軍代表又發難。

「我從未加入任何黨派。」木先生解釋。

「誰不曉得報社所有人員集體加入國民黨！分明隱瞞！」軍代表發怒，「給我押下去！」

木先生百口莫辯，況且人家亦未給他任何解釋的機會，幾個民兵上來將他帶走了，甚至不許他見家人一面。戲如人生，人生如戲。老實的文人做夢也想不到，舞臺上生離死別的悲劇，會在他身上真實重演。一介不懂政治不問政治的書生，沒有絲毫證據，未經法庭審判，只憑子虛烏有的「匪嫌」突然被扣押，和許多無辜的知識分子一道，蹣跚踏上風雪驛路，與那些偷、盜、搶、殺的刑事犯一起，被強制勞動教養，伴隨他的只有高牆電網下超越體能的勞動，伴隨著疾病、飢餓，還有階下囚的屈辱和孤獨。人世悠悠，天道茫茫，抬頭無天，低首無路，嚴霜重露之下，生的渴望已被研磨殆盡，又何必忍辱負重苟且偷生？三年後，他悄然走了，帶著冤屈，帶著對家人的牽掛，離開這個落寞孤淒的世界，如黎明前隕落的晨星，無聲無息地消失了。

凝聚著父親一生心血的舞臺，還有舞臺上的衣香鬢影，鑼鼓絲弦都已遠去，木芙、木蘭和弟弟頓成孤兒。二丫才十歲，本該是無憂無慮的童年，一下子不知所措：林醫生是壞人，林賜福叔叔是壞人，曉月爸是壞人，父親也是壞人……如何相信這一切？從此她幼小的心靈埋下一個個問號。

饑荒年

一

暑假過後姐姐到學校寄宿去了，木芙被編入三・二制，很快就要考大學，她的功課常常名列前茅。木家姐妹自小的理想是當科學家，怎能不上大學。因為家庭的變故，家中頓失經濟支柱，母親工資不滿五十元，全家五口人生活過得很緊。中國社會本就興誅連。木先生蒙冤受害累及家人，太太接通知被下放去農場與阿坤為伍，幸每月仍有工資支取，二丫、小弟只好跟隨外婆到鄉下生活。三十號大雜院的老房客木家被新社會踢出去了，新主人阿興一家迅速由後門自動搬進來，填補了大廳和西廂房的空缺。「毛主席萬歲！」阿星、阿強各占一間房，開心得三呼萬歲。物競天擇，大自然的規律。

木蘭未及與一班小伙伴作別就出發郊縣，抵達鄉間已是下午時分。孩子們見來了生人大呼小叫，一村人圍攏上來，把他們仨團團圍住。人叢中突然跑出一條瘦骨嶙峋背上的毛幾乎掉光的黃狗，狂吠數聲咬住姥姥的褲管，把小弟嚇哭了。「去！不認得老祖宗的混蛋！」姥姥一腳踢開狗，那醜家伙果然欺善怕惡，乖乖滾旁邊去了。「你這鄉下狗真該打，這位是大城市來的嬸嬸，聞聞她記住啦！」一個臉膛黧黑的農婦蹲下身摸摸癩皮狗，輕輕拍打撫慰那畜生，然後慢條斯理仰起頭來。「之前收到妹妹的信，知道嬸子今日到。房子已經打掃乾淨，一應家具也齊全，馬上可以住進去。先吃飯吧，你們一定餓了。」

村人七手八腳將行李搬進大屋東廂房。婦人帶他們去護厝用飯。「叫姆婆！」姥姥指著一位面頰凹陷頭髮灰白的老婦人，對兩個孫兒說那是她的妯娌二嫂。「這位是舅母。」即是指剛才那婦人。三人餓極了，瞧見桌上的三碗飯不客氣扒起來。一頓閩南人常吃的菜飯，只是濕濕的飯粒寥寥可數，成碗的菜幫子沒有一絲油星味。扒飯的當兒二丫四處窺視，發現屋裡屋外幾個孩子盯著他們的飯碗嚥口水。年景實在不好，姥姥邊吃邊在心裡嘀咕。鄉下人好客，理應熱情招待客人，何況是多年未見面的至親。眼見門後那些孩子瘦得細脖頸吊著大腦袋，眼中露出餓狼一般的綠光。天黑孩子們躺上鋪著稻草的蓆子睡死了，姥姥吹熄油燈，她累得什麼也無法多想，一靠上竹枕頭就找周公去了。

第二天姥姥迅即往公社辦理戶口，辦事員一副愛理不理的樣子，所遇之人均是一個個無精打彩的模樣。到生產隊領口糧，倉管員六舅是個中年男人，給稱了擔蕃薯。「就這麼多？穀子呢？」姥姥質疑。「還要什麼穀子？吃完這些地瓜全村就斷糧了。」男人匆匆上鎖而去。這一步棋是否走錯了？然而既來之則安之。

不懂憂愁的孩子卻因農村另一番天地而興奮莫名。住慣城市蝸居，二丫張大合不攏的嘴巴，祖屋蓋得這麼大，足見他們是大戶人家。瞧，大石埕如籃球場般大，花崗岩基石打磨得水光滑溜，綠油斗拱紅色磚牆，琉璃瓦亮如白玉，朱漆柱雖斑駁脫落，仍隱約可見當年的潤若丹砂。跨過高高的門檻踏入門廳，地上鋪著赭色大磚，門廳寬大得可置幾圍酒，巍巍的支柱兩手不能合抱。過了門廳是長條石板鋪的天井，可以在此進行乒乓球賽。天井兩邊是雨廊，比一般亭子間還寬闊。正廳氣派宏偉，明亮寬敞，後面尚有偌大的後廳。兩旁的上廂房實際上是很大的套房，只開天窗光線幽暗，搭閣樓的木料給拆去煉鋼了。大廳正中八仙桌對上的神龕內，供奉列祖列宗的神主牌，屋簷下有燕子築的舊巢，上下廳堂公家的地瓜堆積如小山。

從地面到屋頂高約兩層樓，冬暖夏涼。大廂房前面過道邊各有一扇偏門，打開這扇門走出去又是另一番天地。原來除了正廳的主體部分，正屋的兩旁還各有一座「護厝」，自有前、後門出入，亦即一整套獨立的生活間，有偏廳、睡房、下房、廚房，一面是天井。祖屋面南對著一大片農田和池塘，對面是另一條村。欣賞這麼宏大美麗的祖業，比較濱城的穴居，二丫挺滿足。

然而長期吃蕃薯引致胃酸倒流，整天火燒火燎地，孩子終於患腸胃炎住進醫院。鄉村醫院就像難民營，床鋪髒兮兮的，同室多是產婦，整晚充斥耳際是呻吟和哭聲。農婦產子平常事，許多人就在田裡幹活時產下孩子自己接生，需要住院的肯定是難產。左邊床位的女人夜間入產房沒回來，第二天有人來收拾東西，說是生了孩子死了娘。右邊的女人嗚嗚咽咽地哭不停，姥姥問她，回答孩子「倒踏蓮花」生不下來，助產士用產鉗將嬰兒支解，殺了她的孩子。姥姥安慰她說：「孩子歿了可以再生，若是你死了孩子也活不成呀！」這才不哭了。二丫打針吃藥止了痛，她是個閒不住的家伙，甚覺無聊到處蹓躂，看到有人在樓下空地上架個小鍋煮肉，鍋子裡的水紅紅的，姥姥說煮的是胎盤。

住了幾天醫院，回家發現情況更糟了，貓狗皆不見影子，池塘乾涸沒一丁點活魚蝦，樹上果子尚青澀連嫩葉子也叫人摘光，不少人吃蠶蛹，孩子們吃蠶蛹好像嚼花生，津津有味的很。農人依靠一點自留地，吃完瓜吃菜，吃完菜葉吃菜幫，吃完菜根吃樹皮。腸胃病和水腫的人越來越多，沒錢看醫生就用土法子治療。表弟挖到一窩未開眼的小老鼠，一隻隻只有拇指那麼大，紅通通的好惡心。小子將老鼠放在瓦片上，下面用柴草燒起來，烤得小東西吱吱喳喳拼命蠕動，道是給舅母治胃病，配米酒讓她母親硬生生吞下肚去。

白天人們到處挖掘採摘，只要能有東西填肚子，無奈所有土地都給翻找過千百遍，大地母親再也沒能力供給她的子女糧食，大煉鋼鐵的熊熊烈火將田園都烤熟了，過度密植禾苗不長顆粒無收。晚間人人相爭用電筒去照田雞，捉田鼠，一道道田埂被挖開來，老鼠連牠們洞裡的糧都讓人光顧了。有一種嫩嫩的樹葉包著青青的未成型的蟲卵，舅母叫表妹把牠們摘下來，放在熱鍋裡蒸熟，一家人吃得津津有味，還說是營養品。人們吃什麼拉什麼，茅廁裡都是未能消化的草根、樹葉、糠皮、甘蔗渣。

年關舅母狠心殺了黃狗，一邊熬狗肉一邊哭訴，說人都沒飽飯吃狗自然也沒好屎吃。往日裡最小的表弟拉屎，舅母只需叫一聲「囉—囉—」，黃狗就撲上來吃糞便，舌頭將地上舔得如水洗過般乾淨，還時常意猶未盡似的，盯著小表弟的屁股想打掃戰場。二丫總是擔心表弟的「小弟弟」會不會給牠吃掉。其實舅母不放心的是黃狗會讓哪個村民給宰了，豈不瘦水流入別人田？黃狗又瘦又醜，早晚逃不掉被吃的狗運。

第二年仍是春荒。公價米每斤一角二分錢，高價米賣到二元五角。村裡有人偷偷搞自由經濟燒起磚瓦賺了大錢。瓦窰主是外鄉人，他想將家室搬來這條村住，卻苦於沒有房子。姥姥不能眼睜睜看著兩個孫兒餓死，聰明的老人想出一個好主意。她與瓦窰主做了個交易，將自己住的半邊大厝租給這位財主為期兩年。於是祖孫三人搬到另一處，那也是祖上產業，房子雖坍塌了一角，暫時並沒有危險。這裡還住著一個智障男人，每天四處撿破爛。老人收取租戶一百二十元「巨款」僅夠買四十八斤米，摻雜些野菜總算可以應付一段時日。

堂舅是店員，在下店街的供銷社站了一輩子。那條街實際上只有三幾間店鋪，賣的都是憑票配給的東西，除了煤油、火柴和鹽。二丫抓著支空瓶子，穿過彎彎曲曲的田塍，悠悠蕩蕩地朝小街走去。孩子老覺得餓，望著櫃檯上的糕餅嚥口水，但她只有幾毛錢，打煤油等著點燈用。就是不買煤油，一個餅也要賣幾塊錢啊！回到家裡，女孩看也不看那鍋菜糊糊，倒頭就睡。朦朧中夢見桌上有盤香噴噴的雞肉，還聽見姥姥的聲音：「緊呷，緊呷，嘆燒。①」孩子舉起筷子大快朵頤，一家人狼吞虎嚥風捲殘雲，吃罷抹抹嘴伸伸腰，瞌睡又來襲。姥姥說：「洗嘴去睏②！」二丫這才醒過來，問外婆是不是殺了生蛋的老母雞，那以後不沒蛋賣了嗎？姥姥表示別擔心，還裂嘴奸笑起來。二丫太睏了，不再追究，一覺睡到大天亮。第二天醒來，聽見舅母到處大呼小叫，說昨晚跑失了一隻雞。她的臉頓時燥熱起來，這一輩子她永遠說不出口，亦無法忘卻這等難堪的事。

「發放回銷糧了！」人們奔走相告，好消息傳來鄉人興奮莫名。姥姥擠進倉庫前的長龍等待領取糧簿。憑人頭配給的農戶將糧本子捏得緊緊的，當它是命根子。終於輪到自己了！老人家伸出青筋暴露的手。「沒你的份！」發糧簿的年輕人不屑一顧，用手一撥示意她走開。「為什麼？」姥姥扯住他的衣襟，眼露兇光，簡直想與之拼命。「老嬸子，你好端端的城市戶口，何苦來鄉下和我們爭食呀！」旁邊的倉管員六舅極盡諷刺口吻，激發起許多人的附和。「是呀，是呀，鄉下人都快餓死了，回城去吧！」「回城去吧！」「回城去吧！」

姥姥洩氣了，一個老年人如何抵擋一群飢民！鬧到公社去，鄉政府認同農人的道理，之後竟然硬將外婆和小弟兩人的戶口給駁回「原籍」，兩邊戶藉人員較量了一段時間，最後祖孫倆因禍得福呢。年底

① 趁熱快吃。
② 刷牙睡覺。

姥姥帶著弟弟回母親身邊去了，留下二丫一個人。不曉得是幸還是不幸，她於秋季考上城裡的中學，從此只能留在第二故鄉，讀完六年中學並且考上大學，才能找到新的天地。

二

回想初在鄉間的日子，孩子甚是自得其樂。在江城郊區小學插班時，學校的老師都喜愛木蘭，鄉下孩子均用好奇的眼光看她，道是個城裡來的、吹過海風的小姑娘。二丫原先沉寂的心又劇烈地跳動了，虛榮心作怪令她喜歡出風頭，樂意落力地回報他們，給學校爭來許多榮譽。唱歌、朗誦、演劇，每次站到臺上，她都忘我投入角色，獲得無數掌聲，成為郊縣的小紅人。

夏天太陽下山後，打幾桶井水潑涼石埕，大人躺在石板上乘涼，小孩玩捉迷藏，更多的時候是對著星空發呆。在廣袤的銀河裡，盤踞著一條金光閃爍的大蟒蛇，咄咄逼人。姥姥說姜太公的鈎子不夠長，只要長那麼一寸，釣上牠，這世上就沒有蛇。天涼氣爽的秋夜，田野上飄著清新的空氣，螢火蟲閃閃飛過。青蛙們拼命合唱，蛤蟆象笛子般伴和，蟋蟀發出尖銳的顫音，夜鶯亮出清脆的歌喉……除了大自然的交響樂曲，還飄來聲聲絲竹鑼鼓。窮困的日子人們仍然找快樂。這裡是僑鄉，人才濟濟，有班風流儒雅的華僑子弟，組織劇社粉墨登場。看他們演歌劇《紅霞》，女主角紅霞足可媲美職業演員。

木先生出事後家中的書雖給搜走，但二丫愛讀書的天性沒改。第一部長篇蘇聯小說《鋼鐵是怎樣煉成的》，作者奧斯特洛夫斯基是一個蘇聯紅軍騎兵，在國內戰爭中負重傷而癱瘓失明，他以驚人的毅力，口述自己的故事由人代筆完成小說。主人公保爾•柯察金有段名言成了二丫的座右銘。「人最寶貴的東西是生命。生命屬於人只有一次。人的一生應該是這樣渡過的：當他回首往事的時候，他不因虛度年華而悔恨，也不因碌碌無為而羞恥，這樣在臨死的時候他就能夠說：我的整個生命和全部精力都獻給了世界上最壯麗的事業——為解放全人類而鬥爭。」對共產主義的信仰自此始，洗去二丫腦中的那些問號，姑娘不再懷疑那些被定性壞分子的人，決心自我革命並極力追隨。

風靡全國的小說《青春之歌》二丫一讀再讀，電影看了幾次，有些畫面永遠留於腦中抹之不去，林道靜和盧嘉川精神戀愛令她著迷。「我能找到盧嘉川這樣的愛人嗎……他在哪裡……假如他為革命犧牲，我一定永遠為他守候，連江華也不愛……假如有個男生肯跟我探討，彼此成為執友多好！」少女老是思索這些問題，在後來的人生路上，一直迷醉這種柏拉圖式的愛情，因為找不到這樣的對象深覺痛苦，甚至無法自拔。

考進城裡的中學要寄宿，一間大平房宿舍住三十多人，擠著十幾二十張雙層小床，一排爛木頭架子一邊置放幾十隻面盆，晚間儲滿水明早用，一邊擱著各人置衣物、大米、蕃薯的肥皂箱子。床板內的臭蟲咬的全身起紅疙瘩，後來學校才給噴六六六消滅了。夏天蚊子如轟炸機般，躺在蚊帳裡撲扇子，又熱又悶；冬天門後放置一個大尿桶，一件薄棉絮，又冷又臭。

總算有了城市戶口的定量口糧。學校號召養小球藻。二丫見阿坤養過金魚，水若不勤換會變綠色，鳳姑說那綠色的東西是水裡的單細胞藻類大量繁殖，現在人們連這種「營養」都不放過。師生們將宿舍裡的搪瓷面盆集中起來，放進清水，再注入一些尿液什麼的，拿到空地曬太陽。勞動委員要常去觀察，看看有什麼進展。二丫剛讀初一，不曉高年班搞的啥把戲，覺得好奇。有一次她偷偷走近，一陣尿臊味撲過來，急忙掩口鼻避開。試驗無疾而終，即使成功諒自己也不敢品嚐。

周末下午學校規定要自修兩堂才能離校，步行二十里路到家時太陽已經下山了，冬天天黑得更快。星期天一早要去很遠的村落掃落葉，燒的很成問題。孩子們都背上一個又大又深的竹簍，肩扛一把爪狀的竹扒，去到有大片果園的村莊。竹扒子將落葉撥攏成一堆堆，再用雙手捧進竹簍，直到裝滿塞實為止，也撿些枯枝。重頭戲是偷摘水果，光吃不帶是鄉間的遊戲規則。到什麼果園吃什麼，有時光吃楊梅，牙齒酸得難受好些天。回去隨便扒兩口飯就得回校，通常要挑一小擔地瓜和鹹菜。吃地瓜是為了省下大米給姥姥，鹹菜是一個星期下飯的菜。外婆用陶瓷罐子裝滿了一罐菜飯，那是當晚的伙食，可是走不了多遠便忍不住拿出來吃掉一半。

有個叫小翠的女生時與二丫同行，她經常入住醫院，半夜大呼小叫鬧肚子疼，勞動老師同學用擔架送她去急診，住院時卻神采飛揚，說起醫院的飯菜口沫四濺，簡直令人懷疑她裝病，貪圖留醫有較好的飯菜吃。「木蘭，一院的伙食比二院好多了，天天有肥肉和鹹魚。」人人都饑腸轆轆，農村的孩子不想吃地瓜想吃飯，城裡的同學也耐不得餓，從家中偷大米藏到女生宿舍，午睡時間她們跑出去找小販換蒸蕃薯吃。某個女生貢獻了一撮蝦皮，沖下一大碗開水，變成美味的大眾湯，你一匙我一口。同舍的印尼僑生總是回憶她們在印尼時，如何拿麵包、餅乾去公園餵錦鯉，同學們無法想像那麼奢侈的行為，想必共產主義社會才會有。有晚男生宿舍的孩子們忍不住餓，半夜將破舊的桌椅拆卸下來，用鋁面盆煮蕃薯充饑，舍監抄出那些燻黑的家伙，向全校展覽示眾，每人都記了小過。正是長身體的時候，卻是個多麼飢餓的年代啊！

那年每人只發五寸布票，別說做新衣，光是補衣褲被褥都不夠。本來二丫可以穿姐姐退下的衣服，可她已經長得與姐姐一般高了，姐姐雖上了大學卻也缺吃少穿的。木太太想了個辦法，到商店買了四條手帕，是些很漂亮的白手帕，周邊繡著小花。當媽的真是心靈手巧，兩塊做前幅，兩塊做後幅，開了個領口，用手縫成一件小背心，穿起來充滿青春氣息，真是水溜溜（漂亮）。

政府提倡艱苦樸素，毛主席說：新三年，舊三年，縫縫補補又三年。許多女孩穿打補釘的衣服，木太太總嫌難看：「查某囝仔（女孩）穿得太破爛似乞呷（乞兒）。」她舊時的衣服全改給了女兒，自己就顯得襤褸了。孩子的長褲膝蓋磨破了，別人都是補上兩個大螺窩，母親卻揮大剪刀將長褲剪成短褲，去掉破爛的部分，下面兩截褲筒作他用。人長高褲子短了，改成低腰窄褲筒的吊腳款；袖子手肘部分破了補上不同顏色的布，成了時髦的款式，鄰人相爭仿傚。

碎布剪成三角形連起來，做成萬國旗式的被單、枕頭裡或書包裡子，而枕頭面、書包面和枱布用鉤針解決。母親每個月發一副勞工手套，集中起來拆出每一條線，買幾分錢染料用開水化了放入浸泡，染成各種顏色的線，曬乾團成球，織成背心暖和又舒服，姑娘們都學習編織各種款式的衣物。

那五寸布票最後用來打棉絮。舊棉絮像石頭一般硬，必須翻彈才會鬆軟，而翻新需要用新紗線。每個冬天的夜晚二丫都無法入眠，她的體質單薄身子像個冰窖，棉被又薄又硬，總是輾轉反側到天亮。孩子好羨慕周圍的女生，她們強健的體魄如火爐一般溫暖。當母親給二丫送來一床翻新的棉被時，起初喜不自禁，心想今冬不必捱凍，豈知拆洗被單時發現它就像豬肚上的網油，棉花都爆出，原來師傅偷工減料。而每當她睡不暖時就會想起老爸，父親被送去勞動教養，在唯一的一封來信中提及需要幾尺布票，可是二丫沒能做到沒法回信。現在離開鷺島家也散了，木先生的音訊就全斷了。

下鄉啦！每年秋收的季節，學校都要組織人馬下鄉勞動，學生自帶口糧，住進最窮的貧下中農家，師生交出大米，跟農民同吃同住同勞動。城東沿海的農戶真苦，沙地只能種蕃薯，大米非常珍貴。農戶將蕃薯磨成渣，水洗後沉澱出精粉用細布過濾，曬乾了好賣錢。渣滓一餅餅晾曬在石頭上，任風吹雨打，霉了乾了才收回家，便是農家一年的口糧。農婦每天大清晨在灶下生火煮熟一大鍋地瓜渣糊，任由它攤涼，撲滿蒼蠅。他們的菜是將芥菜醃得鹹鹹的，長年累月地吃。大太陽下的收割、打谷、曬場，都是沉重的體力勞動，城市學生真正體驗了農人的艱辛。

三

木太太白天參加勞動，晚上教農場業餘學校，表現得沒有怨言而且積極。單位領導找她談話，啟發她與丈夫劃清界線，本人和孩子仍有出路。組織的話能不聽嗎？木太太簽了離婚書，決定洗心革面過新生活。她終於被調離農場，到建築公司上班，長年在郊外的工地上跑，全心全意投入國家大建設。

後來木先生死了。病死？餓死？或者凍死？政府沒通知也沒人給答案。

女兒放寒暑假回家住在母親的宿舍裡，左鄰右舍的生活都困難。書記年年添丁，老婆歲歲坐月子，兒女成群，常常領取津貼補助。副書記娶了個排球運動員，生下一男一女兩個娃子。每個月發工資的日子，兩公婆必吵架。妻子鬧著要他整份收入，抱怨孩子吃不飽長不大，丈夫則說要留錢供養父母，爭執不休。於是老婆便發難打孩子，老公又心疼護孩子，吵嘴的聲浪一浪高過一浪。乘涼的人說：瞧快出來啦！果然老公從屋里逃出來，老婆抽了根木柴追出來了。老公繞著操場兜圈子，老婆拼命叫罵，手中的木柴丟出去——險些打個正中！奇怪的是觀眾只看戲不勸架，第二日兩夫婦沒事似的。

大丫已經談戀愛了，幾個大學生常來往，母親並不反對大女兒談戀愛，小女兒休想！無聊的二丫沒有朋友，但她不甘寂寞，不是吹口琴就是彈曼陀鈴，以打發浮躁的心情。裊裊婷婷兩姐妹給陽盛陰衰的建築公司帶來青春色彩，多少眼睛注視著她們。「木蘭，昨天聽你吹〈小路〉，很好聽啊！可以借歌譜給我嗎？」英士是建築公司的青年男工，長得高大威武。少女隨手將手抄《外國民歌兩百首》借給了他。〈小路〉是裡面的一首俄國民歌：「一條小路曲曲彎彎細又長，一直通往迷霧的遠方。我要沿著這條細長的小路，跟著我的愛人上戰場……」英士剛還了歌本，一位名叫榮恩的小伙子接著來借，木太太出來擋架：「暑假不好好溫習功課，唱什麼歌呀！」男孩子給嚇跑了。

姥姥和小弟因禍得福回到濱城，這個家只剩下一半人口，而且只能住郊區工地的棚屋。木太太的工作隨一座座建成的廠房遷徙，居無定所，女兒只能繼續過寄宿生活。姥姥難得來看她，因為搭車和住客棧都要錢。聰明的姥姥發現了一個賺錢的方法，解決了車費的困難。江城許多農民因吃瓜菜水腫，姥姥就去大同醬油廠買十幾斤鹹薑，帶到江城賣給鄉下的農民。「鹹薑消水腫！鹹薑消水腫！」姥姥落力向鄉親推銷，十幾斤薑供不應求，每斤的差價五角錢，來回的路費就有了。將配給的香煙也帶來賣，公價買高價賣，住宿的費用也有了。可憐的姥姥一輩子替外孫女操心，大丫總說等畢業才孝敬她，可她就快等不了。姥姥省下每一口吃的給孩子，自己常挨餓導致營養不良病倒了。寒假前木太太打電報叫女兒回來看老人家。

匆匆應付完期考，二丫趕回濱城看姥姥。木太太爭取到一套公司的舊房子，在公園西門附近。回去放下行李，提個小瓦罐到綠島餐廳買了碗豬肝，徑直向中山醫院走去。先到內科找鳳姑。短短幾年時間，白鳳人到中年，眼角有了魚尾紋，神情有些苦澀淒楚，對宗教更為虔誠。來之前木太太告訴女兒，為了擺脫那位書記的糾纏，白鳳表明此生不嫁，獻身教會。後來醫院來了新的畢業生，書記轉移目標，當時得令的幹部自有心儀的少女，不識時務的鳳姑算什麼？「姑姑！」二丫激動地撲上去。「二丫回來啦！」白鳳將長得與她一般高的女孩攬入懷中，一邊撫摸她的頭髮，一邊帶她到住院部內科病房。姥姥躺在病床上，乾枯而瘦弱，慈祥的老人見了孫女掙扎著想坐起來，卻不能如願。二丫直想哭，卻又忍著不敢刺激老人家。鳳姑怕大家難過，說讓姥姥休息吧，挽著二丫走出病房。

鳳姑就快下班了，二丫等她換衣服，一起去看看老家。中山醫院附近都蓋起工人宿舍，兩人抄小路很快到了文淵井。還是那個大雜院，卻是小公主來迎接，在鳳姑腳邊喵喵叫著鑽。小公主也當了貓媽媽，牠認不出二丫了。「方奶奶！」二丫見到的方奶奶已是滿臉打皺，顫巍巍地，好久才認出來人。「哎喲，二丫頭，什麼風吹你來啊，你姥姥好嗎？」「好，好，跟奶奶一樣健壯呢。」二丫長大了，明白有些事不能實說，含含糊糊回答。方誠已經讀高一了，出來叫了聲：「二丫姐」，又怕羞回房去了。二丫見他已是個一米七十的小伙子，挺帥氣，只是靦腆如昔。遠遠望見方誠他娘在沙發上吞雲吐霧。月華知道二丫來了，出來抓住她的手，又嘮叨開來：「木先生的查某囝汝來汝水，阮阿坤沒本事……」二丫尷尬得一臉緋紅，鳳姑怕她再亂說，趕快打開房門拖女孩進去。

兩人跪在地毯上做禱告。白鳳說，姥姥不行了，就一兩天的事，讓二丫告訴木太太準備後事。少女忍不住伏在鳳姑身上哭了。「孩子，聽姑姑的話，把自己交給主。」待二丫哭夠了，白鳳送出巷口，一直看著她消失在中山路轉角。除夕前一晚姥姥走了，木太太自己操勞一切，沒告知其他人，趕在大除夕辦完喪事。母子三人在火葬場哭得呼天搶地，天陰沉沉地，熊熊烈火將姥姥吞噬掉，姥姥永遠地走了，她的靈魂飛去天堂與木先生匯合。大丫趕不及回來，大概在學校裡獨個兒哭得死去活來吧。母親、二丫和弟弟無言以對，過了一個淒慘的年。三年裡失去兩個至愛的親人，是他們一生的最痛。

春節家有喪事哪裡也不能去。二丫決定去農場看阿坤。阿坤不願回家過年，不想看阿星他們的快意模樣，也受不了母親的絮叨。兩個人沿著小路漫步，誰也不出聲。阿坤沒有因姥姥的去世安慰二丫，二丫也沒有說些鼓勵的話，就這麼從太陽西斜走到天黑。在天完全黑的一剎那，阿坤突然握住二丫的手說：「我受不了！二丫妹，我受不了！」這個大男孩哭了，引得二丫也傷心起來，伏在他懷裡流了一臉淚。阿坤依舊拖著二丫的手，送她搭回程的公車，太晚就沒車進城了。

四

暑假白鳳約二丫一起去趟一山城。山城不算遠，但山路崎嶇，汽車沿盤山公路爬行，晴日塵土飛揚，雨天路面泥濘。剛下過一場雨，公交車破爛不堪，門窗玻璃晃晃盪盪，彷彿隨時要掉下來。車頂是座行李山，過道被旅客擺滿物件，顯然超載。有些用自行車載貨的農民，一路好像表演雜技，車座上綁著幾個大水缸，迎面下坡呼呼而來，汽車儘量閃道往旁躲避。車子氣喘噓噓地上坡，三回兩轉地兜圈子，再順著山脈另一邊的深谷盤旋而下，一個拐彎，全車人就一起向一邊倒，一個急剎車，全體齊齊向前衝。許多旅客忍不住哇哇嘔吐。路面狹窄，車輪貼著路沿，下面是百米深谷，人們「啊啊」叫著，心跳到口邊，再也不敢回頭看那盤旋下來的路，心里默默地念阿彌陀佛，久而久之，索性把眼睛閉上，也不再捏把汗了。

兩人在龍洋鎮下車，找了一家食店休息。店老闆送上一壺新茶，芬芳撲鼻。白鳳對這中年人笑了笑，看看周圍沒人便打聽起林金獅來。「鼎鼎大名的林大夫誰不認識？」店老闆毫不避諱，侃侃而談。本來林的老婆死不肯離婚，鄉人都誇她賢慧，罵林金獅是陳世美，豈知女人當上了婦女幹部，見林金獅「戴帽」回鄉便翻臉要求辦理離婚，迅即嫁給一個公社幹部。鄉人總算看清這女人的真面目。同鄉有位當地委幹部的首長，解放前是閩西南地下黨，回鄉看見這知識分子落難，就說毛主席也提倡「物盡其用，人盡其才」嘛，種田不就浪費了人才！咱農民兄弟需要醫務人員哪！他走後有人安排林金獅去龍洋醫院，林醫生醫術高明，農人有病都指名要他看呢。

白鳳問去醫院的路，店老闆叫了輛載人的單車，吩咐千萬小心，別騎太快嚇壞城裡來的客人。這單車後座是加了塊大木板的，二丫靠內坐，白鳳坐外面，一忽兒就到了醫院。白鳳掏錢包，那人死活不肯要，說林大夫是他的恩人，林大夫的朋友就是他的朋友，哪能收錢。兩人只好謝了。爬上小山坡，前面是家頗具規模的公社醫院，據悉是華僑捐款建的。騎單車那人已先進去通知林醫生了。

從醫院大門走出一個穿白大褂的魁梧男人，風采依然的林金獅！男人衝上前，一手攬一個，吻吻白鳳的頭髮，摸摸二丫的辮子，「我的愛人！我的孩子啊！」流出了大男人的眼淚。三個人都哭了。二丫看到林叔叔，想起父親，更無法自制，眼淚都掉在林大夫的白褂上。

方家奶奶沒能熬過飢荒的最後一年。

二丫轉學前她還是耳清目明的，穿針引線從來不需要別人幫手。她喜歡坐在門檻上，藉著陽光一針一針繡她的三寸金蓮鞋面，縫她的老壽衣，藍緞面上繡的牡丹花雍容華貴。她常對鄰居說，衣服料子都是幾十年前的嫁妝，年輕時最鍾情牡丹，愛這花艷而不俗柔而不媚。現在老人的手顫抖抖地已不聽使喚，耳背眼力也不如前，給孫子縫補衣裳的針腳很是粗疏。白鳳告訴二丫，夜裡大家睡得死豬一般，方奶奶還在煤油燈下做活，唯恐白天的時間不夠用。

夏天的黃昏遠遠地響起雷聲，老人巍巍顫顫地靠近天井，凝視著擊打窗框的小雨點，聆聽颯颯的風聲雨聲。雨滴越來越大，雨絲白茫茫地掃過，飄灑在老人的臉上。屋檐下的雨水像小瀑布一般跌落下來，匯聚在牆上、地上、大門口石路上，匆匆忙忙地流走，空中霧氣蒸騰。老人豎起耳朵傾聽那些聲音，彷彿在傾聽什麼。

方家靠媳婦那一點工資維持生計，真個是入不敷出家徒四壁。方誠正是長身體的年齡，對所有食物虎視眈眈，祖母總是將自己碗裡的勻給他，推說已經吃了昨天剩下的粥。其實何曾有過隔夜的糧！按照國家政策，城市居民的口糧是有嚴格規定的。媽媽是國家工作人員，每月配給二十八斤；奶奶屬無業居民，只有二十四斤；孩子是中學生，也是二十八斤。全家總共八十斤。每人四兩花生油半斤豬肉。即使精打細算每日二稀一乾也不夠吃，何況這些蛀蟲陳糧有三分之一要扣出來搭配雜糧：江米、代粉、豆粉、地瓜乾什麼的。倒不是嫌雜糧不好吃，而是份量不夠。江米不耐吃，方誠的肚子一斤江米飯也填不飽；豆粉吃多了拉肚子放臭屁；地瓜乾內有太多爛皮碎屑。當家的真是為難了。幸虧祖母雖識字不多，卻一早就懂得遵照偉大領袖的指示：「忙時吃乾、閒時吃稀、平時半乾半稀」，具體落實為節日吃乾、月尾吃稀、平時半乾半稀。

長得又高又瘦的方誠負責的家務是挑水、買米、買煤球，每天下了學他便擔著空桶到巷口的自來水站去排隊。一家自來水站供應幾條街的居民，白天任何時候都列著兩條水桶長龍，夜間水站會上鎖。一隻公家的木桶標刻著記號，水升到那條紅色的線就倒進私人的桶裡，一桶一分錢。

小伙子在水站結識了一班男孩，他們相約逢星期六下午去大同醬油廠刮黃瓜瓤。醬油廠收購了大量黃瓜製醬瓜，只要帶把刀子去幫忙剖黃瓜，挖出的黃瓜籽兒便歸那人所有。一擔黃瓜籽賣給食品公司養豬可得三角錢。孩子拍拍胸脯說可以掙到買自來水的錢。

大同醬油廠在大生里，下午時分方誠挑著滿滿一擔黃瓜籽，走了三里路到家腳底已經起泡。孩子從桶裡掏出十幾條大黃瓜，緊張得滿頭大汗手直哆嗦，果然不出所料被奶奶臭罵了一頓。男孩說人人如此，是那些女工嬸嬸塞給他的，不拿的是傻子白給廠裡做義工。奶奶這才沒話說，將那些黃瓜切成條條，晾曬在簸箕上用來醃醬瓜。孩子還得將滿擔瓜瓤送去食品公司，換回三毛錢。

成也蕭何敗也蕭何，方誠幫家裡省下幾毛錢卻壞了大事。

五號晚上媳婦發工資將家用交給婆婆。第二天是星期六，奶奶叫孫子去買三十斤粳米打半斤花生油。方誠從糧站回來扔下米袋和油瓶便趕著去掏瓜籽。星期天一早奶奶將孫子的髒衣服都泡進水裡，待她收拾完屋子坐下搓衣服，方發覺孩子的褲袋硬邦邦的，掏出一看差點沒暈倒：是一本糧簿！傍晚當全院子的人都回家時，老人仍呆坐在井邊一動不動。孫子一再叫「奶奶」並無反應，只見老人手上緊緊抓住一本濕漉漉的糧簿，墨水填寫的字跡和印章已然模糊⋯⋯

沒了五十斤糧令方奶奶一蹶不振，她已經沒有力氣替家人做飯、洗衣，從早到晚躺在床上，望著小窗外發呆。媳婦一輪埋怨方去辦領新糧證，需等下個月才能啟用，幸虧白鳳向教友左賒右借挪來三十斤糧票，說可緩至年底前還。方誠惟有每天放學拎著小籃子轉街市，揀些菜幫爛葉子回家煮菜粥。奶奶看到菜糊糊全沒食慾，她的臉逐漸光潔起來，皺紋都不見了，手指按上去留下一個個窩窩。

這一年冬天真冷，老棉絮擋不住入屋的蕭瑟北風，方奶奶對媳婦和孫子說她該走了。誠媽起身披了件棉襖，過去敲敲白鳳的門，對她說老人恐怕不行了。鳳姑挾了兩小塊炭放在竹手籠裡，再蓋上一層草木灰給老人家暖被窩。她問奶奶喝水嗎，搖搖桌上的熱水瓶，瓶膽舊了水沒有絲毫熱氣，心想若有一碗熱牛奶就好了，老人缺乏營養，瞧她的手腳冷冰冰的。方奶奶輕輕搖搖頭，繼續閉上眼睛，臉上現出一個美麗慈祥的笑容。那是她最後一個笑容，不曉得是否在朦朧中看到海峽那邊的兒子。

第二天早晨人們醒來奶奶已經去了。媚娘和白鳳趁老人家身子尚軟，替她抹身換衣裳。打開老人隨身的家當，鳳姑的淚水再也止不住，一滴一滴掉在那些牡丹花上。

文化革命

一

阿坤最近有些神不守舍，場長見這小子平時挺勤勞聽話，就讓他回家休息幾天。無奈這麼個大男孩，與母親住一個小房間，連擱尿盆的地方都沒有，他娘又囉唆，怎麼頂？月華自知兒子嫌地方狹窄，去到居委會提意見。「朗飼姐，阮阿坤在文淵井出世，聽你的話響應國家號召下農場，如今回家連住的地方都冇。木太太搬走了，舊房子可唔可以分一間給阮。」

朗飼見春花兩個兒子一聲不吭搬進去木家住，阿生和富姐也大鬧，說她一家占了多少地方啊？遂覺得這事若不管眾人會不服自己，就對月華說：「你先回去，你的意見政府會考慮。」聽這女人說話的口吻，儼然將自己當作政府的化身。她又對春花說：「咱做幹部要以身作則，不然群眾不服氣。木家的房退一間出來，塞住眾人的嘴。」春花回去罵了兒子，要兩兄弟商量讓一間出來。阿星當工人，掙錢養家有功勞，當然是該阿強搬回去。可阿強這小子怎肯？哪有到嘴的肥肉讓出來的道理？搬是搬了，樑子就結下了。

阿坤心情煩躁，天天去海裡泡。濱城的孩子都會計算潮水游海泳，橫渡鷺江平常得很。那一日他帶著個舊輪胎到海邊，仰躺在輪胎上假寐，曬著太陽悠然自得。旁邊有些孩子說：「對面不是大擔、二擔島嗎？其實不遠啊。」阿坤眼都不睜，插嘴道：「退潮用這個車胎就游得過去了。」言者無心聽者有意，阿強就在旁邊。待阿坤回到家時，有人正等著，兩個大漢將他挾持往派出所，罪名是「計畫下海投敵」，送進看守所。根據幾個小孩證人的口供，加上破車胎為證據，阿坤直認說過那句話，但強調從無投敵的想法，可誰聽他分辯？有人添油加醋，說其父在臺灣，怎麼不想去找他？結果嚴判十年有期徒刑。

「冤枉啊！啥人害阮仔冇好死！阮仔城內出世冇工做冇厝住，別人鄉下仔來搶厝害人，冇天良出門給車撞給雷霹！」月華歇斯底里，天天哭號，頭髮全白了。聽到這可憐母親的哀號，阿星父親略覺不忍，心裡罵兒子混蛋，擔心有報應，悄悄問阿興，是不是判得太重了？大兒子大義凜然地回答：上面正強調無產階級專正，要加強階級鬥爭教育，這是他自己送上門的！派出所不惜出動人手，去調查月華的歷史。

月華出身於一個商人家庭，父親開茶莊，生母是偏房。父早死，家業歸大娘的兒子管理，他們對二娘不甚敬重。月華娘尚年輕，覺得仰仗大房非長久之計，便再嫁個行船的遠走他鄉。月華沒讀什麼書，家裡當她丫環一般使喚，十幾歲上跟了店夥計，亦即阿坤的父親私奔。大房兄弟覺得省了份陪嫁，也不追究，更從不往來。派出所掌握了這些材料，把月華作為反動階級「陰謀復辟」的典範，天天晚上來人帶她去開會，批判鬥爭。月華已經癡癡呆呆，倒還記得天一早去賣菜，鄰人見她可憐，都向她買點瓜菜，但怕聽她胡說受牽連，不敢多搭理。月華每個晚上都給叫去居委會鬥爭，任人擺佈沒有反應。

當二丫知道阿坤的消息，彷彿晴天霹靂，陡然失去所有感覺，沒有任何反應。少女像俱行屍走肉，目光平板呆直，就那麼走，走，不知要走去哪裡，沒有思想，腦袋空白，彷如遊魂野鬼。少女大病了一場，每天夜裡都夢見父親受凍，姥姥挨餓，阿坤縮在監牢的一角，他們看來那麼無助的眼神……次次醒來出一身冷汗，連續發冷發燒，說胡話發夢囈，總算沒折騰死。病癒後孩子臉色像紙一樣蒼白，好像從另一個世界回來，一言不發。這個活潑好動的女孩，變得益發沉默寡言。好不容易才回過魂來面對高考，多年的刻苦學習彷似秀才十載寒窯，上考場見真功夫的時刻來了。

全校師生都忙著準備高考，學校領導很有信心，六六屆是最優秀的一屆，為了給國家輸送最好的人才，連三．二制都取消了，這一批「尖子」將是又紅又專的大學生。踏入五月中，離六月一日上考場不遠，馬上要填寫志願。二丫忐忑不安，大姐拿全市最高分數只入了師大，自己該填什麼學校呢？二丫優越於大丫的是身為學生幹部，學校的評語一定不錯，但她不敢冒險，決定第一志願填寫復旦，清華、北大就免了。本來躊躇滿志磨拳擦掌，可連日來《光明日報》和《解放軍報》都在批判《海瑞罷官》，批判「三家村」，文化界似乎將有大事發生，令人惴惴不安。沒關係，黨中央正在開政治局會議解決呢，她安慰自己。果然《五一六通知》來了，毛主席親手點燃文化大革命烈火，鋪天蓋地的大字報接踵而至，真是天翻地覆慨而慷。

混進黨裡，政府裡，軍隊裡，和各文化界的資產階級代表人物，是一批反革命修正主義分子，一旦時機成熟，他們就會奪取政權，由無產階級專政變成資產階級專正。這些人物，有些已經被我們識破，有些則還沒有被識破，有些正在受到我們的信用，被培養為我們的接班人。例如赫魯曉夫那樣的人物，他們正睡在我們的身旁，各級黨委必須充分注意這一點。

——五月十六日通知的核心部分

「四海翻騰雲水怒，五洲震蕩風雷激」。書記、校長、教務主任和老師統統是大壞人，因為他們鼓吹「學而優則仕」；好學生是小壞人，因為他們是壞人培養出來的接班人；老文人、老革命是老壞人，因為他們搞修正主義。社會主義制度下的學生本是壓抑的禁慾的，青春的沸騰的血液被長期地禁錮，既然毛主席支持他們造反，大家的熱情能不被點燃嗎？二丫知道書就讀到此為止了，這場運動不曉何年何月才停止，她的預感一向不會錯，決定不再發夢，多年來的共產主義理念宣告埋葬。雖然舊患未癒又添新傷，但沒有淚，淚早隨著父親和姥姥的逝去流乾了。沒資格當紅衛兵並不希罕，這個紅色世界不屬於自己，她知道今生的道路終是坎坷，現在只需要冷眼旁觀，黯然渡過。每個人都在人生舞臺上表演，他們是真人不是演員。

不用上課，學生都跑光了，只有二丫無家可歸留校。餐廳後面那排老房子住著幾位教師，今晚真是寧靜，靜得不可思議。如火如荼的革命何來如此平靜？姑娘相信自己的第六感，一定有事發生。她起身去到大操場，聽到教師宿舍雜沓的腳步聲，急促慌亂的人聲，不好了，有人自殺！幾個學生抬著擔架，那位吞服大量安眠藥的年輕教師奄奄一息。好在有這麼多心緒不寧的人沒睡著，老師方可逃過鬼門關！為什麼尋死？一個歷史清白出身貧農的大好青年，只因愛上了有夫之婦，革命之火還沒燒到他就神志混亂至此！

老師啊老師，二丫一個大姑娘，無中生有被人身攻擊，一滴淚也沒流，你堂堂男子漢怕什麼？華大那個女孩就真的好可憐，剛讀初一年如花似玉的小姑娘，她娘是講師，長得漂亮恣肆才情，運動一開始被學生拉出去批鬥，閉門寫檢討時用剪刀剖腹，血流滿地致死……

二

「同學們，老師們，有人要復辟資本主義，上上下下，從中央到地方，那些牛鬼蛇神，我們要毫不留情把他們揪出來！我們學校裡有沒有？我們這裡千多人，這會場上，就這麼乾乾淨淨？就沒有混水摸魚的，上串下跳的？企圖要搞混我們的階級陣線？大家要提高警惕，擦亮眼睛，誰反對毛主席，誰反對黨中央，誰反對社會主義，統統把他們揪出來！」幾個剛從部隊轉業到學校當政工幹部的，自然而然成了學校的新領導，每次大會勢必說這一類話。話音一落，全場便持續高呼口號：

「橫掃一切牛鬼蛇神！」

「誓死保衛毛主席！」

「誓死保衛黨中央！」

「敵人不投降就叫他滅亡！」

「橫掃全軍如捲席，要消滅一切害人蟲，全無敵！」

有人領頭呼喊，大家都得跟著高呼，讓周圍的人都聽清楚，不可以只是示意舉舉幾下拳頭而已。然而最後這一句太長，人們喊得有點亂。會場上無論是誰，任何與別人不同的舉止都會受到注視，連脊背上都感到有被人盯視的鋒芒。二丫當然大聲喊，否則立馬被革命滅亡。

「同志們，向一切牛鬼蛇神開火！毛主席說，反動的東西，你不打，他不倒！」

此人還沒說完，有人站起來舉臂高呼：

「打倒一切牛鬼蛇神！」

「毛主席萬歲！」

「萬歲！」

「萬萬歲！」

口號聲此起彼伏，一聲比一聲響亮，一次比一次整齊，一波比一波強勁，一浪比一浪高漲。全場一致齊聲高呼，聲波經過百十次疊加，尤如沒過人海的波濤巨浪，就像勢不可擋的海潮洶湧，這口號的威懾力是不可估量的，令人膽戰心驚渾身抖顫。親愛的毛主席啊，您的威力真是不容置疑。

學生們先將校長、教師鬥倒，喝令他們敲打破面盆，下跪謝罪，戴高帽遊街，早請示晚匯報，再關進牛棚無休無盡地寫交代檢討。而後他們衝出校園，破四舊去了。佛寺、廟宇、道觀、公園、牌坊都遭殃了，打死三五個「壞分子」也無所謂。砸爛舊世界嘛，毛主席說，造反有理。帶頭做這些事的多是老子當官的，身上流著紅色血液的「紅五類」，而當其父母也被揪鬥時，他們就堅決保皇了。順我者昌，逆我者亡，歷來如此。新的大字報覆蓋舊的大字報，一層加上一層，今是而昨非。昨天還在臺上帶頭喊口號的，今天可能被推下臺；今天仍在臺上耀武揚威的，明天也許會栽跟頭。政治氣候波譎雲詭不斷變化，人人隨時考慮變陣以應付突轉的形勢。

什麼紅派、戰派、革派都與自己無關，就做冷眼旁觀派吧！什麼共產主義、愛國主義、民族主義也與自己無關，通統扔掉這些理想吧！然而革命派並不放過逍遙派，報紙一針見血批判道：「貌似貓兒般的公允，骨子里卻極端仇視文化大革命，他們時時窺測方向，一旦時機成熟，他們便以十倍的仇恨百倍的瘋狂，向無產階級革命派反撲過來。」二丫惴惴不安偷偷回了一趟濱城，一路祈禱家人平安。其實家裡早發生事了，母親被戴上十幾斤重的鐵帽遊鬥，難為她能頂得住，紅衛兵將家門都封了。為了自保，大丫必須寫大字報與母親劃界線。父親的西裝照和母親的旗袍相片一早燒掉，書籍早些年已被人拿光了，沒錢沒金條窮得叮噹響，只剩下姥姥的骨灰未處理，那些人沒搜出什麼，捧了骨灰去遊街。骨灰也是反動的東西，二丫惟有苦笑。也許捧骨灰的人覺得恐怖，遊一輪送回來了。

出門要帶主席語錄，自行車上也得掛語錄牌，有人揮著剪刀當街站在路口，褲管太窄頭髮太長馬上替你剪。黃昏時分二丫穿了母親的大筒褲，偷偷去後路頭那邊逛逛，她記掛著鳳姑，打扮成要探訪病人的樣子，提個罐子擠上公車，到中山醫院下車。門診大樓走廊上拉了許多繩子，到處是大字報的海洋，但來的人是為求醫，誰也不去留意大字報。只有二丫左瞧右望，她看到一張大字報寫著：

「揪出宗教狂熱分子白鳳！」

「絕不允許宗教狂熱分子混入革命隊伍！」

「白鳳，交代你與右派分子林金獅的關係！」

「坦白從寬！抗拒從嚴！低頭認罪！」

上到二樓住院部，白鳳果然在值班。「請問……」白鳳抬起頭，見是二丫，露出笑容伸出四個指頭，二丫意會，悄悄溜下樓。白鳳四點換班，文革初期每晚都要留院開會，現在領導都下臺了，不同派別各自搞鬥爭，外圍人員可藉此緩口氣。白鳳換下白大褂下樓，二丫見她明顯憔悴，若非心中有上帝，一早崩潰了。白鳳淡淡地笑談，說那舊書記先指使人針對她，豈知後來被人爆料，說他搞了許多女人，兩派都要他交代。「他們說我的姦夫是林金獅，有什麼要緊？我就是鍾意做林金獅的情婦呀！」二丫很佩服鳳姑的勇氣。提到老鄰居，白鳳唏噓不已，阿坤坐了冤獄，月華瘋瘋癲癲，方家更慘……

方誠的娘平時一聲不吭，見到街道幹部不理不睬，有人已經對她十分不滿。舊社會舞娘出身，丈夫在臺灣，這種人怎能允許她存在？定安中學那班紅衛兵在派出所革派撐腰下，衝著來了。革命小將們橫掃思明區地段，陶瓷店、醬油店、餅乾店，雜貨店的舊老闆都被抓出來遊鬥，剃陰陽頭，罰掃街道，天天向造反者請罪匯報。那天一伙人來到三十號大院，叫嚷「匪婆子媚娘滾出來！」幾個人衝進屋將她拖出來掛牌子。方誠不忍母親受辱，想到沒享過老子一天福還要受連累，平時斯斯文文的孩子挺身護著娘說：「不要欺人太甚啊！」一個紅衛兵一拳打中他的鼻子，當即血流披面，其他幾個人按住方誠，任由一人狠踢他的下腹，直至不支倒地。娘見兒子昏過去，大喊救命，那些人還不肯罷手，欲拖娘倆去示眾。阿興爹聽到打鬥聲趕來，撥開眾人大喝一聲：「死囝仔，人命關天啊！」烏合之眾才放手散去。好在方奶奶半年前過身了，否則老人會怎麼傷心！

一路上交談，二丫想起林醫生，他會怎樣渡過這個難關呢？白鳳明白二丫的心思，她說：「掛念林叔叔啊？他沒事！」原來自從上次她們去過山城，那邊的農民朋友一到濱城就來找白鳳，多是林金獅介紹來中山醫院做手術，他們經常給白鳳帶來消息。運動一開始，「壞分子」自然要被人抓出來鬥，林金獅是老運動員，性情達觀，死豬還怕熱水燙？有這樣的想法就坦然了。林醫生本著治病救人的宗旨，本著做人的良心，山裡人純樸善良，對他始終存著敬意。要是留在濱城就難說了，城裡人心險惡，自殺的、被打死的還少嗎？二丫聽了放下心上大石。

濱城是前線，官方禁止學生來串聯，但北風一樣南下。紅衛兵和造反派在大學舉行文藝批判大會，幾個紅衛兵跳上臺，異常激動地大叫大喊：「革命的同志們，無產階級的戰友們，薛嶺有座墳墓，上面刻著『這裡安息著《小城春秋》作者高雲覽』，這是我們濱城革命群眾的恥辱啊！」於是全場口號震天，「狠批大毒草《小城春秋》！」「堅決砸爛黑作家高雲覽的×墓！」……群情激昂的紅衛兵們，步行十幾里路趕到薛嶺，把高雲覽的墓地給砸了！

三

北方吹來串聯的風。五月十六日聶元梓大字報向全國播出後，只有造反派響應，而黨政機關對文革有本能的抵觸。偉大的毛主席以其個人的魅力和權威，在八月十八日及八月三十一日兩次接見首都紅衛兵和外地來京師生，公開對文革的支持。這就引發了各地學生源源不斷湧向北京之勢。九月份中共中央、國務院發出通知，要求組織外地學生代表和職工代表赴京參觀、學習經驗，交通、生活補貼由國家財政開支。坐車、乘船不要票，吃飯、住宿不花錢，各大中小學校的宿舍、機關單位、工廠房屋都騰出來開設接待站。南下的煽風點火，北上的互相聲援，天下大亂開始了。大串聯開始了！如此偉大氣魄，除了咱毛主席，誰能想得出！

最高統帥一聲令下，說可以不上學了，你可以上街去了，還可以去天子腳下逛，去天南地北，去任何地方，去幹你想幹的任何事，只要不反對毛主席，所有的事情都可以做，多麼痛快淋漓！窮孩子別說上京，鷺島都沒走出去，大好時機能不去闖天下？木蘭不甘寂寞，決定招兵買馬結伴走江湖。當年的小伙伴已都長成少男少女，她會合了徐傑、于洋、阿旺、珍珍和曉月，一起北上。三個男孩：徐傑已長成高大的美少男，更是斯文羞赧的謙謙君子，未開口先臉紅；于洋個頭較矮，結結實實，頭腦靈活，說話總是閃動著一對狡猾的小眼睛；阿旺是籃球運動員，四肢發達，動作敏捷，大嗓門且粗手粗腳。兩個女孩：珍珍五大三粗，讀幼兒師範學校，正等待分配工作；曉月仍然不失大家閨秀風範，秀外慧中，與阿旺有影皆雙。三對男女就聯手出發「朝聖」去了。

一大早上了前往榕城的火車，車上擁擠得沒法站立，二丫趴在徐傑肩上，一隻腳企立一隻腳拔出來休息。曉月貼著阿旺，于洋支持著珍珍。行李架上、硬臥舖底下、過道內都站著或坐著人，洗手間亦因擠滿人沒得用，大家叫尿憋得難受不敢吃喝。一路上不斷有人攔車扒車，走走停停，傍晚才到馬尾，下車轉渡輪過閩江，夜裡方抵榕城。六個人被分配住到醫學院宿舍，接待站好說歹說才安排幾天後往上海。既然出來了就玩個夠，他們本來想先逛逛省會榕城，但聽同舍的外省學生說「葉公館」有看頭，決定先去參觀。福建地處東海前線，葉飛這個省委書記說是封疆大吏一點不過分。葉飛的夫人王于畊任省教育廳長，堪謂珠連璧合。然而文革開始學生就與教育部門對著幹，拉了葉夫人下馬，後來葉飛也倒了。「葉公館」作為修正腐化生活的證據，公開任人參觀。幾個南來的孩子樓上樓下跑遍，出來時相視而笑，大家心照不宣。

「徐傑，你家的花園比葉司令的房子還大呀！」二丫揶揄道。

「仇公館三層高，葉公館才兩層，曉月你爸比省委書記大。」珍珍也嘲笑。

「于洋家占地比葉公館多了去！」曉月說。

怎麼那些土包子都像劉姥姥，特沒見過世面！幾個南來的小蠻子鄙夷得很。早早睡吧，第二天白天遊鼓山，晚上去上海。但二丫睡不著。以前男女授受不親，誰也不敢碰誰，現在同吃同住，日日擠在一塊兒，說是哥們兒，也非完全沒感覺。看到徐傑欲言又止的神情，二丫簡直不敢直視他的眼睛。于洋也不老實，都是大男孩了！就這麼欺負他們裝瘋賣傻？輾轉反側一夜，阿坤又出現了，她心痛得咬著被角，才迷糊了一會……

到上海住楊浦三中。身上污穢不堪，南方的孩子耐不得髒，先進澡堂。幾個人都是家境好的，家有衛生間，珍珍和二丫慣住宿舍，也是無水不歡的。可那些北方人視水如金，難怪一身虱子。孩子們喜愛大上海，這城市乾淨，充滿舊文化氣息，南京路比鷺島的大同路長，黃浦江有點像鷺江，只惜江水太黃太混濁，鷺江像條藍緞子，無可比擬的美。大世界讓孩子們開了眼界，他們在哈哈鏡前笑得前俯後仰。「歸根究底還是咱濱城好，雖沒上海大，但暖和又亮麗。」孩子們異口同聲。在上海住了兩個星期，阿旺不斷買些小東小西送曉月，剛又買了條天藍色絲巾。「三個姑娘你只巴結一個，太小器了。」二丫裝著憤憤不平。阿旺紅著臉再買了兩條，紅色給珍珍，綠色給二丫。「是你心甘情願才好啊！」得了便宜二丫仍不放過他。

毛主席接見紅衛兵已近尾聲，大家說不能再等，遂決定啟程。到了南京浦口，人山人海，從早排到晚，火車夜間才進站。徐傑緊緊拉著二丫，斯文的他變成保鑣，男人只有在女人面前才能表現他的偉大，二丫想不起誰說過這話。一聽汽笛聲響，隊伍亂成一團，火車來了！前面的人尚未提腳，就被後面往上湧的人流裹挾著朝前。幸好一男拖著一女，一浪一浪地往前去。男孩托著女孩的臀部幫她從窗口擠進去，女孩再回過頭來拖男孩上車，二丫這才發現上來的是于洋而非徐傑。一切自有安排，後來她冷靜地分析，假如和她一起的是徐傑，結局會怎樣？三分天下，其他四人都去了爪洼國，命運注定要如此。

這是一卡貨車，沒有座椅，所有人都在地板上坐著。列車走走停停，二丫糊裡糊塗發起高燒來，沒有水喝，也沒有食物充飢。火車蛇行到濟南，于洋花五分錢買一個梨給姑娘，二丫覺得甘甜無比，回了同伴一個感激的眼神。到天津，又花一毛錢買兩個大燒餅，女孩燒沒退吃不下。到北京已是下半夜兩三點，他們稀里糊塗被趕上一部軍車，給送到位於青龍橋的軍事科學院。北京冰天雪地，零下十幾度，兩人只穿毛衣單褲帆布鞋，在敞篷車上冷得直哆嗦。二丫得了急性肺炎住院，幸虧有于洋一直在旁照顧。

十二月二十六日毛主席最後一次接見紅衛兵。凌晨兩點集合出發步行到西郊機場，等了幾個鐘，兩人凍得像冰棒，拼命搓手跺腳取暖。車隊從百米遠的路上開過，人頭湧湧影影綽綽，首長們站在汽車上，最前面的是毛主席的車，後面長長的車隊也不知誰是誰。充斥耳際的是「毛主席萬歲」的呼聲，孩子們又喊又叫，歡呼聲响徹雲霄。朝聖完大病初癒的二丫想家了，哪裡也不想去，雖然還可以去其他地方，于洋一定奉陪到底。

回濱城後大家又聚合了，阿旺與曉月是十級颱風也打不散的了，北上行程將他倆黏在一起。為了讓他們談情，打後的活動只剩下四個人。珍珍比他們大兩歲，男孩的打扮男孩的脾氣，穿軍裝頭髮剪得很短。

「珍珍這名字太小女子氣，時興改革命化名字，你不如叫向青、忠青、學青吧。」二丫調侃。

「幹嘛要叫什麼青的？」珍珍不明白。

徐傑和于洋大笑。

「你當旗手，咱哥們兒恰恰成為四人小幹將！」二丫忍不住揭底。

珍珍這才領悟。

二丫有意稱兄道弟，是想讓兩個自小玩到大的男孩清楚，彼此是哥們兒。她和于洋北上時一直廝守，回家後又縮回去了，彼此刻意迴避對方。四個人一起聽音樂，一起交換名著閱讀，一起遊山玩水，二丫希望人家把自己當成男孩，不傷誰的心。

武鬥之外

一

學校停課鬧革命，工廠和機關也組織造反兵團，各行各業不同派系自立山頭，到處亂成一團。家中並非久留之地，二丫恐不參加活動被秋後算帳，決定回江城。宿舍裡的同學幾乎跑光了。紅派的總部在南門，紅五類紅衛兵都跟著撤出去。學校變成戰派總部，因為留校木蘭也該算是戰派吧。她與幾個教員子女用《螺絲釘》署名，不表態只轉抄大字報練練毛筆字，每天像遊魂一樣混日子，尤其是一個個漫漫長夜。

一晚二丫枯坐在教室裡，回想曾幾何時，這1號樓、2號樓、3號樓燈火通明，書聲朗朗，莘莘學子埋頭鑽研書本，緊張地等待上考場，如今人去樓空，永遠不復從前。僅只幾個月時間，天真無邪的少女彷彿歷盡滄桑，而劫難似乎才剛開始，時值青蔥歲月卻深感前途渺茫，這人生路如何走下去……心神恍惚間好像有個影子出現在跟前，啊！因為想得出神，不曾聽見進來的腳步聲。抬起頭，一個陌生男子站在她面前，她的心臟幾乎停止跳動，是他……完全不曾預料！雖然交流過幾封信，卻沒想要和他見面！二丫是學生幹部，經常出席學生集會場面，可現在變得如此靦腆，腦子似乎淤塞死了，無法表達自己。真希望馬上變成一隻鼴鼠，找個洞鑽進去……可憐的女孩慌亂得一塌糊塗，什麼話也說不出。冬天的寂靜的夜，月光如水冷風蕭瑟，只聽來者侃侃而談，她的思緒卻飛到從前……

三年前木蘭以全市第一名的成績考上高中，學校大為贊賞，任命其為學生會委員，課外活動令她認識了這位高兩屆的學長。洪星個頭不高，長得壯實敦厚，是來自農村的高材生，二丫並未特別留意他。

可是他冒著被學校處分的危險，鍥而不捨苦苦追求。男孩的鋼筆字很優美，擅寫情話綿綿的詩，二丫讀了難免臉紅耳赤。記得有一次他這麼寫：

你是藍天上的白雲
我是桐江裡的水珠
你美麗的倒影
在我心頭蕩漾
我期望飛上天空
急於去與你相會
太陽將我蒸發
你卻化成雨落下

二丫總是將信急不及待加以銷毀，好學生總要做出驕傲的姿態，還擔心有人打小報告，決不能為這種事影響前途。可恨的是這小子不曉對何人泄露了心事，每次上臺做司儀，那班男生就亂哄哄鼓噪，恨得少女咬牙切齒。

一年過後二丫升上高二，剛開學就收到來自首都的信，好小子竟踏入清華園！雖然那是她向往的神聖學府，但認定自己並非池中物，自己也有鯉躍龍門的一日。豈料時移勢易，今時今日的小鯉魚困於泥淖之中無力翻身。一場革命將一切都顛倒，公認的優秀生從臺上摔下來，成了人盡皆知的黑幫子女。她是領導和教師的寵兒，被革命學生打翻在地，再踏上一隻腳，所有人都離棄她鄙視她，校園裡還貼著關於她的大字報。四顧無助，在瀕臨崩潰的邊緣，木蘭需要尋找精神支柱，首次提筆給遠方的洪星寫信。

女孩儘量採用平淡的字句，小心謹慎地敘述校園內的狀況，不敢談自己的困惑，更不涉及個人情感，只想了解京城的形勢。男孩是聰明人，順著女孩的意願，不再貿然談及私人的思想感情。這種淡而無味的來往信件，是怎樣自欺欺人，二丫卻彷彿吸食大麻愈陷愈深。女孩知道自己太卑鄙，明知對方的愛意，卻強制他做精神上的友人，期待他給自己帶來支持，對其何曾公平！今天洪星居然來到面前，木蘭不敢正視他的眼睛，只有詛咒自己愚蠢，編織這張該死的羅網。

洪星神采飛揚地暢談京城的革命形勢，為自己全身心的投入而自豪，昏暗的燈光下閃爍著一排皓齒。二丫自始至終沒出聲，但在心裡對他說，祝賀你成了革命闖將，你本來就是紅五類，是預備黨員，是鐵定的共產主義接班人。而我是什麼——狗崽子，老子反動兒混蛋，天生如此。你我之間不僅存在皮鞋和草鞋的分界線，而且各自歸屬紅與黑的階級陣營。洪星見對方一言未發，或想打開缺口，貌似無意地談及剛才在紅專樓看了大字報，好像有人提及你的生活作風……二丫的心一下子被揪住，收回渙散的目光正視他的眼睛，眼眶中的淚幾乎滾落下來。可她抖顫著嘴唇說不出話，怕一開口心裡的堤防潰決泣不成聲。空氣沉重地凝結，靜得聽到男孩腕錶秒針的滴答聲，也聽到自己的心跳，木蘭差不多要哭出來，不懂如何化解這僵局，怎樣散場脫身。擴音器突然響起來：「南下兵團洪星請歸隊！」廣播不斷重複。洪星看了看錶告辭，少女緊繃的神經才鬆弛下來。

白天人家都投入革命，二丫卻賴在宿舍，連續幾晚躲到北門一個同學家，但終非長久之計還得回宿舍。一晚大喇叭轟炸機般不停呼叫木蘭，她索性閂緊宿舍大門關上燈，大被蒙頭足不出戶。女孩只等待南下兵團北上回京就可以蒙混過關。之前與人結伴串聯去過北京，同伴都說去清華園瞧瞧，那是多少學子心目中的最高府第。可二丫逛了北大就找借口開溜，雖然偌大校園未必撞上他，但就怕萬一，少女好心虛。再後來洪星的信被人隨意拆開看了，她也不在意，就當根本沒收到吧。

二

串聯回校後局勢大變，總部怎麼就想起木蘭來了，派她去人民醫院幫忙。反正閒著也是閒著，二丫捲起包袱就走。整座醫院的日常事務都停頓，病人被安排轉往其他醫院，人民醫院專事接納戰派傷員，病房爆滿，走廊也睡人。原來的醫生不曉是否隨派性轉移，華大的連清江醫生幾乎包下所有手術，小自被鳥槍霰彈打得一臉如麻，大到剖腹生產開膛拿子彈，連教授都應付自如。來自華大的女生婉兒、衛校的男生榮華、農校的男孩田生、加上木蘭共四人，他們負責配合醫院的員工照顧傷員。二丫有時也當連大夫的助手，初時看到那些湧出的鮮血難免害怕，久而久之也就習以為常。她佩服連大夫，縫合傷口像女人穿針引線一般輕而易舉。

一日清晨擔架送來一位臨盆的婦人，被流彈打中滿身是血。城裡人嫌牛奶摻水，奶農就牽著乳牛進城，現擠現賣圖個好價錢。這婦人也不看兵荒馬亂的，腆著大肚子天天進城賣牛奶，清早遭了槍子兒。連清江醫生先替她接生，一個八斤重的女嬰哇哇落地，然後從背部為母親取子彈。二丫在手術室觀察臺看完整個過程，心裡贊嘆兩母女好大的命！

夏天起得早，那天二丫到飯堂排隊買早餐，有位男生不好意思加塞兒，叫幫他買兩個饅頭，說是趕著出去有任務。婉兒有事回校，二丫用過早點替她去巡房，外圍病房住的只是因木棍、玻璃瓶、槍引致受輕傷的，只要傷口不發炎不是問題。裡面住的是重傷者，有個華大化學系僑生自製炸彈炸斷左手，傷口感染截了兩次，不停地呻吟。二丫極力阻止探訪，可許多什麼什麼組織非要來表示關心，為此她跟來者吵了起來，來人粗言穢語，幸好榮華和田生聞聲趕來支援。二丫繼續巡查，一個五中的小男孩不曉為何給炸去小腿和膝蓋，截剩三分之一的右腿吊在床架上，慘不忍睹。無知的男孩子還挺樂天的，成天掛著笑容。女孩的心堵得慌，中午不想吃就休息了，翻來覆去也合不上眼。

下午開完會肚子餓壞了，二丫思忖早點吃飯出去散步，剛走到食堂碰到連醫生，問他：「咦，怎麼你也這麼早吃晚飯？」他說：「今晚不用學習，可以回家看老婆孩子嘛！」話還沒說完，廣播器大聲呼叫連醫生，他將鐵盆兒塞給二丫就衝出去。二丫也慌了手腳，擱下飯碗跟著跑。遠遠看見門口放著副擔架，連醫生指揮來人抬到急診室搶救，可惜此君已停止呼吸，還魂乏術。二丫不敢相信自己的眼睛，胸部中小口徑步槍血染前襟的青年，正是今晨代他買饅頭的那個華大男生……

難過了好些天，二丫的心又痛起來，步履倍覺沉重，眼睛看到的是鮮血，充斥耳際的是呻吟，女孩又患了神遊太虛時時發愣的毛病。榮華和田生是兩個不識愁滋味的農村男生，他們知道二丫不懂騎單車答應教她，不知兩人從哪兒找來一輛自行車，一前一後教她踩。二丫一向只會讀書，其他各項技能都差，根本沒有信心，可這兩個憨厚的男生就是逼她學會了。學會了單車便到處跑，每天中午別人休息她四處逛，成天在工人文化宮周圍兜圈子，藉以忘卻所有不快。

武鬥不斷升級，據說軍人的槍也被搶，部隊關心起造反派來了。軍分區派來兩個軍官，一位姓曹的庶務長，一位姓邱的軍醫，聲言軍隊支持地方革命派，可以幫助解決傷員問題，前者負責生活上的需要，後者在醫術上支持。曹參謀年紀大一點，是位四十來歲的小胡子，隔幾天來訪一次；邱軍醫正值少壯，充滿軍人的帥氣又不失斯文，常常傍晚時分到。夏天黃昏長，吃過晚飯洗過澡，日頭還掛在西山上，晚霞染紅了半邊天。工人文化宮的小橋綠柳向著二丫招手，姑娘披著濕漉漉的長髮，身上飄著香皂的味兒，一襲黑裙白底碎花布襯衫白涼鞋，步出醫院大門。喜歡一個人散步，孤獨也是一種享受，徘徊於樹蔭下，聽鳥語聞花香，遠比喊口號打群架文明。

近來總是碰到邱軍醫。最初勉為其難寒暄兩句各走各路，二丫不覺有異。可是後來軍醫直接邀請坐他的摩托車，把她嚇了一跳，刷地臉紅到脖子。二丫隨即婉謝了，說不敢坐，這東西吵得人心慌。把自己偽裝成見不得大場面的小女孩，心裡卻在說：我正恨不得沒人認識，若坐上你這鐵騎招搖過市，被人指指點點，該會多麼不可思議！你我言不同語、生不同道，木蘭是騎馬的戰士，怎可能當摩托女郎？

軍醫來得勤，護士姑娘談話的內容也豐富了，她們一邊打毛線一邊磨牙，有人還特地多打量木蘭幾眼，彷彿這妞是新來的。這些人的路透社消息真靈通，說邱軍醫是四川人，愛人患癌症死去不久就急著找對象。二丫啼笑皆非，心裡罵這個莽夫：也不打聽本姑娘的底細，一旦知道我的出身你這官還當嗎？你的階級立場去了哪？開玩笑！

或者是二丫的腦筋跟不上革命形勢，曾跟自己搞宣傳的彬彬結婚啦。彬彬是個斯文害羞的姑娘，一條大辮子閒散地梳攏在腦後，寫的一手好字，書法繪畫都了得，二丫常派她抄壁報。彬彬低二丫一屆，父母都是中學教員，下有三個弟弟。文化革命停了課，父母成為黑幫被關進牛棚，四姐弟前途堪慮。有熱心人來做媒，彬彬答應嫁給一個喪妻的老軍人，被安排到一八零軍醫院工作，父母隨即釋放回家，兩個弟弟繼而應徵入伍當兵。二丫不願探究為家庭犧牲是否算得偉大，權力、金錢和人事的交易本來古今有之，不足為奇。

這天下午二丫趕制完一大沓報表，一邊打釘子一邊思忖，用什麼法子應付那丘八。正入神，婉兒在外面喊：「木蘭，有人找你！」二丫一站起身馬上僵住了，來人竟然是洪星，心中暗暗叫起苦來：怎又南下呀？躲在這裡以為神不知鬼不覺，卻給他尋到！現場有幾個人，洪星說來拿傷者數據資料，二丫抖著手找了半天才找齊給他。彼此都沒有開口，裝做互不認識。他前腳一走，二丫跟著後腳開溜，少女明瞭遊戲該結束了，讓一切戛然而止，馬上轉移陣地澆熄對方的心火，收拾幾件衣物不辭而別。

匆匆走到塗山街頭，剛穿過十字路口，忽然南面槍聲大作，路人慌忙往北段奔逃躲避，朝南一段路即時被封鎖，原來南街新華書店發生槍戰死了人。二丫更堅定走的信念，這座城市隨處會打起來，路面隨時被封鎖，此時不走更待何時？她呆在街上耐心等到解除戒嚴令，快步奔向南門兜同學家借宿，那裡近汽車站，方便第二天一早搭車返濱城。

早班車六點半從塗門街汽車站開出江城，全程原需三個小時，九點到集美卻擱住了。路人說前面剛發生一場激戰，兩派除了使用小口徑，還出動步槍，雙方死傷幾百人，早一步就挨子彈了。唯一的通路海堤被封鎖，只能從海面進城。十二點改乘一艘小汽船，船開到海上卻壞了，飄流了幾個鐘，大家都餓著肚子望洋興嘆。等到下午三點終於盼來一條木舢舨，所有旅客爭著上船，原來可坐二十人的小木船像冰棒的罐兒插滿四十餘人，船舷距離水面只差幾寸，海水隨時可能淹進船艙。船夫搖著櫓，依依呀呀艱苦作戰，烈日下的乘客面青唇白，分不出流的是冷汗還是熱汗。一個浪打來將船拋向高處，人心都吊到喉嚨口，再重重地摔下去，心又朝肚裡落。鹹鹹的海水打在臉上，濕淋淋的汗水貼在身上，不少人在心裡念經祈禱：南無觀世音阿彌陀佛阿拉上帝請保佑。二丫沒有念想亦無任何祈盼，只是過後回想，覺得若該死早已死過了。

三

在家住不了幾天，總部竟派人找上門來。木蘭百思不得其解，明明誰也不曉得這個女生的地址，可她就像被線扯著的風箏，彷彿有人怕她遠飛一去不回。來的三個人：華大的男生君武、五中的男孩悅來和三中的女生盈盈。總部派他們來匯合木蘭，一起調查閩西南地下黨。盈盈雖是初中生外表卻很成熟，幹了一半就託辭回江城去如黃鶴，二丫與兩個男生必須持續工作幾個月。總部指示他們根據當年地下黨的組織關係順籐摸瓜。從舊市委查到機關學校，跑了多少單位，有些人早已退休。不管離休或病休，除卻已經進墳墓變成鬼，一個個都要抄出來，而這些還活著的老革命，不曉已叫多少組織審查過，他們照樣應付得來。翻來覆去的查問究竟能得出什麼結論，天才曉得！瘋狂的世界癲狂的人哪！

君武和悅來都住在親戚家，事先約好每天早晨在哪裡聚會。寫調查資料和抄大字報同樣是練字，無非鋼筆與毛筆之別而已，反正百業具廢僅只洛陽紙貴。三個人做完正事天晴就遊公園、撐艇子、上日光巖，下雨則看電影老片子或談天說地，同行樂融融。君武喜歡冬泳，天寒地凍去到沙灘上，脫掉衣服跳下海，遼闊的海面只見一浪裡白條，岸上的人都欣賞讚嘆。聊起以前在國外的生活，君武那蹩腳的國語尤其讓人覺得可愛。這個高大英武的大學生不知不覺地吸引著二丫，女孩沒來由地觀察他的一舉一動，陶醉於他的一顰一蹙，看不到他時坐立不安，見到他時耳熱心跳加劇，女孩芥菜起心了。

歡樂的時光容易過，轉眼工作告一段落，兩個男孩得回總部匯報，大家該分手了。三個人互相道出自己下一步計畫。悅來說海外的哥哥寫信來，要他好好讀書自習，他是六七屆的，必須自修一年將來才好考大學。幾年後悅來果然考上復旦大學，畢業後又讀研究生，後來還當了教授。二丫只想聽君武的打算，豈料他一開口差點令女孩昏倒。君武說其未婚妻在山城當護士，先去陪她一段時間，然後到海南島旅行。二丫臉色蒼白，苦笑著說自己什麼計畫也沒有。

「山有木兮木有枝，心悅君兮君不知」，她真的失落了好久好久……

天下沒有不散的筵席，君武的作別確切說是永別。二丫收到他的信已是春天，信中盡述遊覽寶島的美妙感受，末了如大哥一般關心和鼓勵她。少女的淚水滴落信箋，化開一個個字，一陣風吹來，帶著藍色淚水的薄紙被捲走，像隻藍鳥飛到空中，轉瞬間消逝得無影無蹤。悅來從未停止過來信問候，這小子倒是忠心耿耿。二丫怕男孩胡思亂想，強調想繼續做好朋友須得姐弟相稱，小子果然將「姐姐」叫的很響。小男生似乎明白姐姐的寂寞惆悵，數度邀請到他郊縣的家作客。二丫去了，卻仍打不起精神來。

一九六八年似乎很漫長。一個偶然的機會，木蘭發現曉月家的書庫，她父親儲藏的大量書籍兩年前寄存珍珍家而保全，包括全套的世界文庫。少女欣喜若狂，懇求曉月她娘予以出借。曉月媽見自己女兒忙著談戀愛，對家中的藏書根本沒有興趣，倒是樂意有人賞識，只準每次出借一本看完再換。二丫是那樣地沉淪，既因不能主宰命運而痛心疾首，又為沒有知交而深深遺憾，只能藉書籍作精神食糧，寄託無盡的憂傷。

母親調到療養所工作，家搬到對面的小島。以五百米鷺江與市區遙遙相對的小島向有「海上花園」之稱，沿著迤邐的海岸線，白樺、椰樹成林，曲徑通幽鳥語花香，造物主的鬼斧神工成就了小島明麗雋永的風光。生長於斯的人士皆具翩翩風度，悠揚的鋼琴聲令旅人陶醉於這音樂之鄉。姑娘喜歡在夕陽西下時徘徊美華海灘，聽潮起潮落，看海鷗翱翔。海風吹拂面龐，花香沁入心房，偶爾飄來蕭邦的《離別曲》，觸動她的遐想，又黯然神傷。

到處在文功武鬥喧囂嘈雜，小島相對寂靜沉默。乘渡海小輪抵龍頭，路分三個方向：向左向右的是環島路，一座座大洋房沿海岸線而建，以前屬於殷商巨賈的海灘花園豪宅和各國領事館，解放後均成為國家公園、學校、博物館和高幹療養院。走中間這條路穿過幾條小街，柏油路蜿蜒上坡，小路兩旁隔著溝渠是長了青苔的磚圍牆，過一小段路便有個小門，玫瑰紅的三角梅和綠色爬籐總是探出牆來，分外妖嬈奪目。每走幾十米，便有橫向的小路，上到聖三一教堂再高一點，就開始下坡向內厝澳方向了。如此岔開又岔開，好似不規則的棋盤，只許走行人的小徑遍及整座小島。

沉寂中也有插曲，碼頭大榕樹下站著一排排「黑幫分子」，他們被戴上高帽子，掛上大牌子，向毛主席作「早請示、晚匯報」。這些「黑幫」之中有位中風癱瘓的男人，人說是亞熱帶植物研究所所長李豐洲先生，其罪名是「反動學術權威」。人們看到每天清晨有個小伙子背著他來到樹下，用一條布繩子將老男人捆綁在樹幹上，黃昏再來背他回家。

革命已經發展成公然的奪權，不同的支持者用武器互相攻擊時，百姓只能無可奈何地等待命運支配。「牛鬼蛇神」被抓進牛棚，雲集社會主義新集中營，新納粹分子無所不用其極地折磨他們。僥倖苟活於營外者，則為生存而生存。一家人住進三一堂後面的內厝澳一號。黃色圍牆內有三座洋房，樓與樓之間是大花園，樹木扶疏，綠草如茵。進門這座洋房是被政府沒收的，住著亂七八糟的療養院家屬。樓下有三伙，一戶是護士，帶著兩個男孩，大兒子叫大頭，小兒子叫小頭，孩子們都玩弄他們：「大頭小頭，下雨不愁，我有雨傘，你有人頭。」一戶是南下老幹部，娶了個叫秀珠的鄉下女人，養三個男孩，秀珠雖無公職，卻是當紅的街道居委會委員。另外一家占了最大面積，是南下的休養所所長陳銘。

二樓也是三伙。二丫家占兩個三十多平方米的大房，兩間房之間的過道加建一個小廚房。其他大部分房間屬黨委書記何鍾一家。還有一個肥肥胖胖的護士只住一間房，是名留用人員。人說胖護士的情人丟下她去了臺灣，幾年前才下嫁來這裡療養的工人。她丈夫陽痿，千方百計醫治始終不能人道，長年在永春礦上極少回家。胖子護士閒得無聊，給一班女生作性教育啟蒙，什麼輸卵、受精的，療養院領導何鍾、陳銘等聞知暴跳如雷，性事什麼的身為領導又說不出口，急招老婆們將阿肥訓斥一頓，痛罵其流氓意識教壞孩子。二丫首次接受性教育卻也沒搞清楚，只記得姥姥說過，男女睡在一張床上就會生孩子，簡直可怕至極，故而她情願向往精神戀愛。

右邊洋房住著蔡姓兩兄弟。樓下住弟弟一家。樓上的哥哥是廈大英語系教授，一個慈祥和靄的老人，葉姓太太端莊高貴，女兒如花似玉，被譽為小島「五朵金花」之一，兩個兒子都一表人才。這個右派知識家庭深受鄰人敬重。二丫時常見到他們的親戚，鋼琴家殷承宗漂亮的姐妹。殷承宗的母親被紅衛兵趕出大房子，住在人家的地下室。這一區的人崇尚西式生活，以英語對話，自成一個社交圈子。後面的洋房主人也姓蔡，是位最後的貴族，靠賣鑽石、珠寶過活，他的房子正對著街坊委員秀珠家的門，蔡先生給了她許多好處方能安生過日子。

物以類聚，人以群分，貴族們時時舉辦音樂沙龍。蔡兄指派鄰人二丫妹子刺繡，嫌那鋼琴衣太舊了。姑娘決定以五線譜為圖案作幅十字綉。一個個音符躍動在五彩絲線上，仿如安琪兒帶來天籟之音，給憂患中的人們祈求平和吉祥。姑娘還不忘將棉花染色，扎一束束玫瑰送給這些人民音樂家。

隔著一條小路另一邊的圍牆內是更大的花園，兩座孿生姐妹似的漂亮洋房，原是一個富翁為自己的大小老婆而建，解放後成了省建休養所。省建屬下有多家建築公司，那些長年被石棉、水泥、木屑腐蝕了呼吸器官，得了矽肺的工人被安排來此療養。更大的受益者是在這裡工作的官員，實際上他們長年沒做啥事只管享用。

島上的食水是靠船從對岸自來水公司運來的。社會已經處於無政府狀態，工人可以上班，也可以不上班參加派性鬥爭，供水因之斷斷續續。通常三更半夜才來水，樓下儲夠了大桶小桶，甚至所有可以裝水的碗砵，天亮了水才上樓，一會兒又停供應了。無書可讀的孩子們將精力耗在挑水之上。水井在三一堂，井深幾十米，打上來裝滿桶，面對超逾三十度的坡路，巍顫顫，氣喘喘，來到花園門口還有坡段，到了樓房門口又是樓梯。人們也為配給的雜糧傷腦筋，將那些黑黝黝的代粉和了麵搓了團蒸成餅，為了買三毛錢小魚排幾個鐘頭隊。

無價的青春就消耗在這些雞毛蒜皮的生活上，而最大的痛苦是生長於斯卻面臨背井離鄉。每當江城有同學來看她，二丫會陪著來客沿海邊散步看落日。男孩子總是面紅耳赤欲言又止，二丫也不曉得自己心裡是否期待些什麼，每每默然地望海，無言的結局……

當知青

一

千萬人詛咒的最新指示下達了。毛主席說：「知識青年到農村去，接受貧下中農的再教育，很有必要。」上山下鄉等同勞動改造，知青自喻是「臭老九」後的「黑十類」。在鑼鼓喧天的歡送聲中，在呼天搶地的哀號中，老三屆離開學校，踏上上山下鄉之途。除了知識青年下鄉，城市居民和許多工作人員也被下放。小島醫院遷徙去坎市，洪莉老師被指定舉家下放武平，木太太被下放上杭。好多女孩隨便嫁個人，只要不下鄉，什麼對象也不苛求，男人能養她就算了。出身不好不想累及家庭的只好走。

好朋友都自顧不暇，誰也幫不了誰。珍珍已經有了工作，回濱城當小學教員；曉月決定隨阿旺去郊縣老家；于洋去武平；徐傑和妹妹回母親的家鄉。洪星在赴農場前寄來一信，問木蘭會不會考慮到他老家插隊，就在江城西郊，家中僅母親一人，是婦女幹部……二丫照例沒回信，但在心裡感激他。少女知道從今往後要走一條遍布荊棘的坎坷路，這是她的命。隨集體插隊將被記載為黑幫子女，永無出頭之日，她希望另僻蹊徑，被人忘掉舊檔案，或有機會僥倖蒙混過關。女孩心事重重，豈知這一去是三、五年還是十年八載？

頭昏腦脹不知不覺走到文淵井，黃昏的三十號大院靜悄悄的，與生氣勃勃的當年不可同日而語。院子裡沒一點聲響，小公主阿黃老了，懶洋洋地睡覺。以前家家戶戶夜深才關門，而今白天也上鎖。阿星兩兄弟心中有鬼，只在夜間才從邊門過來睡覺，他們感覺到老鄰居的敵意。白鳳未下班。月華與許又讓人帶走了。從前方嬸嬸愛聽舊歌，整個院子都是吳鶯音和周璇美妙的歌聲。唱機和唱片都讓紅衛兵砸爛了。二丫走近方誠家門前，輕輕叫：「方誠！方誠！」門吱呀開了，男孩探出頭來，屋內光線昏暗，他娘傻坐在沙發上，眼睛發直，往日牆上的照片全沒了，貼著毛主席的標準照。

「二丫姐！」方誠抓住二丫的手讓進屋，像見到親人，眼中閃著淚光。這小子又黃又瘦，顯然有病。「憨囝仔，免艱苦心！」二丫拭去他眼角的淚，安慰他，方誠逾加難過，哭了起來。孩子心裡憋著多少苦水啊！與共和國一起成長，承受的卻是家破人亡。就瞧這大雜院四個破碎的家：木先生一家死的死走的走，剩下小弟和大丫留城；阿坤坐冤獄，月華瘋癲了；方家奶奶去了，方誠母子受重創一身傷病；白鳳孤苦零仃。二丫拍拍方誠的背，向他告別，叫他好好照顧母親，做個堅強的男子漢。

鳳姑下班了，二丫隨她進房，就等她給拿主意。

「山城龍洋離濱城僅兩個鐘車程，老林或可照應你，先找找關係，將戶口遷去吧。」鳳姑已經思索好了。

教會有個兄弟祖家在山城龍洋，幾代人都出洋去，就冒充他們沒落的子孫回鄉。二丫第二次來山城，一點不陌生。她搭了公車，車子經盤山公路進入山城地界，第一個站就是龍洋鎮，車站、糧站、茶場、供銷社、郵電所都在此。從橋頭起，大部分房子為職員宿舍和倉庫，農民繳納公糧要到這裡來。一條幽暗的小街，兩邊樓上為辦公室和店員住房，樓下是供銷社的幾個舖位，除了農具、陶瓷、小百貨任買，化肥憑配給紙條，布疋要布票，特殊工業品留著檯下交易。店員皆清閒無事「拍烏神（蒼蠅）」，白天尚且清靜，晚上連鬼影也沒個。龍洋中學、龍洋公社、龍洋醫院各據一個小山崗，彼此相距不過幾畦農地或一片果園，這幾個部門是龍洋政府機關的命脈，與龍洋墟的距離則醫院最近，公社居中，中學最遠。上次二丫已在心裡記下醫院的地點，其他地方還需熟悉。

過橋有大路，遠一點，抄近走小路要涉水。秋冬小溪乾涸直接可過；春天溪水漲了，清水下浸著排列的石墩子，一個個仿似白白的大饅頭，得小心翼翼摸索著過；夏天時常發洪水，泥流滾滾涉水有危險。二丫借住在溪周村一座精緻的木石結構小樓，正面臨溪三開間，大廳和偏廳全都上了門板，石階下是通往山地的小石路。屋內有個天井，天井兩邊左面廚房右面磨房。上兩級石階是條走廊，走廊東西盡頭各有小門出入。東邊門外有棵大榕樹，附近是個果園。西邊隔著弄堂是豬舍，別人的房子離這幢樓甚遠。屋子正面是兩層樓的堂屋，中間大廳兩邊廂房。樓下的大廳除了作飯廳用，還有個大谷櫃，可拆卸的一面活動木板高達櫃頂，隨著糧食越吃越少，木板一塊一塊地抽起，就快見底了。「其實好多年不曾滿倉囉，秋收不過幾擔穀子而已。」房東三叔說。二丫見飯桌上的蕃薯、稀粥和鹹菜，知道他們生活也艱難，但畢竟略勝於其他農戶。

三叔住樓下右廂房，三嬸住左廂房，女兒雲兒與二丫同齡，住樓上東廂房，二丫住的西廂房近樓梯口，夏天象個大蒸籠。現成的床和桌椅，長年沒人住撲滿塵埃，一盞煤油燈，蚊帳是粗蔴布做的，有個尿桶在床後。三叔和藹善良，三嬸是個小腳女人，雖下不了田勞作，但鄉間無閒人，也得操持家事。山區小腳女人出身非富則貴，可解放後就慘了。南洋匯款時有時無，坐吃山空，大小姐也得勞動。每次看她巍巍顫顫地，下到溪裡洗衣洗菜，斬蕃薯籐養豬喂鴨，都替她捏把汗。農忙時節她還讓人揹著，涉水過河去自留地幫忙。兩老沒有親生兒女，雲兒是小姑子婚姻失敗，隨新婚夫君赴緬甸遺下給兄嫂的。

勞動在另一條村。一個小小山頭，幾戶人家，幾畦薄田。人說凡地球上有炊煙的地方必有中國人，難怪祖先要飄洋過海去南洋。二丫在山腳下的一個生產隊勞動，農民得十個工分，她只得兩、三分，反正不在乎。每次落水田，總有六、七條螞蝗吸在小腿肚上，用手去抓，又吸在手上，吃飽了才自動滾落。她的自留地除了種青菜，還種點小白蘿蔔，用它曬乾醃起來做鹹菜。太粗重的農活工分高有人爭著幹，她只做些雜活，一邊幹活一邊聽農人說故事。農民訴說飢荒的年代，這裡死去的人窮得只穿草鞋、蓋紙被、睡薄如紙板的松木棺材。

二

一眼望去，鄉人都住在平洋處，土坯房子沿山腳而建。由於農田有限，人們一早便懂得開山造梯田。一畦畦田地掛上山坡，青石細水涓涓而下，梯田狹窄牛不能打轉，須靠人力耕犁。糧食收成追不上人口的繁衍，農民一年四季，一半米麥一半瓜豆，冬日山藥、蕃薯為主食。自種的蘿蔔醃得像鹹疙瘩，放在瓮裡，是長年下粥的菜。三五月青黃不接，家家蓄薯乾、芋頭、豆葉子、菜糊糊。人們沒有其他出路只能搶著掙工分。三嬸一大早起燒火熬豬食，舀幾勺米湯拌上細糠，打開雞籠，稠的給雞稀的給豬。人吃的比豬好不了少許，大灶煮一鍋粥，連灶後面的小鍋農忙才煮蕃薯，鹹蘿蔔是現成的。二丫和雲兒輪流挑水，小腳三嬸無法幹這個活。

搭三嬸伙食，省下燒火的柴草。人們早些年燒光了山上樹木，刨完了粗樁細根，一年四季，夏燃麥秸，秋燒稻草，冬掃樹葉，春割荊棘，麥秸稻草根都翻出來曬乾當柴火。實行水土保持，不封山的日子有限，割山草是比任何農活更艱苦的勞動。天未亮帶齊鐮刀、扁擔、繩子、鉤子、乾糧和水，穿上草鞋，鄉人相約一起上路。出村子走幾十里羊腸小徑去到大山溝，爬上山腰找處沒人的地方下手。樹是小小未成材的不能砍，漫山遍野的蜈蚣草才是你的目標。農人的手粗糙長滿繭，左手抓起一把，管它是荊棘還是山草，右手便開鐮。手起草落，晾在地上，繼續向前。日頭上到中天了，吃點乾糧喝幾口水，繼續。日偏西了，割下的草也差不多乾了。如疊被子一般，將一層層山草鋪上去，繩子、鉤子派上用場，捆將起來。一擔草就待你顫巍巍挑下山，下了山還要走幾十里路。

二丫雖是花信年華，但膚色不再白裡透紅，暴曬令臉龐有了黑斑，頭髮不再如黑色瀑布般垂落，剪得短短的，兩手長了厚繭，粗糙得像銼子，腳跟裂開一道道口子。農忙必須應付出工，農閒就削尖腦袋去認識朋友找出路。想聯絡人得趁墟日，平時去鎮上太顯眼。政府規定逢一為墟市，即每月農曆初一、十一、廿一才可作買賣。臨溪一條小石子路蜿蜒通向內山區，道上崎嶇車輛不能走，交通工具就只有十一號私家車。山民遠道而來，除了挑柴草就是拿山藥蛋、煙草、雞、鴨、鵝、兔，賣了換油鹽。

墟日都不下田。今天是初一，天未亮就聽見小石路上熙熙攘攘的人畜聲。打開東邊的小門，與進來的人幾乎撞了個滿懷，一早有個老農挑著木炭，跟著個赤足衣衫襤褸的娃子。

「三叔，給你送木炭來了！」

「幾斤？」三叔只是問，家中有桿稱並不用。

「十五斤。」老農答。

三嬸將木炭倒進磨房內的空籮筐。三叔打了算盤，念念有詞：三一得三，三五一十五，一斤三角，十五斤四塊五角，如數給了錢。老人歡天喜地收了鈔票，說要去供銷社給孩子買雙鞋子。

三叔有了木炭馬上生爐子燒水。三叔有很大的茶癮，南洋年關寄來那一點錢全都花在買茶買炭上面。這幢小房子面溪臨路，凡有一面之交者都來討茶水喝，三叔是眾人的三叔，三叔家是免費茶水站。三叔總樂呵呵的，三嬸也從未抱怨。水壺呼呼冒煙了，三叔沖了茶具，泡了上好的鐵觀音，先來道「關公巡城」，再一遍「韓信點兵」，然後請木蘭姑娘吃茶。二丫品了杯茶，滿口清香，跟著一撥撥山民趕墟，到醫院找林金獅去。

「女兒來了！」每次老林這樣叫都讓二丫開心又羞赧。叔叔示意她一起到墟市多人之處，找一處有乾草的地方坐下。他向旁邊的農人要了煙草，捲起來抽。

「姑姑好嗎？」先問他最關心的人。

「姑姑好想念你，你心裡知道的呀！」

二丫突然想起林道靜與盧嘉川。林醫生和白鳳不正是柏拉圖式的愛嗎？能說他們不幸嗎？擁有這樣的愛情多麼崇高！或者林醫生同其他女人會有性愛，可那也只是生理上的需要，僅只是肉體的結合，心靈的交流才是最美的。白鳳所愛的是這麼一個有良知有性格的男人，不值得嗎？二丫想起白鳳說過：

「他們說我的姦夫是林金獅，有什麼要緊？我就是鍾意做林金獅的情婦呀！」

二丫將原話轉告林醫生，嘻嘻哈哈的男人突然靜默下來。

「白鳳是我前世和今生的知己。」他喃喃自語，「希望有來世，來世我們可以在一起。」

淚水在二丫的眼中轉，她怕引人注目告辭了。叔叔知道她在這裡就行了。

下鄉兩年來單位招工一部分名額要擅打球或歌舞者，多數名額都落入有權勢的人手裡，人家用來作交易。二丫想，惟有利用筆尋求出路。於是挖空心思無病呻吟，寫了些空洞無物的破詩寄到縣城文化館。後來文教部門辦劇作訓練班，果然指名要了她。陪訓期間寫的小劇本還被選上匯演。適逢桂湖小學有個代課空缺，文教部門將木蘭推薦給學校。

三

小學校在西邊另一條村子，與溪周村相隔著一條大水渠和大片農田。上學的第一天下著濛濛細雨，二丫一早喝了粥，穿上乾淨的白底藍碎花襯衫勞動褲，披上簑衣套上雨靴，拿著一大包書簿，沿溪邊小石路朝東走去。走到村口，橫過大水渠，穿過一條條泥濘田埂，好不容易才進入學校範圍。學校是座同字殼的平房，中間為操場。此時上課鈴響了起來，孩子們紛紛進課室入座，濕漉漉的斗笠丟了一地。二丫有些兒緊張，用眼睛尋找三年甲班課室，進入教室走上講臺輕咳一聲，開始她為人師表的第一天。

「誰可以告訴我，這個字怎樣讀？」二丫寫了個「木」字。

「木！」孩子們齊聲讀。

「好！我姓木，你們以後就叫我木老師。那麼這個字呢？」二丫寫了個「林」字。

「林！」孩子們更加大聲念。

「對！兩個木是林！今天就說批林批孔。」

舊教材全不能用，對小孩講政治真是不知所云，但這是上頭布置的政治任務。木老師就搬出孫悟空大鬧天宮引申「造反有理」一詞，至於如何從水滸一百零八條好漢牽扯至「批林批孔」，姑娘簡直搔得頭髮都稀了。幸虧《西遊記》有孫猴子和豬八戒，《水滸傳》有李逵和魯智深，便把孩子們吸引住了，他們都睜圓雙眼張大口，聽得如癡如醉……

「六一」兒童節快來了，每個班級都要準備節目參賽。課餘時間二丫教孩子們唱〈北京的金山上〉，還挑選了幾個活潑的娃子跳舞。墟日到鎮上的供銷社，買來十五尺橡皮條和一疊彩色紙。每天晚上點起煤油燈，用針線將一段段橡皮條縫成圓圈，再裁剪綵色紙條黏上去，熬夜為孩子們準備服裝。演出那天，前排幾個小朋友套上紙裙子，載歌載舞，其他同學大合唱：

北京的金山上光芒照四方

毛主席就是那金色的太陽

多麼溫暖多麼慈祥

把翻身農奴的心兒照亮

我們邁步走在

社會主義幸福的大道上

哎巴扎嘿……

三年甲班得了冠軍！

兩個月時間轉眼就過去了，二丫領了四十八元工資，更想不到的是，那位老師放了產假又續一個月事假，原來她在部隊的丈夫滿了十五年軍齡，正申辦家屬隨軍手續。消息傳得沸沸揚揚，說是木蘭有機會由代課教師轉為民辦教員。三個月的時間，學生的反映非常好，校長的小女兒讀的恰好是三年甲班，每天回家都對爸爸誇耀木老師如何如何教，木老師怎麼怎麼說。於是校長組織老師們去聽課，全體教師都表示贊賞，一致給予好評。學校給公社寫了介紹信，公社向縣教育局作了推薦，申請讓木蘭填補空缺，認為這個職位非她莫屬。校長尤其希望得到這個助手，一切只等水到渠成。

通常郵局都將平信放在大隊部。小孩子來傳話，大隊部有幾封木蘭的信。晚上二丫摸黑踩著田塍去取信。沒有月光的夏夜靜悄悄的，清晰的呱呱蛙叫吱吱蟲鳴。大隊部沒關門，左邊的房間是民兵部，掛著一排步槍，二丫自然不敢貿然進去；右邊是文書辦公房，不開燈卻有喘息之聲。二丫遠道而來，躊躇著進退兩難。她輕咳一聲，問「有人嗎？愛國？」白愛國是大隊文書。一會兒有個少女走出來，短髮上留著一根稻草，上衣扣子沒扣齊，對二丫白了一眼扭扭屁股走了。二丫知道是名叫文英的知青。跟著施施然出來的是大隊支書，神情極不自然，勉強點個頭出了去。

二丫曉得自己倒了大霉，撞上人家「一幫一、一對紅」。

第三次發工資的日子，放學時二丫領了二十四元。校長拍拍二丫的肩膀，順道陪她步出校門，朝西向溪周村走。初夏的夕陽照耀著成熟的麥田，金光燦燦。斜陽下一間間土坯房的屋頂，炊煙裊裊。鵝、鴨游上溪岸，排成隊回欄。晚風迎面而來是撲鼻的麥餅香味，一路上狗吠和孩子的叫喊聲不斷。

「木蘭，」校長帶著一絲兒歉意。「原諒我幫不上忙，這個職位大隊安排給了文英。書記覺得你還需歷練歷練，以後總有機會。相信在下和學校已經盡了力……」二丫苦笑著對校長點點頭，女孩心裡早已明白，無須多言。

初夏天熱，蚊子像轟炸機嗡嗡亂飛亂叫，二丫每晚睡不著覺就在溪邊乘涼。太陽下山後村子烏燈瞎火的，人們都早早入睡，既因為省油也因為勞累。月色朦朧的夜，滿天星光燦爛。小溪兩岸的楊柳輕輕搖擺，田野上飄著紫雲英的幽香，螢火蟲一閃一閃飛過。偶爾傳來遠處一兩聲狗吠，或有人起床往桶裡撒尿的聲響。代了三個月課，沒時間見林金獅，二丫決定明天墟日去老地方會他。

龍洋墟市像過節般熱鬧，雖無像樣的茶館食肆，只有沿街高高低低簡陋的草棚，街道兩旁列著一排排尿桶，桶後一小片草蓆遮羞，既讓男人方便又收集有機肥料。集上賣柴草煙葉的、賣雞鴨鵝兔的、賣地瓜山藥的、賣蛋賣米的……山民骨瘦如柴，穿著草鞋挑著重擔；農婦一臉菜色，衣履破爛擔著籮筐；孩子流著口水，赤身露體伏在娘背上。過路的汽車揚起塵土，吆喝買賣聲此起彼伏。

老林果然在那裡，似乎早知二丫會來。「木老師好！」他永遠談笑風生。二丫還沒來得及告訴叔叔失業了呢。老林拍拍她肩膀問：「女兒啊，有家學校遠了點，你考慮去不去。」看來老林對二丫的情況了如指掌。「有個老朋友在內山區當中學校長，只要你願意去沒問題。」二丫想到當一個小學民辦教員就要出賣身體，國家招工不得連靈魂也出賣？自己還等些什麼呢？便毅然點了點頭。

一個山地女人走過來和老林打招呼。「林醫生要准山薯仔嗎？今天給你帶來最好的喎！」二丫睥睨這女人，卻不覺心下讚嘆。瞧她皮膚光潔臉頰呈現紅暈，盤起的一頭烏絲飄著淡淡桂花香，微啟薄唇是鄉下人最難得的一口整齊白牙；盈盈腰身玲瓏浮凸，粉底深緋碎花翻領對襟衫，碧色直筒秋涼褲，桃紅柳綠而不艷俗；腳下一對白帆船，手握草笠當扇子撲面，芳香馥郁如山間盛開的山茶花。

「我得走了。」二丫挑皮地向老林眨了眨眼，撣撣身上的乾草告辭。其實她有啥事做呢？只不過表示識相。在墟市上逛來逛去，想著白鳳為一個男人守候一生，只因她心中有真愛有大愛。大院的人都嫌白鳳傻，方奶奶說，女人好歹要嫁一次生個孩子，這是人生必經之路，哪怕嫁非所願，心中另有所屬，嫁個好的是他前生欠你來還債，嫁得不好是你前世欠他的。二丫思索，這人世間的談婚論嫁原是講求條件的般配，何來心心相印呢？形式上的夫婦仍可將心靈留給自己……

一路胡思亂想，脫下涼鞋踩上被溪水浸透的大石頭，跟在賣了貨挑著空籮筐的山民後面走，到了溪周村卻不想馬上回住所。她覺得心裡有什麼堵得很，任由心緒繼續沿溪朝內山方向走去。

三叔樓下的小路沿著溪流慢慢向山地蜿蜒。二丫來到桂湖供銷社小店鋪，面溪的大櫥窗平時上著木板，墟日都打開了，平時只啟小門，今天大門洞開。村人來買些鹽、煤油、地瓜酒、鐮刀、陶瓷之類的雜物，有時買了東西就坐在門口的大樹下，與店主人水哥有一句沒一句地聊天。店裡賣的糖餅是縣城批發的，糖果一味的甜，餅乾是死豬油炸的，這兩樣只嫁娶的人家才肯買。今天逢墟水哥加賣了炸豆腐和熟麵團，趕墟的山地人哄孩子買一點，榕樹下的石頭是眾人的櫈子。

「水哥給一毛錢地瓜酒。」二丫掏錢。水哥見是知青，拿隻乾淨碗舀了一竹勺水酒。老闆是慣了的，知青不論男女都興這一招。二丫捧著碗坐到最遠的一個樹墩上。那些賣了山貨身上有幾個錢的農夫，買了吃的各自找地方坐下。一個老農數了數口袋裡的錢自語：「木炭四塊五，鞋子二塊三，剩二塊二。」瞧他指甲內黑不溜秋，不就是早上那個賣木炭的嗎！看他蘸著口水將錢數了又數，幾經艱辛才狠心抽出二毛錢給水哥。「老哥，給咱來兩塊豆腐一毛酒。」接著滿心歡喜地端起水酒仰天而盡，豆腐給了身邊的娃子。二丫細看，娃子穿了雙新膠鞋。

二丫不覺也仰頭一乾，再沽一毛錢，再沽一毛錢……

夕陽西斜，小路上回家的山民越來越多。農婦背上的孩子歪斜著頭頸，流著口水睡得好香。男人都賣了貨卸了挑子，邊走邊吃出門時帶的洋芋。水哥賣光了豆腐和麵團，想上門板早點收舖，見到那女孩靠在樹樁上睡著了，碗扔在地上。他想，這女知青少說買了四、五次酒，哪能不醉？走上前想叫醒她，料不到姑娘一個翻身坐起來，嘔出一地臭瓜菜，水如注湧，淚如雨流，折騰了一大輪。水哥深深嘆了口氣：如今這都什麼世道啊？作孽呀！

連膽汁也吐了出來，二丫腳下飄飄然如踩棉花，跌跌撞撞往回朝溪周村走。她突然決定下溪去洗個澡。身子徑直往下沉，任它墜下去沒過頂。溪水涼嗖嗖的，令她不禁打了個顫，冷水從鼻孔嗆進去，這才清醒，狠命磨擦了身子，而後仰躺在水上，像具浮屍。人聲漸漸遠去，月亮上來了，一隻「水鬼」濕漉漉地爬上岸，偶爾路過的鄉親都驚訝地瞪眼看，三叔家的木樓梯留下一窩窩水漬。

並非第一次。去年夏天發大水，山上洪水暴漲，小溪變成滾滾黃泥流。二丫跳下去「玩水」，幾次差點給洪水沖走，多虧溪邊那棵小樹，姑娘本能地抓住那些伸出來的枝椏。場面真夠驚險刺激，嚇得三嬸和雲兒在岸上哇哇叫。村民皆以為女知青藝高膽大，只有女孩心裡明白自己想做什麼。自從決定來山城插隊，母親做菜的米酒都被她喝光，次次都是狼藉收場。天生是個酒鬼，越喝越清醒，越折騰越痛苦，酒水只能替她洗刷腸胃，心裡是活得不耐煩了。

山鄉日記

第一部分

人物：周　貴（溪周村人，馬共黨員）
　　　劉家寶（省城下放文化幹部）
　　　木　蘭（女知青）
地點：山城龍洋鎮桂湖鄉
時間：一九七一年春

一九六九年插隊到山城龍洋桂湖，木蘭成了當地的女知青。這裡地少人多，只在農忙季節下田，農閒大部分時間替大隊做文書工作，整理四清期間遺留下來的未了公案。主要工作由下放幹部老劉負責，二丫協助謄寫而已。能夠避免沉重的體力勞動，每天堂而皇之地滿拿十個工分，不亦樂乎？

窮山區哪來有血債的地主老財？所謂遺留的公案，是一個五十年代被馬來亞驅逐出境的共產黨員，為了共產主義理想，此君捨棄了身家財產，帶著兒子回歸祖國，卻在各場政治運動中，成為不斷被調查審問的對象。負責編寫材料的是一位下放幹部劉家寶，此君原是省文化廳幹部，聽說五七年沾了點邊，下調山城縣文化局，文革再下基層「蹲點」。本來是搞創作，卻給大隊編派做審查工作，老劉已經在這村蹲了兩年。黨的領導無處不在，人人都得俯首帖耳，這是個大時代。

周貴有時白天有時夜晚被叫來大隊部「交代歷史」，木蘭必須將「供詞」記錄下來。老劉三十來歲，身材魁梧，兩條濃黑的臥蠶眉，一雙大眼睛發出深沉的目光。木蘭覺得這男人有一股魅力，忍不住偷窺他一眼，眼光一接觸自己就臉紅了，對方卻一板正經不苟言笑。

一

下午，老劉遞給周貴一枝自捲的農家煙，示意他開始。「我一九二四年出生於馬來亞雪萊俄洲，父親做五金生意，算是當地的中產階級。一九四二年我十八歲，因為打仗中學階段斷斷續續，一班激進的同學經過商討，決定加入馬來亞人民抗日軍打游擊，第二年加入共產黨……」周貴開始回憶他的革命人生。

二丫的手一邊記錄，一邊想像，腦際出現了一幅幅畫面。

陽光照在早晨的蘆蕩裡，一條小船悠悠划過，划槳的是個南洋少女，挽著鬆鬆的髮髻，髮上插著一朵大紅朱槿，船上站著荷槍實彈的青年，警戒地觀察四周動靜。一望無際的熱帶雨林，色彩千變萬化，朝陽紅遍了天空和水流，水波在晨曦的簇擁下閃動著彩虹的光亮。一隻水鳥從水裡拍著翅膀飛起來，嚇得船上的人連忙伏身在蘆葦叢中。兩隻白鷺從蘆葦中露臉，自由自在地戲水遊玩，一群小魚浮出水面，用牠們圓圓的小嘴吞食著空氣和霞光……

寧靜的雨林內突然響起喊叫聲，咿咿哇哇的日本人叫著：「八格牙路！」緊接著槍聲不斷。船上的小伙子開槍回擊，小日本中槍了！喊話聲更嘈雜，槍聲更密集，突然小伙子大叫一聲，鮮血從大腿上汩汩流出，少女將小船划向叢林，穿過蘆葦蕩停靠到岸邊，撕下身上沙龍花布裙替男子扎緊傷口，迅捷背著他上岸……

「這就是中彈的傷口。」周貴撩起褲腳，露出一個醜陋的大疤痕，展現在審問他的人眼前。「好在子彈只是擦過腿打中船身，差點成了殘廢。」周貴自我解嘲。二丫這才正眼打量這位中年人，這個中等身材，黑黑瘦瘦的普通農民，原來是個不起眼的英雄。

「今天就到這裡。」劉家寶發話。周貴大大方方地走了。木蘭收拾紙筆，覷了老劉一眼。這家伙城府很深，看不出他臉上的表情，更難猜其心裡的動靜，不曉葫蘆裡賣什麼藥。他們兩人一同走出大隊部。老劉住在溪周村的祠堂裡，順便送木蘭回住所。夕日西下，家家戶戶炊煙裊裊，農民荷鋤下水渠洗腳，孩子們趕著鵝鴨歸家，一路上不斷有人與老劉打招呼，兩人則無話。

「明天見！」

「明天見！」

互相道別。誰也不曾望誰一眼。

二丫一邊進屋一邊在心裡嘀咕：中國人喜尊稱人老什麼小什麼的，其實老劉才三十七歲，二丫已經二十二，不能般配只是職業而非年齡，希望他不致把這個女知青看得太膚淺吧。第一次合作就胡思亂想，二丫臉熱辣辣的，為自作多情害羞。

二

晚間，老劉按了一鍋子煙，擦了火柴，遞給周貴。氣燈沒什麼油了，明明滅滅的火光忽閃忽閃，照耀著那中年農民被太陽曬黑的臉膛。周貴又墜入往日的回憶，坐在櫈上抽起菸來。

和平了！一九四五年日本投降。不用打仗了，周貴回家接手父母的生意，老人家搬到海邊小屋頤養天年。兩年後周貴和患難與共的華僑後裔，那個撐船少女結婚，婚後生下女兒和兒子。自一九四八年馬共被當局宣布為非法組織始，至一九五二年，他們一直受到當局鎮壓和迫害。

出現在二丫腦海的是一個沿海小區。

幾條華人聚居的小街，東邊是專賣小食的商店，咖啡室濃郁的芳香刺激著人的腦神經，水果店裡的榴槤、山竹、紅毛丹引人垂涎，烤沙茶羊肉串的濃煙飄過幾條街道。西邊是報亭，五金店，修理單車、摩托車的舖子，玻璃匠、鎖匠、木匠的小作坊。周貴和夥計一早卸下門板，將各類鋼管、角鐵、水龍頭、螺絲歸位，開始一天的生意。突然一群手持鐵通的男人衝入店鋪，他們打碎櫃檯玻璃，將一箱箱螺絲倒到馬路上，以迅雷不及掩耳之勢破壞後散去，待周貴回過魂報警，匪徒已不知去向。如此情形一月中幾起，生意已無法維持。有人勸周貴退出共產黨，但他堅持自己的共產主義信念。男人想起祖國，偉大祖國已經屹立在東方，是華僑強有力的靠山，他想回歸參加祖國大建設。太太曾是共產主義信徒，也是他親密的戰友，但女人極力反對回歸，因為其家鄉的親人在解放後被鎮壓了，她無法再相信共產黨。他們之間對前景有強烈的分歧。

「今天就到這裡吧。」老劉說。

淡淡的月光照在田野上，綠茵茵的秧苗，灌滿水的秧田像玻璃倒映著明麗的天空。手電筒照在狹窄難行的田塍上，木蘭照例走在前面，老劉殿後。一條小蛇竄出泥路，嚇得二丫驚叫一聲，一個後退，跌倒在老劉懷裡。少女聞到煙草的味兒一陣眩暈，幸好老劉堅定地扶住她，默默無言。

姑娘輾轉反側，難以入眠。

三

晚間，周貴交代了和前妻離婚回國的細節。老婆退出馬共，帶著女兒離去，周貴堅不退黨，被驅逐出境。他放棄了馬來亞國藉，永遠不能再踏足出生之地。

木蘭突然可憐起這個男人來。佛陀說，愛別離是苦。那是一種不可言喻的痛，不是由不愛所帶來的苦，而是由深愛所帶來的痛。一幅苦別離的畫出現在少女腦中：一個華裔男人帶著幼小的兒子登上回歸的輪船，岸上愛人抱著女兒揮淚送行，那是怎樣的一種撕心裂肺的痛？離開生養自己的國家和土地，離開愛你和你愛的人，忍受那錐心泣血的痛苦，永無再見之日。誰也替他流淚啊！

老劉有些兒呑呑吐吐地說，有人懷疑你侵吞馬共財產，不如回憶一下當年帶回國的財產。周貴舉出許多人名，證明財產是與妻子協商分得的。回國後他在鄉間蓋了間土坯牆大屋，娶了個農婦，他本人也參加勞動，並非不勞而穫。

二丫對老劉狠狠地瞪了一眼，為自己整理這黑材料羞愧，然而不能讓人覺得立場不堅定，藉口上茅房走了出去。姑娘在外頭磨蹭了一會兒，終於鬥不過成群蚊子的襲擊走回頭。此刻少女靈敏的耳朵飛進兩個男人的喁喁私語。

「貴叔啊，少喝兩杯早睡早起。」像是老劉的忠告。

「唔，以往因為風濕症貪杯，如今大夫說我胃有點毛病，從此戒了。」與其說周貴唯唯諾諾，倒不如說他心神領會反應快。

木蘭想起有人揭發周貴經常請前大隊支書喝酒，大有腐蝕幹部之嫌，老劉的忠告真是可圈可點呢。

四

約好今天上午到溪周村祠堂整理周貴的資料。二丫埋頭謄寫，她明白寫完任務也就完成了。「老劉見了你就匆匆出去做什麼呢？他根本不喜歡與你單獨相處。」造反派出身的現任大隊支書有意無意地告訴二丫，「這個男人是有老婆的，他愛人是名話劇演員，雖然分居卻並未離婚。老劉曾是個年輕有為的作家，可惜犯了什麼錯被下調到山城來，前途未卜。」「關我什麼事呢？」二丫覺得受了侮辱，有些須忿恨，她才沒有興趣做第三者。從今往後彼此沒有任何干係，即使再見也是陌路人。心猿意馬地抄寫完畢，一大沓紙放在他床頭，翩然離去。

五

夜晚，公社再一次放映電影芭蕾舞劇《紅色娘子軍》。記得首映時幾十里外的山民都遠道來觀賞。一幅白色布幕掛在公社露天場地上，公社各級幹部，包括學校、醫院、供銷社、茶場各員工，黃昏時分就操練入場，坐滿操場砂地上，農民則扛著長櫈站在後頭，真是人山人海。二丫沒有工作單位，一個人跑到銀幕背面去看。這一回機關幹部不用排隊，任人自由進場，樣板戲是革命教育，人人還得一看再看。鄉間沒有任何娛樂，看多一次無妨，觀眾依然人頭湧湧。

沒有月的黑夜，黑壓壓的人頭，燈光熄滅開場了。觀眾屏氣凝神注視著銀幕，陶醉在那熟悉的娘子軍連歌旋律中。「向前進！向前進！戰士的責任重，婦女的冤仇深……」突然二丫發現自己前面怪怪地，一件軍大衣披著兩個人，有人在互相親熱，真是膽大包天的舉止！二丫清楚只有農民才敢這麼張狂，讀書人若然如此必是死路一條。姑娘感到躁熱和激動，受不了近距離的真人秀，想起身逃走，卻被一隻強有力的手按住肩膀，一把低沉的嗓音貼上她耳朵：別走！她知道是誰，那不是她一直企盼的嗎？一隻男人的大手握住她的小手，粗糙的臉龐幾乎貼近她細膩的臉，那熟悉的淡淡的煙草氣息，傳過一陣不可思議的電流，只覺得身體在戰慄，牙齒格格響不停，想走也沒有力氣……

不曉得看了些什麼，不知何時散的場，只是機械般地被人流簇擁著退出場地。大道小路充滿人聲，尾隨一條條閃動的光柱，踏過一塊塊過河石頭，聽到一聲聲打蛇竹點地的清脆聲響。兩人不知不覺地越走越慢，幾乎落在人群最末。「哎喲！」姑娘突然被一塊卵石子崴了腳，老劉不自覺地攬住少女的腰，停下來讓別人先過，扶著二丫退到溪邊石灘上歇息，捧起她的腳搓揉。

沉默。

沒有月的夜空下，北風夾雜著淡淡的煙草味，熟悉的氣息輕輕拂過少女的面孔。女孩心裡明白留不住這風，留不住這加插的一章，生命終究要走過，惟有拼命去感受稍縱即逝的一刻。她是那麼孤單，那麼需要愛，哪怕一切都是幻影，只能將這瞬間的感受烙在心底，留在人生的記憶之中。

夜幕下並非全然的黑暗，四圍呈現一種水墨畫的夢幻色彩，歎息間是那幽幽的煙草味。粗糙的大手托起尖尖的下巴，兩雙眼睛越來越近，試圖放上他熾熱的唇。扎人的鬍鬚如電流一般擊中身心無法抗拒，極度的眩暈令她以為馬上就要死去，鐵箍一般的雙臂逼迫她貼近那寬大的胸膛。摟抱少女之時他方感覺對方渾身顫抖哆嗦，慌忙鬆開雙鉗脫下身上的軍大衣將她裹住。少女的眼睛忽然模糊一片，淚水悄悄地滾落下來，他吻到的是又鹹又苦的淚。萬籟具寂，彼此都聽到各自的心跳和腕錶揉合的聲音。風輕輕地吹，時間一秒一秒地過去，男人突然停頓嘴唇的搜索，輕輕地撫摸她的頭髮，深深地長嘆一口氣，用粗大的手掌抹乾她洶湧的淚。

路上仍有零零星星的人聲。他攙扶起腳步蹣跚的姑娘，將之送到小木樓下，看著對方趔趔趄趄登上樓梯，特地跟房東三叔打了招呼。頭暈目眩的二丫彷彿醉了酒，撲到床上，咬緊被角不讓自己哭喊出來。

六

啜泣了一夜，二丫日上三竿才起床，兩眼紅腫頭重腳輕走下樓梯。三叔一邊燒水泡茶一邊說，木蘭，桌上有妳的信。熟悉的漂亮的筆跡。懷著信忐忑上樓，拆開信封，只有短短幾個字：「我走了，對不起，保重。守住信心，守住勇氣。祝福你！」，簌簌的淚水浸濕信紙，化開那十幾個字。

第二部分

地點：山城縣城

時間：一九七二年初夏

「偉大文化革命旗手」江青搞了七個樣板戲：《紅燈記》、《沙家浜》、《智取威虎山》、《奇襲白虎團》、《龍江頌》和芭蕾舞劇《紅色娘子軍》、《白毛女》。後期還多了齣《海港》。山城以前有個劇團，演的是帝王將相才子佳人戲，文革一開始就給解散了。演樣板戲看樣板戲是政治需要，但山城資源不夠，所有文娛活動均由基層大隊自組宣傳隊，唱唱革命歌曲，跳跳忠字舞，演演折子戲。縣委認為有必要培訓新人才以應付新形勢。龍洋公社桂湖大隊女知青木蘭接獲通知，到縣城參加為期一周的文藝創作培訓。

不必帶飯票進城，何樂而不為！二丫在此地蹲了整整三年，連當民辦小教的機會也被人搶走了，幸好有人記得她的存在，這次出山一定要找關係鋪好路，機不可失，時不再來。

第一天 進城

搭了從龍洋到縣城的公車，中午到文化館報到，住進南街招待所，一個房間住四個人。食宿費用全免，飯菜豐盛。學員三十餘人，多數是男人，女子一個房間沒住滿。

第一個晚上自由活動，二丫找心心去。那一年縣裡來了一支生力軍，有批建設兵團人員轉到地方上來，這些人多是來自鷺島的老鄉，原先在閩北深山老林砍伐植樹，這回出頭了，成了山城的新血。帥哥靚女給寂寂無聞的山城增添了無限色彩。

心心大大的眼睛，白白的皮膚，高高的個兒似衣服架子，粗布麻衣穿在她身上也像公主。美人經手的全是社會上最吃香的工業品，那些上海牌手錶、三五牌擺鐘、鳳凰牌自行車、飛人牌縫紉機以及各款緊俏物品，商場西施往櫃檯一坐，全縣人的眼睛和魂魄都給攝去了。

「木蘭，瞧你穿的多土氣！別讓山城人看扁了，今天要改造你！」老友見面，先給數落一番。

心心不愧是領導潮流的人物，縫件小腰身襯衫搭配燈籠褲，縣城的女人立即跟風，個個以為自己也飄逸如下凡仙女；厭倦了舊款，改穿窄窄的小筒褲襯鬆身衣，潮流馬上跟著轉。女孩們互剪了耳邊長後頸短的髮型，全縣女人都覺得好看，留長髮的也狠心剪掉趕時髦。

心心取出兩套夏裝給二丫。「我就快放假回家，今年最流行的一定不是這種款式，這幾天你一定要打扮得漂漂亮亮，讓那些人記住你。」美女一邊叫二丫試衣服，一邊嘮叨，不給予拒絕的機會。照著鏡子，彷彿看到穿上舞衣的灰姑娘，二丫很感激這位朋友。

第二天　講解樣板戲

課堂在文化館，上課的老師是前劇團編導，助手是師範畢業的小青年。老者輕咳一聲，表示開講。「各位，我是臨時被拉上來的，準備不夠充足。負責講課的劉家寶老師另有任務外出。」

二丫的血壓急速上升頭脹了起來。老劉有意避開你，都兩年了，躲避了足足兩年……不曉得老師講了些什麼，就樣板戲嘛，聽不聽也罷。她任由思緒天馬行空，回想這兩年來自己多麼寂寞空虛，越是想忘越是糾纏不休揮之不去。兩年前的渴望和害怕，似乎變成一種期待，等待著要發生什麼……不對，你成了吸毒者，不能期待那種焚毀的結果，只要有一絲兒火星，必是熊熊烈火燒身，萬劫不復……他是君子，不敢毀了你……淚水從眼眶中滾落。就快下課了，你一定要堅強……她咬咬牙，借口上洗手間，提早溜出去。

趕在下班前到縣委辦公室。門房見是個漂亮的少女，報稱到訪的又是計委辦公室主任，點頭哈腰指路獻殷勤。心心說得對，人靠衣裝。穿起黑燈籠褲粉紅緊身襯衫的姑娘令人眼前一亮，路人都行注目禮。走上二樓敲敲門推進去，戴叔叔和一班手下正準備下班。「我的孩子來了！在龍洋插隊，今冬招工還請各位多多關照！」老戴正式向夥計們作了交代，他就快調離山城回地委。戴叔叔和林叔叔都叫二丫做女兒，令她十分感動，心下翻騰不已。「你雖然沒有父親，但隱隱約約總有一道父愛關照著你。」後來山城的人們一直以為木蘭是幹部子女，美麗的誤會罷了。

第三天　講《龍江頌》

《龍江頌》原是漳州薌劇《碧水贊》，給改編成京劇，男主角也改成女主角，主題不外乎歌頌共產主義風格，毛澤東還誇獎它是：「為八億農民寫了一齣好戲。」這類戲都是些女光棍英雄，木蘭想。當年父親編了那麼多劇本，那才叫戲。

中午人人去午睡。二丫搭渡往城廂公社。正午的烈日烤人，小船上寥寥無幾的農民。今天二丫穿得很樸素，頭戴一頂草帽，腳下是回力鞋，工人褲配件舊淺藍襯衫，不能張揚。上岸一直問路，走了將近一個鐘頭鄉間小路才抵那條村。土牆瓦房，女主人是個農婦，說他丈夫在午睡。二丫說，抱歉來打攪，待李書記睡醒吧。一會兒龍洋公社黨委書記出來了，這位南人北相的書記是出名的火爆人物，造反派英雄，他萬萬想不到來者是個女知青。

「李書記，我是冒昧來求您的。今年冬的招工指標若是龍洋有名額，希望您給我一個機會。」二丫開門見山，雖是求人，卻不卑不亢。

李書記仔細打量少女，二丫正視他的眼睛，送上自己懇求的閃著淚花的目光。她看到他的眼神，一個人人提到都駭怕的人物，鐵漢子的目光是柔和的。雖然什麼承諾也沒有，二丫也該告辭了。

第四天　寫劇本

吃人的嘴短，公家能給你白吃白住嗎？每個學員必須交一個腳本。

二丫不曉得寫什麼好。不知為何想起父親寫過一個小戲《老少換妻》，劇中才四個人物，戲味卻很重。荒唐！就亂編幾個人物吧，一個女英雄，一心為公的生產隊長，當然該是女光棍，革命不能有家庭和親人。對立面一定是小人物，貪心自私的，還必須是男人。她一邊寫一邊覺得荒謬，反正交差而已，小女子志不在此。塗鴉後第一個交稿溜之大吉。

心心給的另一套衣服還沒穿。心心比她高，但腰身還好。二丫刻意打扮自己，沒領的薄如蠶絲的夏裝，若是下田皮肉不曬焦才怪！好在代了三個月課，肌膚雪凝如昔。現在是下午時分，老人家午休起床，剛剛好。

二丫來到縣委家屬宿舍找成卓婭，她娘來開門，聽說是女兒的朋友來訪，很熱情。成卓婭已經招工去永春化肥廠，二丫一早知道，但只有這個藉詞。老兩口都很和氣，縣委書記老成雖常年住醫院休養，但當兩派相持不下時，人們會徵求他的意見，且以其意見為準繩，可謂真人不露相。二丫成功地讓老人家留下深刻的印象，成書記一直握著少女的手送她出來。從宿舍大院到街上，人們看到老書記陪著個飄逸的女郎散步，都送上笑容與之點頭。

第五天　評選劇本

老師說，今天主要內容是評選劇本，為了活躍氣氛，先讓學員自由上臺表演樣板戲。坐在二丫旁邊的男士一躍而上，一個亮相，猛喝：

謝——謝——媽！

臨行喝媽一碗酒，

渾身是膽雄赳赳，
鳩山設宴和我交朋友，
千杯萬盞會應酬……

表演完畢眼光長久地投向二丫。大家鼓掌，二丫禮貌地報以笑容，心裡罵他「傻蛋」，見他十分受落。其他人表演什麼，二丫再沒心思聽，直至快下課時才醒悟，自己寫的東西胡裡胡塗被選上。最後每人分到一張電影票，今晚招待阿爾巴尼亞電影《第八個是銅像》。

參加幾天學習，她心不在焉，沒認識新朋友，想與她結識的她都裝著看不見，不想和那些學員坐在一處，找了最後排靜靜地坐下，長長舒了口氣。開戲了。

銀幕上是一條蜿蜒曲折的山路，六個大人和一個小孩護送一尊銅像，要把它抬到銅像主人生前的故鄉。七個游擊隊員一路上回憶這位英雄……

「消滅法西斯！自由屬於人民！」才開了個頭，二丫便替他們做了結語。

突然她聞到一縷幽幽的氣息，那熟悉的淡淡的煙草味兒。少女氣喘起來，心跳急速加劇，一種精神上的吸引，心靈上的穿透，不需要任何理由。時間無情地過去兩年，困擾自己兩年的那眩暈的感覺又來了。黑漆漆的影院，看不見對方的眼神，只感到彼此的心快要蹦跳出來。悶熱的空氣令人窒息，她聽見自己內心渴望的吶喊……

然而他們不能夠！

當燈光閃亮之時，千千萬萬雙雪亮的眼睛在監視著他們。只有於電影落幕之前，只能夠偷偷地在黑暗中握手，悄悄地依偎落淚……

第六天

身心疲憊的二丫打道回龍洋，乏善可陳。

山鄉紀事

農民兄弟

一九七二年春。

農忙時節很短，轉眼間秧苗插了，零星活兒老農都爭著去幹，二丫不用假積極，乾脆睡到日上三竿。可今天怎麼搞的，附近有人放鞭炮將她吵醒了。揉揉眼睛下樓來，聞見一股硝煙的味兒，弄堂一地碎屑，問三嬸：「誰家辦喜事來著？」

三嬸正在繡她的三寸金蓮鞋面，頭也不抬答道：「阿花過大禮唉。」

阿花是周有仁的女兒，二丫記起來了。她與雲兒輪流每隔一天要挑水，水井就在阿花家小邊門外，距離三叔的小樓不遠。她想起昨兒黃昏穿過弄堂挑水時阿花暗示過的。

「阿花煮晚飯啦？我想搭伙啊！」其時見到屋頂的煙囪冒煙，二丫向著虛掩的小門喊。

「米吃光了煮地瓜乾，姐你不慣呢！」阿花當了真，探頭說。她的眼睛給煙薰得紅紅的，用手抹了下眼，頓時成個花貓臉。二丫指著她的臉頰笑彎了腰，羞得她一臉緋紅，馬上將頭縮回去。「姐明早記得過來我家坐喲！」阿花丟出一句話。瞧她那扭捏的模樣，二丫只能按下好奇心，待明天揭曉。

想不到她要出嫁了！二丫睡意全消，一邊刷牙洗臉一邊思量：這姑娘六歲就當家，自那年她媽摺下一家人死了，也記不得日子是怎麼過來的。城裡六歲的妞兒最是會撒嬌，而弟弟一出世，六歲的阿花是弟弟的姐也是弟弟的娘。放牛拾柴火、養豬餵雞鴨、燒飯洗衣服，還得揹著弟弟，阿花的背是弟弟的床。十六歲大姑娘穿得補釘打補釘，原來的布是什麼顏色也分不清。

趕進她家，撥開門口圍著看熱鬧的一堆村人，廳裡坐著兩個生客。一個四十來歲的女人，黑褲藍衣，頭插紅色膠珠花，腳穿塑膠涼鞋，白白淨淨的。她大大方方地喝著仁叔遞上的茶，踱來踱去，一對眼睛賊溜溜到處望，看似個見慣場面的角色，估計是媒婆。一個後生男人，長得瘦瘦實實，著白襯衫草綠軍褲軍鞋，見仁叔遞上茶，慌忙站起來道聲：「不敢當。」笑一笑，閃著金牙。木蘭心裡暗暗嘲笑是個「茅廁裝電燈」的。悄悄踅到阿花房裡，見她端坐床沿，穿著二丫送給她的那件花襯衫，梳洗得乾乾淨淨，整個兒漂亮起來。阿花見二丫來了趕緊站起身抓緊其手，滿臉通紅。木蘭按著她坐下，掃了眼房間，除了一張掛著破蚊帳的床，憑藉尿騷味知道床後有個尿桶，其餘一無所有。

「你喜歡他嗎？」二丫逗她。

「……」阿花臉更紅了。

溪周村的男人多外出，即使不夠文化坐辦公室，有修路架橋的力氣活兒招工，也是人人趨之若鶩，因為可以拿工資吃國家糧，所以留在村裡的多是老弱婦孺。一個男人若掙四、五十元工資，只要每個月寄出十五元，家中的油、鹽、柴就解決了。男人在城裡節儉些，煙酒不沾，每年回鄉三幾趟，買點公價的煙啊餅啊，與鄉親分享，也算得風光。大眾生活水平低下，有這樣的日子夫復何求？有眼光的姑娘都找這類男人嫁，但男家憑藉自己優越的條件，只會給女方少量聘金。

周有仁四十出頭，長得高高大大，粗壯結實，是生產隊的一級勞力，每工十個工分。只是這村地少人多，農閒多過農忙，常常空有力氣沒地方使，年底結算，餘糧——扣除口糧所餘款項甚少。沒工開的日子進山去割山草可以解決燒的，油鹽卻沒出處。這個鰥夫，老婆十年前生兒子時死去。那年大躍進的衛星上天不久就鬧飢荒顆粒無收，一家子天天喝菜糊糊，女人全身浮腫，女兒餓得皮包骨。農婦生孩子平常事，況且是第二胎，想不到兒子出世後他娘月子裡斷了氣。女兒賣進山地圖的聘金多，阿花知道家的難處，由他爹拿主意。

曾聽三嬸說過此地的婚姻三部曲：

第一步，相親。

媒婆先向兩家互道對方的情況，安排男女主角打個照面，沒有異議就講價，一般有「公價」參考，除非特殊如聾啞人，方按「特價」處理。周圍區域的公價是六百元，山地乃「高價」八百元。

第二步，訂親。

今天阿花就是訂親過大禮，男家給聘禮：包括聘金八百元，外加一點豬腳麵線的小禮物。訂下結婚的日子，預訂何日雙方前往公社辦理登記手續。

第三步，娶親。

結婚那天新娘由親人送嫁到男家，男家殺豬請村人、幹部和親戚喝喜酒。

阿花爹收了八百元聘金，年底男家豬肥了就來娶過門。阿花是仁叔唯一的財產，可憐的男人正當旺年，一家子的肚子尚填不飽，怎談得上續弦。兒子還小，兒孫自有兒孫福，這麼多年他已經忍夠了，他開始享受這筆「巨款」，每天傍晚叫兒子去打一角錢地瓜酒，五分錢兩塊炸豆腐。鄉人咬耳朵說他吃掉媳婦本，其實他苦了這些年無可厚非吧。

走出阿花的房間，二丫順便參觀有仁的弟弟有義的家。仁叔住東頭義叔住西頭，三開間的土胚屋兄弟各占一半，各有兩個房間一個廚房，上下大廳共用。上廳兩邊各都擱著長桌和條櫈，吃飯用的，桌上都有一大海碗鹹蘿蔔。下廳放柴草。有義也是鰥夫，沒有女人少磨擦，兄弟挺和睦。

義叔也有一子一女，兒子鐵頭十八歲女兒阿妹十五歲。義叔的身子孱弱像個肺癆鬼，兒女像他一般瘦骨嶙峋，一家子都不堪勞作。鄉下人的身體是吃飯的本錢，好在義叔有一個掙錢的本事，他懂得做豆腐腦兒。義叔總是先向三叔借幾塊錢，買來十幾斤黃豆，待浸泡過後，兄妹倆開夜工磨豆子，妹掌勺子哥推磨，哥打水來妹燒火，義叔只須指點，一家人做到天亮才歇。夜深人靜時總能聽到咿咿呀呀的推磨聲。

「豆腐花！豆腐花！」第二天一早，鐵頭挑起擔子，前面是勺子、碗盤、湯匙、糖漿、薑汁、清水，後面是一大缸豆花，沿村鎮一路吆喝，晌午就賣光了。每天一早聽見鐵頭上街的吆喝聲，二丫就拿個牙缸衝出去，鐵頭會替她預留五分錢豆漿。二丫可憐兩個沒娘的孩子，總把自己嫌小的衣服送給妹子，阿妹亦將賣給人家做媳婦，他爹已經收下山地某人八百元聘金。

「那筆錢——指阿妹的聘金，是鐵頭的媳婦本，我等兒子養老送終，不會動用一分錢。」義叔對二丫分辯，並指天發誓。

有仁有義的弟弟叫有勇，他是別具一格的溪周村生產隊長，要人才有人才，高大魁梧，儀表堂堂；要覺悟有覺悟，鐵骨鏗鏘的共產黨員，若然入伍必是當官的料。但有勇熱愛家鄉，眷戀土地，如柳青的長篇小說《創業史》中的梁生寶，愛社愛集體如家，公而忘私、勇於犧牲個人利益，是社會主義農村中的英雄典型。知青都很佩服周有勇，相信社會主義農村需要這種幹部，好人才不能都往城市跑。

有一晚二丫和周達去大隊排演夜歸，回溪周村路經祠堂，一條黑影閃過，沒入祠堂邊今年才入伙的新房子，那是一個叫蓮花的女人家。蓮花的男人在鷺島工作，非常顧家卻極少回鄉，知青們在這條村住了三年從未見過他，倒是常見郵差通知蓮花領匯款，她丈夫準時於領工資日匯十五元回來養家。

「有賊！」二丫差點大聲叫起來，周達及時捂住她的口。他悄悄告訴傻女孩：隊長經營自己的一個家，有一個女人三個兒子；另外代理一個家，也是一個女人三個兒子。木蘭驚訝得張大口，總算受到貧下中農最精彩的再教育。

教師朋友

一九七三年仲夏。

二丫在縣城培訓班杜撰的小劇本被採用，文化館指定由桂湖大隊宣傳隊排練，然後參加全縣匯演。龍洋中學的邱老師被調去拉手風琴，公社讓木蘭代他的課。

龍洋中學是文革期間興辦的革命學校，由兩個不同派別的教員提任正、副書記，教學業務由真材實料的原二中教務主任負責。學校獨立於公社之後的一個小山丘，校舍學習大慶用乾打壘土牆，沒有玻璃的門窗，泥沙地板，松木直鋸成一條條長木板，高者為書桌低者為櫈。校本部只是兩排矮房子，校長室、教研組、伙房和教員宿舍盡在其間。除了正、副書記和教務主任各有一個房間，其他教職員兩人一室。

第一週

星期日上午，夏日炎炎，毒辣的日頭照得人生厭。二丫背著行李，汗流浹背地步行進校。從溪周村到龍洋中學不需兩里路，涉過溪澗踏上公路，遠遠就望見了。沿著兩旁種著芭蕉樹的斜坡而上，第一排房子頭幾間便是女教職員宿舍。找到教務處報到，民辦女教師黃菊帶她去宿舍。頭一間住著物理老師吳小文和女炊事員碰珠；第二間政治老師黃菊和數學老師白露雲住；第三間教語文的高老師和木蘭住；第四間的余老師教英語，她帶小孩和保姆；打後就是男教師了。木蘭心裡暗自高興，因為吳、高、余皆是同鄉，剛從農場出來獲畢業分配的大學生。

整排房子就第三間特別，門口遮掩著半塊布帘，有點怪相。二丫輕敲木門，傳來一把武生的腔調：「來者何人？」

二丫亮起嗓子答：「木蘭叩見將軍。」

木門旋即打開，一位白皙長條女子閃出，自我介紹道：「同室高潔有失遠迎。」二丫慌忙放下行李說：「請高老師多多指教。」

這戲劇式的開場白一下子將兩人的距離拉近，短短的一個月時間，兩人建立了一段友誼。高潔頎長苗條口齒芬芳，齊耳短髮眉目姣好，頗具古典美人的氣質，畢業於濱城大學，父親是教授，有個弟弟是老三屆知青，或因此對二丫甚是友好。雖然事前打聽過，人說她不易相處，二丫卻相信人與人是講緣分的。高老師有讀書人的孤高脾氣，不願多與人交往，尚未有男朋友，每晚睡覺前就看《三國演義》。

二丫笑她：「天下事分久必合合久必分，歷史規律煩心何益？」

高潔聞言好似聽見知音：「木蘭你好厲害啊，知道我想些什麼！」她索性撂下書侃侃而談。二丫見有掉書袋的機會，也將讀過的名著一本本拋出去，兩人交談至夜深方歇息。

第二週

僅可代課一個月，教的又是中文，二丫自覺應付綽綽有餘。原以為「復課鬧革命」一切會恢復正常，豈知鬧了「張鐵生事件」，政治學習和批判活動又來了。每個教員都得表態過關，人人惴惴不安。有一晚即場寫學習心得，二丫坐在白露雲老師旁邊，偷窺這個頭髮灰白未老先衰的女人，見她嘴唇鐵青，手不停地顫抖哆嗦，揩拭著淋漓大汗字不成型。白露雲五十不到，是四十年代大學生，對任何人都唯唯諾諾。

散會後二丫對高潔說：「白老師真可憐，不曉她是否病了？」

想不到高潔聽後指著二丫的鼻子罵起來：

「白老師父親是地主丈夫是右派，一有風吹草動自然惶惶不可終日。『君子不立危牆下』，領導分配黃菊與她同房，政治上自有人幫助她。你顧自己吧，傻什麼同情人家！」

二丫經這一罵，頓覺醍醐灌頂，著實感謝高潔。

第三週

物理老師吳小文的丈夫來探親。吳的丈夫在閩北工作，他們的孩子寄在父母家，夫妻倆每年比牛郎織女多一聚。學校沒有多餘的房間，晚上兩夫婦去乒乓球室睡覺，午間碰珠過來高潔房間小憩。碰珠二十出頭，梳著兩條鬆垮垮的大辮子，翠眉細眼地包天，皮膚微黑一臉雀斑。

高潔取笑她：「這麼熱的天氣，你這電燈泡可真討人嫌呀！」

碰珠笑吟吟地，搧著蒲扇子貼近高潔的耳朵說：「哪怕學校炒了我，也不可能給大小姐你一個獨立房間呀，咱誰也別想擠誰！」

這煮飯婆成天嘻嘻哈哈，大學生們一點也沒瞧她不起。碰珠透露了一個驚人的內部消息：學校要求教育局增調英文教師，余老師秋季將被貶去山地分校。碰珠將音量調至最低道：「龍洋中學是革命典型單位，領導怎容得教員拖兒帶女?木蘭你可小心那個民辦，黨員哪！」說完竟自扒在桌上呼呼大睡。

碰珠口中的民辦，即中學時期就入黨的黃菊。本來貧下中農學生多的是，唯獨黃菊因一個哥哥支援非洲去坦贊修鐵路，造就了特殊家庭和特殊身分，被造反派校長捧紅了。

余老師的丈夫也是教員，原本是同學，畢業時卻硬生生給拆散各自東西。母親早逝家中沒人幫，余老師只能自己帶孩子，白天請個小保姆幫忙。「這些人真過分」，二丫心中憤憤不平。晚上蚊子像轟炸機般吵，躲在蚊帳裡又悶熱，兩人反正睡不著索性就聊聊天。二丫壯著膽子問高老師：

「你有沒有男朋友？」

「我的另一半還沒出現嘛！」高潔人如其名有潔癖，喜歡用一條白布將腰肢纏緊。二丫知道她教過幾家中學，共事的男教師皆說她矯情。高潔的結論是：「鄉下佬懂個屁，他們只般配那些臉朝黃土背朝天的黃臉婆。」

「碰珠結婚了嗎？」二丫見高潔不避諱就問下去，想不到聽了一個有趣的故事。

三年前碰珠與同村一男青年相戀，兩人海誓山盟，無奈鄉例同姓不可嫁娶。父親怕女兒出醜，將她遠嫁內山區，收男方高價聘金八百。碰珠哭哭啼啼入了山，給丈夫生下一個女兒，這個弱女子雖無力反抗現實，心下卻一直不甘。近年政府強行實施計畫生育，女人們倒處藏身躲避結紮，聰明的碰珠看準機會自動送上門。按照農村政策，只生一個女娃子的婦女並非結紮對象，但碰珠與幹部們討價還價，大義凜然表示願意帶頭做節育，條件是換取一份工作。工作隊正苦於無法展開工作完成指標，徵得上司同意，將碰珠作為典範大力宣傳。碰珠節育後果然得到民辦教員編制的炊事員工作。

「她丈夫同意嗎？」二丫深表懷疑。

「當然不會！山裡人討老婆為的是發洩性慾和傳宗接代，怎肯善罷干休？」高潔激動起來，滔滔不絕講下去。

男人知道老婆做了手術，幾乎要殺了碰珠，可她一點也不害怕。女子幽幽地對丈夫說：「看在夫妻一場咱倆好聚好散，你的損失我來補償。囡囡我來養，從此不費你一文錢。打今後每月二十六元工資，我在食堂吃飯不用錢，十元給我媽照看囡囡，每月可以儲蓄十來塊。老實告訴你，我馬上可以給你一百五十元；三年後還你五百元；家裡飼養的母豬、小豬、肉豬、雞、鴨賣了豈只值一百塊。你再討個人給你生兒子，不瞞你說，看相的說我沒有生兒子的命。」

那男人畢竟老實，細想真沒損失，況且婆娘已經紮了，竟然答應離婚。

「好個潑辣的女子！」二丫真心嘆服起碰珠。

第四週

大學復課招收工農兵學員，誰誰被推薦上大學都成了特大喜訊。林副書記的愛人上醫科大學，那女人只上過幾年小學，已經有三個孩子。公社副書記的未過門媳婦，會唱幾句南音的白秀治，由小學畢業直向師大音樂系奔去了。真是震撼人心！

三個女人一臺戲。高潔忍不住發表高論：「下一個將會是黃菊，她是本中學第一屆畢業生，起碼強過張鐵生，會寫批判文章不只是畫鴨蛋。」

「歷來都是有人辭官歸故里，有人漏夜趕科場。」二丫想到自己謀份代課都這麼難，心裡酸楚得想掉淚。

高潔深深嘆了口氣安慰二丫：「此處不留人，自有留人處。」接著對碰珠說：「木蘭老師就快走了，你想想辦法加菜歡送她啊。」

碰珠算來算去，糧票、肉票各人把握，交公只有每人每月四兩油票，如何是好？她苦苦思索，計上心來，急忙運籌帷幄。

星期五午休時分，熱辣辣的太陽曬得人人昏沉沉。二丫剛合眼，忽然聽見有個聲音在窗外輕聲喚碰珠。只見一個年輕人扛著包麻布袋，沉甸甸地，上坡徑直走向飯堂。碰珠忙說她要去收貨。高老師對二丫眨眨眼，說碰珠的愛人來了呢。二丫禁不住八卦，乾脆不午睡，坐到桌前望向窗外。一盞茶工夫，有人走下斜坡，飛身騎上靠在樹下的自行車，一溜煙不見了。二丫看到的是個健碩的小伙子背影，不由得贊歎碰珠好眼光。

晚飯後是例牌的政治學習，坐在教研室裡，攤開《人民日報》和《紅旗》社論，讀著讀著，飯堂飄來一股令人垂涎的肉香。啊，多久沒開葷啦！八角、茴香刺激著人們的口鼻，個個強忍口水，大家不約而同以眼神交流，人人止不住心生喜悅，只等那下班鈴聲一響朝食堂衝去，心中高呼「萬歲」！

二丫第一次嘗試狗肉的美味。吃起狗肉，不免想起一段毛主席語錄。老爺子在天安門城樓給資本家派吃定心丸：「資本主義改造像吃狗肉，開始不敢吃，吃上一口之後就越吃越有味。」可不是，孔夫子的門徒餓極了也會贊成狗肉主義。

每想起那一段日子，自然想起那些曾經相處的朋友，還有那些農民兄弟。

深山孤雁

一

二丫決定過了暑假去內山區。

長泰中學解放前是華僑捐辦的，老校長兩夫婦是四十年代的大學生，年輕時追求五四革命理想，曾參加過閩西南共產黨地下組織。知識分子對政治總是充滿幻想，當理想破滅後他們又游離出革命，在這深山中辦學。解放後也說不清什麼緣故，男人給清洗出教員隊伍，妻子帶著兒女離婚出走，學校改為公立中學。

從龍洋到長泰是兩倍濱城到龍洋的距離，一路翻山越嶺顛簸不已，必需先在縣城過夜，第二日一早再轉車入山。卸下棉被和箱子，還有扁擔，這好重要的工具。時也命也，二丫雖倔強卻學會逆來順受，生長於大時代，人人都得折服，螳臂擋車必死無疑。山城只有長長的兩條街，一條從南到北，一條從東到西。由環城路的汽車站走一段路，左拐進入東西向的大街，十字街口兩面是百貨公司和食品公司，樓高三層。南北向街道長些，公安局、體委、僑委、廣播電臺、電影院、學校都在北邊。縣委大院居正中央，招待所在南大街。二丫背上的棉被就像軍人橫豎各打兩槓，一手挽著旅行袋，一手拎裝面盆的網兜，一身塵土去到櫃臺登記。農村人口原沒什麼身分證明文件，出門先得在戶口所在地拿封蓋公章的介紹信，證明你不是出去做壞事。

哪裡來？櫃檯上那婆娘頭也不抬。龍洋公社。二丫懶懶地遞上條子。想來這是個縣級幹部家屬，抬眼不屑地瞧瞧行李，打量這灰頭土臉的姑娘一眼，指了指走廊左邊。十二號房，租金每晚一元二角，保證金五元，退房結帳。沒有表情沒有感情的語句。

二丫挑著行李進十二號房，兩邊各置一張床，左邊那張舖顯見有客人，放著衣物。將背包扔上右面床，網兜和零碎東西將走路的地方都擱滿了，不曉隔壁床那人回來會有意見嗎，二丫心裡嘀嘀咕咕。小小的房間沒有衛生設備，洗澡解手都得去公眾衛生間，冬天還不曉有否熱水呢。反正她已經髒慣了，平常只能抹身，熱天就跳到溪裡澈底清潔。

招待所食堂有飯菜賣，二丫掏出糧票和錢，付出四兩糧票二毛錢，買了一碗飯一碟菜，胡亂塞飽肚子，走出招待所大門往市中心逛街去。下午五點鐘政府機關人員就吃晚飯，街上寥寥無幾的行人，不見一家館子，幸好已經吃飽，否則回頭飯堂都關門了。人們趕吃了飯，晚間還要開會學習。

路燈昏黃，街面寂寥暗淡，二丫轉身朝南，嫌睡覺太早，越過招待所朝城外踱去。踩在溪邊的卵石上，遙望夕陽西下，水中摺疊著閃閃金光，岸邊榕樹上飛鳥歸巢，擺渡舢舨在水中盪漾，如詩如畫。走近河灘沙礫，農人們或肩挑滿擔的尿桶，或手提已賣完雞鴨、蔬菜的空簍筐，搭小木船過河，農家在對岸。太陽剛下班，月亮值夜班來了，淡淡的月光照在溪邊的卵石上，夏日的熱氣已經散盡。

回到旅社已約八時，二丫瞧了瞧腕錶，這隻舊女錶是二十歲生日那天，白鳳送給她的禮物。小時生日就只有姥姥煮兩隻雞蛋，姥姥走後再沒過生日。鳳姑說，二十歲大姑娘了，應該戴隻錶，珍惜光陰別讓它溜走。眼看青春歲月就一天一天地消耗掉，何止是虛度？二丫怏怏起來。

「嗨！」十二號房亮著燈，一個二十五、六歲的漂亮女人躺在床鋪上，打量剛踏入房門的同房。

「我叫向華，祥泰中學英語教師。」這女人挺爽快，純粹的濱城口音。

「我叫木蘭，知青，去長泰中學當民辦。」

「他鄉遇故知！」向華聽到二丫的回答，開心得大笑起來。

原來向華讀二師院外文系，遇上文革遲畢業，分配到山城來。兩人聊起天來，竟像開了閘的水流不停，簡直當對方老朋友。祥泰公社是最邊遠的鎮，比長泰還遠，明早兩人就一同搭車，每天唯一的一班車。

「那些婊子養的，」二丫想不到向華罵粗口。「他們將我老公分配到潮陽，把我弄到大山溝，我們的孩子要寄在父母家。搞什麼革命化，我父母鬧革命他們在哪裡？」向華越說越激動，其父是前集美某高校黨委書記。

「噓！」二丫豎起食指放在嘴上。「隔牆有耳啊！」

「驚啥？看誰鬥得過誰！老娘總有翻身之日！」幹部子女的背脊就是硬。「睡吧，明早一起走。」才關了燈，向華就呼呼大睡，發出陣陣鼻鼾聲。這種炮仗脾氣的人，心眼不錯，二丫相信。認識新朋友，有人同路又是同鄉，心甜甜地，很快睡著了。

「快！快！太遲買不到票！」一早向華呱呱吵。兩人刷牙洗臉，到飯堂各用五兩糧票一毛五買了一碗粥兩個饅頭。「喝了粥就走，饅頭車上吃！」向華下命令。向華只拎一隻行李袋，二丫負擔沉重，兩人氣喘如牛趕到車站。小小的車站髒兮兮的，一地果皮花生殼，幾條長凳坐滿人，售票窗口排長龍。

「糟糕！可能滿座了。」向華將行李塞給二丫，急匆匆跑了出去。二丫沒頭沒腦，只好站著看行李。好不容易盼來向華，她一臉笑容揮著手中的票子，叫二丫快去託運行李。看著行李被人領走，兩人找到停在站上的車子，對了車牌，上去找位子對號入座。二丫在心裡感謝向華，若不是她有門路自己如何是好？真是出門遇貴人呢。

好在上車快，一會兒工夫不僅滿座，連過道也塞滿物件，還有坐在物件上的人。車開了，車頂上搖晃晃的行李山，幸虧用繩子綁實了的。窗玻璃晃晃盪盪的，與引擎對唱。二丫掏出一捲爛鈔票，付了二元二角車費給向華。看見人家吃東西，她倆也拿出饅頭來啃。向華的行李袋擱在架上，探出身子打開袋口，取出一個軍用水壺，倒了一些水在壺蓋上給二丫，自己大口喝起來。

「就那麼一點給你，少喝水免得憋尿，路上可沒處解決。」

就著那一丁點水，二丫嚥下兩個饅頭。從縣城到湖頭占全程一半路，基本是平地，過了湖頭就全是深山野嶺，比鷺島到龍洋難行十倍。有人打開車窗，嘩拉嘩拉嘔吐。車內又臭又悶熱，胃液起伏翻騰，二丫面青唇白，只有向華氣定神閒，真佩服這位新朋友。捱了三個鐘頭，眼看快到站，向華說，放假來找我，國慶節我會回家一趟，其他時間都在學校。握手道別。二丫說，希望很快再見。車子卸了行李又開了。領了行李問了路，女郎向學校走去。

二

長泰中學範圍頗大，環境優美，設備齊全，校舍充足，有點世外桃源之味。座落於公路方向的大門走的人少，通常人們都抄鄉間田埂走另一條小路進校園。花崗巖建造的面南教學大樓頗具氣派，兩層樓面近四十個房間，作為辦公室和單身男教師宿舍。大樓門口種著一長排冬青，下幾級石階是籃球場，球場再直下幾十級石梯，一個長方形約五十平米人工大水池作洗衣用途，旁邊是伙房和飯堂。籃球場與石階之間有條彎彎曲曲的橫向小路，路旁種著幾棵桉樹，樹下有兩間簡陋的男女浴室，小屋子後面是塊坡地，周圍長著齊腰高的蒿草。校園的西面是另一片天地，由教室和各類學生活動空間組成。

校園東面有一列平房家屬宿舍，五個套間分配給五位帶子女的男教師。穿過教學大樓北面是一片大院落，闊大的地臺上鋪著水泥，邊角種著幾株臘梅，斜坡上面一整排平房學生宿舍。院落東邊一道小門通另一處家屬宿舍，一座獨立的舊式院子，出入有朝南的正門，小天井四面共有六個房間，上下東西各有一間大廂房，住著三戶帶家屬的女教職員，過道小房間是他們的廚房。繼續往東又有一道小門通新蓋的另一幢宿舍，樓上樓下各三間房帶走廊，前面一大片空地。這裡給單身女教師住，木蘭給安排在樓上的一個房間，總務主任笑說城市來的小姐應該住洋樓嘛。

校長是個笑口常開的大胖子，毫無架子，見了二丫說，歡迎！歡迎！急忙叫人幫新老師將行李搬到住處。二丫心知林醫生的朋友一定是好人，但他長期被調任外出，很少留校。副校長不苟言笑，瞧他打量新人的眼神，顯然這種人性格深沉心胸狹隘，頗不簡單。

單身生活簡單，收拾好房間，買了飯菜票就解決了。洗去塵土的木蘭煥然一新，站到太陽下曬乾頭髮，往頸後挽兩條烏黑長辮子，身著白底綠碎花襯衫、工人褲、白涼鞋，一個洋溢著青春氣息的女教師出現在校本部。男教師們都從窗口窺覷，打量這個標緻人兒。教務主任問新來的老師勝任哪一科，二丫沒細想答道，除了技能科都沒問題吧（體育、音樂、美術）。老人沉思一會，說，數學科教師不夠，你教平面幾何吧。姑娘想，俺就具數學頭腦，參加全市數學競賽得過獎，平面幾何最有趣，只要找出那條輔助線就成功了一半。

數學教研組全是男教師，來了女性新兵，開會學習大家都開心多了。初來乍到，見同事對自己這麼友善，木蘭漸漸快樂起來。單純的少女不知道，有些人與老校長是對立派系，副校長公然質疑新人是「花瓶」，教務主任也嫌她口氣大，自認哪一科都可以勝任。學校安排了好幾次聽課，結果令某些人大跌眼鏡。受到學生和同事的認可和尊重，木蘭終於可以在彼立足。來了不足一個學期，年底招工為正式國家人員，都風傳木蘭是幹部子女，她泰然自若，讓美麗的誤會繼續下去。時值「復課鬧革命」，恢復了正常的學校秩序，除了上文化課，政治學習仍然不斷，集體勞動更不能倖免。

大寨精神是將「七溝八梁一面坡」改造成梯田。長泰是「山高石頭多，出門就爬坡，地無三尺平，年年災情多」的地方，公社書記張火水努力學習大寨，誓將山區改造為平原。長泰公社規劃出一個山頭，指派所有單位和生產隊輪流去當「愚公」。千千萬萬人用最原始的工具——鋤頭，扁擔、畚箕，用雙手和肩膀，開山造田。長泰公社成了全縣學大寨的典範，縣裡各級大會都安排到這裡召開。

春雨綿綿，正值召開文教會議，長泰中學是東道主，負責招待各公社到會人員。二丫下了課去作接待。學校到公社通常走小路，原本十分鐘可到。可雨水令田埂都泥濘成漿，二丫只好出大門走公路。剛走到大門口公路上，一架拖拉機晃盪晃盪開過來，拖拉機手向二丫招手。

「木老師，上來載你一程！」二丫老實不客氣攀上大鐵牛，她知道祥泰公社這位司機名叫阿牛。

阿牛遠近聞名，長得黑黑、矮矮、瘦瘦的，一排疏漏煙漬黃牙。阿牛說他老婆也來開會，等下介紹你們認識。到公社門口阿牛跳下車，老婆已經在大門口等著。

「老婆，這位是木蘭老師。」阿牛對她點頭，又對木蘭道「阮某（我老婆）薇薇。」

兩個女人丟開公事聊起來。

薔薇瓜子臉型丹鳳眼，薄薄嘴唇高鼻樑，身材修長皮膚白皙，二十出頭已是兩個女兒的母親，卻不用帶孩子，悠遊地列入「工薪階層」，大女兒留在上海娘家，小女兒留縣城婆家。她只讀了一年初中就遇上文化革命，後來下鄉到貴州，捱不下去溜回城，姑媽給她拉紅線，嫁給表哥阿牛。

「阿拉上海人，上海蘋果杜來莎！」二丫打趣。「上次去縣城開會看過你家別墅，很漂亮。」

「六畜興旺。」薔薇自嘲完又幽幽地解嘲。「姑媽屬馬，加上阿牛，六畜不齊了？」

起初二丫不明所以，只知阿牛是印尼僑生，六十年代印尼排華，父母帶他回國，在老家山城建了座漂亮的小別墅，父母和阿牛住樓上，二嬸和幾個如花似玉的堂妹住樓下。想起那座漂亮的居亭確實養了一群家禽家畜，終於意會薔薇幽默風趣，有點欣賞起對方來。

阿牛的父親是個高高大大的知識分子，母親是具貴族氣派的上海人，兩人在南洋創辦華僑學校，他們沒有子女收養了印尼裔的阿牛。阿牛識不了幾個字，卻被屆定為「知青」要下鄉，成了祥泰公社的知青。在縣僑委照顧下，阿牛駕駛公社的大拖拉機，運的化肥、農具；薔薇當祥泰公社圖書館員。薔薇說，那個圖書館的藏書比她看過的還少。

薔薇為人心思細膩，見多識廣，閒來博覽群書，走在人前如鶴立雞群，一派貴族款。阿牛煙不離口，放浪不羈，識的字比會的粗口少。開著那晃盪晃盪的「鐵牛」，今天從縣城開祥泰，明天由祥泰往縣城，大姑娘坐他的拖拉機常被揩油。因為家中有錢不憂柴米，薔薇插在牛頭上倒也相安無事。薔薇生大女兒順產兼哺乳，回上海人都笑她老土。生二女兒索性剖腹並做結扎一勞永逸，餵奶就別提了。

二丫覺得這一對夫妻有意思，約定下個禮拜去祥泰找他們，順便看向華。

「叫阿牛載你，就下個星期日。」蕾薇發命令。

「方便嗎？」二丫問。「不要影響工作。」

「工作還不是他自己安排的，就這麼決定，星期天上午八點你在校門口等他。」老婆有指示，阿牛頻頻點頭。

星期天早上二丫還在飯堂用早餐，聽見公路上大鐵牛的聲音，阿牛真準時。爬上大鐵牛，晃盪一個多鐘頭到達祥泰。祥泰人口比長泰少，地方也小，蕾薇帶二丫到中學去，學校規模比之長泰小多了。向華高興極了，大叫「老鄉來了！」撲上來擁抱，讀洋書的人作風就是不一樣。三個女人午飯後沿街亂走，祥泰鎮不過一條小街，幾家供銷社店鋪冷冷清清。女人愛看百貨布疋，向華和蕾薇看上了一塊花色不錯的的确涼布，兩人埋頭品評起來。二丫想起手電筒壞了，不如買一支，就朝另一個櫃臺走去。

一個男店員彎低腰在拆紙箱。

二丫問：「麻煩給我看看那支手電筒，可以嗎？」

那人站直身子回過身，兩人都不相信自己的眼睛：「是你?!」

三

世界太小了，面前的人竟然是于洋！二丫一下子僵住了，又喜又悲，不知從何道起。于洋約略告訴二丫，起初他參加生產建設兵團還是哥哥走的後門，後來兵團解散，將一部分人員轉業到地方商業部門，他們一批人給分配到山城來。得知二丫在長泰中學，男孩大笑：「天頂甩一個水查某給我做某（天上掉一個靚女給我做老婆）！我這就去長泰娶你！」說前面兩句時他眨著小眼低語，而後大聲道了句「放假去找你慢慢聊！」是大聲說給眾人聽的，二丫為他的惡作劇羞紅了臉。向華看到兩人言談甚歡，大聲慨嘆：「有緣千里來相會，咱們濱城的同鄉不少哇！」

阿牛的鐵牛在外面等著，二丫與于洋揮手作別。薔薇眼尖，對阿牛說，下次出車記得問那小子去不去長泰喔！二丫又是鬧了個大紅臉。

于洋急不及待地來訪，且越來越頻密。初時院子裡的老師稱他「木老師的朋友」，背後直稱「木老師的男朋友」，再後乾脆說「木老師的愛人」。

二丫很矛盾。記得方奶奶說，每個茶壺都有個蓋，難道他是我的蓋？或者我是隻高傲的茶壺，所有的蓋都不敢靠近，惟有這個蓋傻呼呼地靠過來。看見于洋自然想起天生靦腆的徐傑，當年他娘曾問要不要一起走。三人幼時青梅竹馬，再見如同久別重逢的哥們兒，深受童貞束縛的靈魂擦不出火花，誰都害怕向前走一步會令對方退卻，連珍貴的友誼都不可能保持。在這凡人俗世只能做凡夫俗子，相濡以沫不如相忘於江湖，於是選擇各走各路……

不，我不是茶壺。林語堂說過，凡是女人皆像鳥兒，都會不擇手段地找一個家來養育後代，與鳥兒的築巢本領相若。我的命格中帶著鳥的天性，注定四海飄泊到處尋覓。愛情總是令人傷心憔悴，真愛更叫人渴望而不可及。任何一個愛情故事，講到新嫁娘上轎就得猝然收場。生活本來淡淡如水，有何激情可言。唉，我是一隻多麼卑鄙的鳥兒！

春節就快到了，二丫很高興可以回濱城。來往了幾個月，于洋變得囁嚅起來。

「你是想告訴我，你已經有女朋友，要結婚了吧？」二丫故意調侃逗他。

「我只要你做我的女朋友！」他發怒了，衝到二丫跟前，使勁抓住她的肩膀搖晃，「你別裝糊塗，你心裡明鏡似的！」

不容二丫抗拒，他緊緊抱住少女，狂吻她的臉，她的眼睛，她的嘴唇。二丫閉上眼睛，感到自己身體的躁動，任由他輕薄。女孩把頭靠在男孩肩上，她願意感受男子的體溫，渴望享受那種投懷送抱的感覺，男孩像條氣喘噓噓的牛。

「我是男人，我要你做我的女人！這是天意，這一回決不讓你跑掉！」小子心有不甘。二丫清楚他指的是曾經一同串聯又散了那碼事。

學校放寒假，于洋也放年假，他倆相約一起回濱城過春節。于洋在祥泰買了兩張到縣城的車票，木蘭在長泰站等他。小子挑的是最後面靠窗的位子，二丫上車坐進窗口。車子一開，于洋將女孩死死攬住，將滿臉鬍子貼上她細膩的臉。靠在他懷裡，隨著車子的晃動，暈車令二丫腦袋發脹，迷迷糊糊。于洋見她似睡非睡，索性脫下軍大衣替之蓋上，手也不老實起來，少女沒了骨頭似地軟癱著，輕輕喘息欲拒還迎。

好不容易到了縣城，于洋挽著渾身乏力的女友到商業部門宿舍，平常回濱城他都在這裡留宿。掏出鑰匙開了門，男孩將二丫攙到床上，解去她衣服的扣子撲上去。少女心想拒絕身卻似一堆軟泥，使不出一絲兒力氣。已經走到這一步，還能怎樣？惟有聽天由命讓對方如願以償。他用舌頭抵住她的嘴，上下馳騁，像匹脫韁的野馬，令她疼痛得流出心酸的淚水。男人終於剎車，伏在她身上，用舌頭舔她的淚水，愛撫她的臉，然後翻身躺了下來，再次將鬍子扎扎的臉貼近她，心滿意足地說，我是你的第一個男人，你今生跑不掉了。每每回想這句刺心的話兒總讓她深感痛楚，涕泗縱橫啜泣不已。

大丫回婆家過春節，二丫與小弟湊合著過了年。二丫若有所失，慨慨地打不起精神。家裡沒人，于洋自然肆無忌憚，天天過來糾纏。二丫這才明白，外表剛強的自己實在不堪一擊，以往小看了不起眼的他。仔細想想于洋也不錯，畢竟一起長大，就是有心眼也應該，當今這世界，老實是無用的別稱。瞧他天天忙碌著什麼，鬼才曉得。

眼看假期快滿，又該準備回山城了。一天于洋坐下來，正正經經對二丫說：我在辦理出國申請，我們不能就這樣浪費一輩子。原來于洋大哥的老戰友在公安部門掌權。

「此時不走更待何時？我跟大哥說了，替你補辦手續，我先出去你隨後來。記住，早上拿證晚上就得走，夜長夢多。對誰也別說。」

回到縣城，于洋和二丫到影樓拍了張雙人照，一同去公安局拿了表格，填完了交上去，一路無話。兩人掩旗息鼓各回各崗位工作。

清明節前于洋收到公安部門通知，去公社注銷戶口糧食，到縣城領了港澳通行證，再返回長泰，兩人無盡地纏綿。終歸是要走，但二丫沒有假期，他們又沒有登記結婚，沒有借口請假，何況那個副校長鐵板著面孔。吻別了，不知要分開多久？車子一走，二丫一臉淚水，回校關上房門痛哭一場，茶飯不思。于洋不再來訪，人們謠傳木蘭叫男朋友拋棄了。小地方消息播得快，向華和薔薇都來看她。向華說她下個學期就調回集美，阿牛和薔薇也都一早遞表申請出國，二丫記著于洋的囑咐，不敢提自己的事。

暑假向華果然調走了，少了個朋友。年底阿牛兩夫婦也都獲批準出國。于洋每個月都有信來，二丫度日如年。終於等到春節可以回濱城過年。一天在家正百無聊奈，有人找上門。

「請問這裡是木家嗎？」一個漢子站在門口。二丫猜他是于洋的大哥，長得一個模樣。「是大哥嗎？」因為沒有正式確定與于洋的關係，姑娘臉紅了。「你一定是木蘭了，我弟弟好眼力！」他笑著對二丫說，「上頭批下來了，可以準備但別聲張。」二丫點點頭說：「謝謝大哥！」「不用謝，你是我弟妹呀！」二丫臉更紅了。

二丫心亂如麻，她又去到文淵井。院子裡寂靜無聲，公主的孫女小小公主跳過來聞她的腳。二丫蹲下去抱起牠，坐在大廳門坎上，撫摸牠的短毛。白鳳回來了，見二丫的神情有異，問：

「丫頭怎麼心事重重啊？」

「姑姑，我將去一個很遠的地方，但我會記住你，記住林叔叔。」祈禱完畢二丫開口。

「你也記住，姑姑天天替你禱告，祈求萬能的主眷顧。」白鳳拍拍她的背。

「哪一天見了阿坤哥，請告訴他，我一直記著他。」二丫將頭埋在白鳳懷裡泣不成聲，然後抹乾淚水告辭步出陋巷。

此時她想起那支歌：

有一隻離群的孤雁
到處飛到處跑
牠像是那麼疲倦了
卻不斷努力在尋找
明月山高路迢迢
如此生活何時了

牠只能遙望海闊天空
多少惆悵誰明瞭
別了，生我養我的土地，我是隻孤雁，但我不能折翼。我要飛，飛出困境！

二〇一〇年四月十三日

江城麗人

楔子

俺這說書人前半生居於鄉下，鄉間生活的三分之一在江城。江城是個文化名城，歷史悠久人文薈萃；亦是富庶僑鄉，山水明麗人物俊秀。古城外清源山上白雲繚繞，綠樹成蔭梯田層層；洛陽橋似一道跨海長虹，古色古香五彩繽紛。城內橫有巍巍東西雙子塔，豎是長長南北一條街。這裡的男人玉樹臨風，倜儻瀟灑，不拘小節，有情有義；女子窈窕娟秀，花容月貌，風情萬種，千嬌百媚。看過舊戲《荔鏡記》的一定聽過「嫁豬嫁狗，不如共陳三走」這句本地俗諺，陳三五娘的故事膾炙人口。即使是動盪飄搖的年月，亦未能掩沒一代人的靈巧風流。

我們那代人生長於劫難的歲月，走過艱苦的歷程，已逐漸退出歷史舞臺。今日老一輩們頤養天年，多數人覺得往事不堪回首，寧願選擇遺忘，從而也就忽略了時代的苦難背景和人性的分裂，在文學上具有多麼不可磨滅的價值意義。新一代都想著發財過好日子，在高度發展經濟的年頭，人們競相追逐的是歌舞昇平，文學、詩歌、藝術皆成為商品，一切為利而來為利而去。難道這就是我們的民族？我多麼希望自己是科班出身，有支神來之筆，寫下那個悲壯時代的點點滴滴，留給我們的後代子孫。我相信，中華民族是具有超越精神的民族，有超越精神的民族文學藝術才能得到發展，平庸的民族其文藝事業當在金錢中淪喪。

也許這樣說三道四並不中聽，且自身才疏學淺，勉強執筆只能行雲流水，勾勒些粗線條，說些小故事。沒有迂迴曲折的情節，亦無驚心動魄的場面，內中只是些普普通通的人物，簡簡單單的生活。由於那些才子佳人時常縈繞在我胸中，雖說有的已經離開人世，但每每想起他們，竟覺得不寫出來不能心安。或許一班遙居海外的遊子，偶爾看到這篇文章，能在裡面找到一點故鄉的影子，回味當年的一些人事。故事就從鐘樓底一條小巷的人家說起吧。

昔日碧玉閨閣女，今朝紅色理論家

話說這江城的街巷都是有典故和名堂的，什麼裴巷、金魚巷、甲第巷、相公巷、五夫人巷，就這條巷的名我記不得了。中山路有座鐘樓，體育場在北，惠世醫院居東，這條巷子大致是與西街平行的了。巷內都是些大庭院，琉璃瓦頂，紅磚牆身，青石地板，雕樑畫棟。園內果樹飄香，繁花茂盛，青籐爬牆，綠竹扶疏。打開朝南一側的首道街門，迎面的小花圃後面東西各有一座平房，住的是兩兄弟。素素住東隅，她是家中獨女，父親在南洋，母親視若掌上明珠。時讀初中二年級，素素功課一般，並無特別引人注目之處。然有一回寫週記，她的作文題是〈再到開元寺去〉，模擬冰心的〈再到青龍橋去〉一文，文筆很不錯，被選作範文。其實她更為驕人的成績是美術，素素對丹青有一份心得，顏色在她面前放出光輝，畫的花卉人物栩栩如生，色調自然柔和，老師贊不絕口。而在我的眼裡，素素是個從線裝書走出來的古典美人，白白淨淨如其名，裊裊娜娜似天仙，彎彎兩道似蹙非蹙煙眉，含情一雙似喜非喜美目，嫻靜時如姣花照水，行動處似弱柳扶風。我倆因為《紅樓夢》成為知友，那年我剛踏入十四歲，初涉此書癡迷不已。

「我讀過十七遍囉！」素素幽幽地說。

十七遍？那得花多少時間哪！我好懷疑。

她也不分辯，只淡淡地笑了笑。怪不得！素素似乎融入大觀園，代入林黛玉，她的氣質，她的神韻，一顰一笑都像那絳珠仙草，就差吃的人間煙火。可憐的林妹妹更愛著她的寶哥哥！那個年代學生是不準談戀愛的，男女界限分明，交往就是思想不健康。素素卻自幼戀著她的表哥，夜裡常在微弱的燈光下寫信，比我還早戴近視眼鏡。她的一沓沓粉紅色信箋總像泥牛入海，神情也因此憔悴落寞，表哥卻一點也不憐香惜玉。表哥與我們同班，長得高高大大，黑黑實實，眼睛小小，普普通通，真箇是情人眼裡出潘安。我留心觀察，覺得男孩總是迴避素素的目光，不理不睬；若是在外頭撞上了，神情更加鄙夷不屑，表兄妹的關係諱莫如深。單思令素素的學業一天天下滑，終致要留級，而表哥亦大大鬆了口氣。

上面那些已是文革前的事了。轟轟烈烈的文化革命一開始，素素突然變成另一個人，她給自己起了個革命化的筆名「無產者」，口誅筆伐批判資產階級路線，其大字報觀點獨到，文體別具一格，引起全校的注目。紅起來後，她與一些志同道合者成立《無產者戰鬥隊》，自任主筆，激揚文字，糞土當年走資派，並歸入某紅色鐵桿組織。整整兩個年頭，素素離家投身紅色海洋，緊緊追隨《紅衛兵戰歌》的時代旋律，奮戰在史無前例的革命浪潮之中。

拿起筆做刀槍，

集中火力打黑幫，

革命師生齊造反，
文化革命當闖將！
老子英雄兒好漢，
老子反動兒混蛋！
要是革命你就站過來，
要是不革命就滾你媽的蛋！
革命無罪！
造反有理！

豪情壯志激勵著青春的血液，圍繞在她身邊的是無數革命戰友，而非大觀園的閨閣仕女，她不再是孱弱的林妹妹，怎不令人刮目相看？當多數人厭倦了無窮盡的武鬥，逐漸退居逍遙派之時，素素卻是一個澈底的革命者，無疑也將是無產階級事業的接班人。而她的表哥只是革命的陌路人。時代洪流沖走一切微不足道的人和事。

不料革命最後來個大剎車，紅衛兵組織奉旨解散。積極參與運動的素素仍未放棄革命信念，她一躍登上宣誓講臺，響應偉大領袖的號召，報名加入第一批上山下鄉行列。母親在喧天的鑼鼓聲中哭成淚人，素素卻揮舞紅旗堅定不移與城市作別，決心當新一代的刑燕子，為建設社會主義新農村貢獻青春。然而理想歸理想，現實歸現實，在艱苦的邊遠山區，臉朝黃土背朝天，女孩肩不能挑手不能提，粗糠雜菜嚥不下，蛇蟲鼠蟻滿床爬，如何撐下去？姑娘這才明白自己未因革命脫胎換骨，本質仍是弱不禁風的林妹妹！或許某些人曾許予招工的許諾，卻苦於時機未到，插隊地點距縣城幾十公里，呼天天不應，叫地地不靈，少女捱不下去完全絕望了。

有一晚輾轉反側徹夜未眠，素素眼睛哭得又紅又腫，第二早推託頭疼沒出工。待隊友們下田後，女孩悄悄走到懸崖邊，心想回城讓人恥笑，不如往下一跳了事。可又心不甘情不願哪！曾幾何時她幼稚地願如林黛玉般殉情，經歷過一場革命自以為醒悟了，萬萬想不到反而要走上不歸路！時而撕心裂肺地哭號，時而淒淒楚楚地飲泣，引來了個路人，是本村的小學校長。這個中年男人心知姑娘想不開，索性找個樹樁坐下來，待她歇斯底里夠了，只差沒有氣絕身亡，方攙扶女郎回村。一路走來，校長一手扶素素的胳臂，一手輕拍她的肩膀，喃喃道：

「姑娘年紀輕輕前途不可限量，何事不能解決，傷心傷身如此？俗話道，漫漫人生路，細細常流水，留得青山在，哪怕沒柴燒！」

當下就引路到他家，灶下燒火，取出新毛巾浸泡熱水給女知青敷眼，旋即又煮了碗熱騰騰的雞蛋湯麵送上。素素方覺又累又餓，連湯都喝的乾乾淨淨。飯罷男人送她回知青住所，臨別時說：

「在下村野之人，若不嫌棄，大哥就認你這個妹子，有需要幫忙的事儘管找我。」

此後這男人經常來知青站走動，如家人般噓寒問暖呵護關心。至為關鍵的是，他通過重重的人事關係，為素素爭取代課的職位，幫她迅速脫離苦海。經過層層努力，最終素素還由代課轉為民辦教員。男人四十有餘，不久前死了老婆，女兒已經出嫁。素素對這位大哥產生情愫，將終身託付予他，自此扎根山區。素素這個女革命家，成為當地人的忠實朋友，曾經不顧自身危險，幫助一個抗拒買賣婚姻的女子逃出生天，其英勇事跡傳遍全縣。

想知道那位表兄的下文？天可憐見，表哥承受著山區沉重的體力勞動，忍受著枯燥單調的原始生活，和一個女知青住在一起，生了兩個孩子，成了插隊山區最淒涼的一戶。當時的環境條件惡劣，人人皆如孫悟空各顯神通，千方百計尋求工作機會。表哥無能為力，是最後一個脫離黃土地的知青。

革命洪流拋巨浪，青春熱血祭清源

藍藍的天上，白雲在飛翔，美麗的晉水江畔，是可愛的江城，我的故鄉。雄偉的東西塔直插雲霄，奔騰的桐江，巍巍的清源山屹立在我的故鄉。

告別了爸媽，再見吧故鄉，金色的學生時代，已載入了史冊，一去不返。今後的道路是多麼遙遠，多麼地漫長，生活的腳步深淺在偏僻的異鄉。

跟著太陽出，伴著月亮歸，沉重地修理地球，是我神聖的天職，我的命運。用我們的雙手繡紅地球，赤遍宇宙，憧憬的明天相信吧一定會來到。

這是當年悲壯的《知青之歌》。

西隅住著堂妹雅芝和她娘。幼兒師範學校的劉老師是素素的嬸嬸，叔叔曾是歷史課教員，五七年向黨交心被劃為右派，勞動教養多年後賦閒在家，鬱鬱而終。他們有三個女兒，雅芝是么女。雅芝唇不點而紅，眉不畫而翠，臉若銀盤，眼如水杏，罕言寡語人謂藏愚，安分隨時自云守拙，大有薛寶釵之相。文革前一年即一九六五年雅芝十六歲，插隊到清源農場那可是沒有人逼的。雅芝家三姐妹，兩個姐姐分別就讀大學和中等專業學校。雅芝中考失手上不了高中，暫時又沒有工作，母親希望小女兒溫習功課，明年再考。

有天雅芝上街去，見街上鑼鼓喧天人頭湧湧，她也擠上前去看熱鬧，原來是宣傳上山下鄉。看官，毛澤東關於知識青年上山下鄉的第一次指示是一九五七年發出的，原話是：「一切可以到農村去工作的這樣的知識分子，應該高高興興的到那裡去。農村是一個廣闊的天地，在那裡是可以大有作為的。」雅芝想，自己家庭成份不好，父親遺留下「歷史問題」，姐姐是早些年僥倖升學的，如今越來越講究階級成份，就業又無門路，呆在家里吃閒飯讓母親養吧，要到哪年哪月？清源農場離家近，不如報名參加，趁年輕幹一場革命做一番事業。

主意已定。

「我願意！」

當時的政治宣傳令女孩腦袋發熱，只覺血液沸騰，毫不猶豫上臺報了名。她這一帶頭，不少人也跟著上了。年輕人政治覺悟這麼高，領導開心不已，馬上通報全市大張旗鼓宣揚，雅芝當即成了女英雄。宣傳隊敲鑼打鼓送喜報，媽媽知曉時只有心中叫苦，乏力回天。

清源農場在北郊，自此雅芝放下書包，以茅屋草房為家，與豬牛雞狗為伍，鋤頭犁耙扁擔柴刀常伴，糙米蕃薯咸菜蘿蔔裹腹，風吹雨打平常事，日曬雨淋作等閒，日裡咬緊牙關裝笑臉，夜深人靜之時淚漣漣。可憐玉雕粉琢的人兒，轉瞬間成粗手粗腳農婦，白裡透紅的皮膚起皺，烏溜溜的秀髮枯槁，兩手結滿老繭，雙腳裂開大口。上山幾年來只是像牛一樣地耕作，何以「大有作為」？連學過的文化知識也差不多丟光了。昔日的美女不再露歡顏，回想過往那些美麗憧憬，理想與現實相距何等遙遠……

毛澤東關於知識青年上山下鄉的第二次指示是一九六八年，那段話的核心和廣為引用的是這樣一句：「知識青年到農村去，接受貧下中農的再教育，很有必要。」文革後既不能升學又無法安排就業，大批老三屆被遣送上山下鄉，根本是無可選擇的道路。一九六九至一九七〇年間應該走的都走了，去的是遙遠的戴雲山區。雅芝在清源農場足足蟄伏了五年，是行動的時候了，否則永無出山之日。

話說劉老師為女兒的前途愁得頭髮都白了，唯一的途徑只能是通過婚姻回城。可怎生唱這齣《拉郎配》呢？無巧不成書。雅芝二姐有個同學老高很有工作能力，文革前一直是學生會頭頭，此君早入世滿腹計謀，領導一班幼稚無知的少年學子易如反掌，學校領導十分歎服其工作能力。老高應景報名上山，又很快持醫生紙稱病回流，替一個機構辦工廠。這人善交際熱心腸，常與劉老師同路，總是禮貌地點頭打招呼。有一回劉老師半路上自行車脫了鍊子，怎麼也裝不上，弄得一手油污滿頭大汗。正好老高也趕著上班，急忙跳下車幫忙。劉老師覺得這個後生很不錯，有心與之交朋友，竟成了忘年之交。

常來常往後老高很同情劉老師的境況，按當時的政策她可以留一個子女在身邊，只是政策歸政策，人事歸人事，沒人出頭難辦事。老高自義不容辭。本來嘛，他一班朋友神通廣大，擁有強勁的人際網絡，北峰公社頭頭是朋友的朋友，清源農場不正歸他管？他完全有能力安排。那一段日子，老高頻頻往北郊跑，不僅與農場領導稱兄道弟，而且深深博得姑娘的歡心。農場的哥們兒心水清呢，讓出空間給他倆談心。有個周末，老高替劉老師給女兒送些日用品來，正值雅芝從田裡歸來，姑娘戴著草帽肩荷鋤頭，赤著雙腳捲著褲管，夕照下臉色紅潤神彩飛揚，竟像一幅時代女性的宣傳畫。老高著迷了，男人的心被打動，恨不得立即娶雅芝歸家。

江城原有三處文化地域，南段僑光戲院，北段寬銀幕影院，中段工人文化宮。六十年代初文化宮最火，經常舉辦露天舞會，男男女女相擁起舞，在交際舞的旋律中忘卻飢餓。文化革命破「四舊」，這一類活動首當其衝，文化宮大門緊閉，一地落葉渺無人跡。西街寬銀幕影院是城北的浪漫樂園，雖說沒啥好戲上映，但仍是情人們約會的地點。那年頭：越南電影飛機大炮，朝鮮電影啼啼笑笑，羅馬尼亞摟摟抱抱，阿爾巴尼亞莫名其妙。再怎麼差也好過中國電影：除了樣板戲，只有工業學大慶、農業學大寨、全民學解放軍的新聞簡報。

周末傍晚，一架鳳凰牌雙輪私家車風馳電掣抵達，駕車的小伙子後座是個羞人答答的姑娘。老高花三分錢將車子交給人看管，擁著雅芝進場。看過那些令人耳熱心跳的鏡頭，老高擁吻了女友，姑娘沒有拒絕，在這黑漆漆的影院裡，他們訂了終身。農場迅即傳遍嫁女的喜訊。男人有本事，雅芝的工作自然不成問題，他們既有公家的宿舍，也有母親現成的房子。老高是有志氣的男人，不在岳母的眼皮下當養老女婿。男人居然拿到北向的一塊果園建了自己的房子。打後日子過的紅火，生了一男一女兩個寶貝娃娃，日子越來越富裕。

雅芝是個敦厚的女人，能幹的老公，聽話的兒女，豐衣足食，能不心滿意足？俗話說：成功的男人背後一定有個好女人。雅芝就是成功男人背後的幸福女人。人知老高門路廣，拜託辦事的日多，他又為人豪爽，樂意助人，因而朋友遍天下。他們家門庭若市，三日一小醉，五天一大宴。江城人道：煙酒煙酒交朋友，連領導解決問題也離不開研究研究（煙酒煙酒）。那年頭就瞧你的本事，仍在山區插隊的，在興盛走後門拉關係的年頭，招工、就業、升學、出國無一不仰仗門路，社會主義社會越來越複雜。我這說書人，其時尚在大深山呢。

中華兒女多奇志，不愛紅妝愛武裝

話說以前中等專業學校生源多來自農村，鄉下人培養孩子讀幾年書，畢業後回鄉當個小大夫，或獸醫，或會計，或小學教員，經濟又實惠，既不需交學費，又不必給飯錢，政府供給一切開支。城市人家野心大，指望孩子上大學，往往幾年高中都白讀了。雅芝阿姨是衛生學校教員，她有個門生叫阿龍，來自郊縣是個貧農子弟。阿龍各科成績優秀，實習表現良好，得到院校各方面好評，只待畢業分配。無奈，文革將工作安排拖了下來。阿龍本該是救死扶傷的醫生，原應穿起白大褂當值行醫，不想鬼使神差成了造反派頭目，不知天高地厚成為革命小將。

那是個瘋狂的年代。有一幅出自清華附中的對聯曰：「老子英雄兒好漢，老子反動兒混蛋，橫批：天生如此。」江城出身好的子弟理所當然組織起紅衛兵團，他們除了揪鬥老師，還天天上街破「四舊」，校與校之間串聯成立市一級組織叫「紅總」。後來被紅衛兵斥為「狗崽子」的北京平民子弟，聰明地將對聯修改為：「老子英雄兒好漢，老子反動兒背叛，橫批：造反有理。」江城另一些學生便也應運組織了「戰總」，與鐵桿紅派抗衡。阿龍這個農民的兒子講話帶著濃濃的鄉音，十足「地瓜腔」。未見過世面的鄉下小子有一絲兒怕羞，本來對老師挺尊敬的，不敢衝鋒陷陣，亦不奢望當什麼領袖。可形勢發展得太快，未細想清楚就被眾人推上歷史舞臺。「戰總」屬下除了幾十所學校，還有社會上的「戰派」，包括工人和各行各業，稱得上千軍萬馬，統領駕馭這麼多人馬，自是威風凜凜。在下這等黑幫子女，別說當不上紅衛兵，連紅外圍也夠不著，只能沾邊兒遠遠景仰這位學生領袖。

其時各派都聲稱誓死保衛毛主席的革命路線，各有後臺直達中央，從「文攻」到「武衛」，打得天昏地暗，死傷無數。第一個戰場是在鐘樓與體育場之間的醮樓。為爭奪這個宣傳制高點，兩派無端端由口角到打鬥，一批勇士衝上去，被另一批人使拳腳打下來，於是先前的赤手空拳演變成各手執棍棒，當下有人頭破血流，也有人被摔下樓，當即斃命。而為了悼念「死難烈士」，打後每一個晚上各派都組織遊行，每一晚大家都互相衝撞，武器更由木棒和玻璃瓶升級，先用霰彈鳥槍，繼而搶體育學校的小口徑步槍，再後奪武裝部的武器。不管哪一派都變得嗜血瘋狂。

總部指派凌子當阿龍的秘書。凌子是個中日混血兒，祖國解放後父母響應號召舉家歸國。生活在紅色首都，自小接受革命教育，培養了凌子的共產主義理念和革命情操，渴望為崇高理想奉獻自己的青春。在天子腳下的名校讀完小學和初中，一九六三年父母調任華僑大學遷往南方，凌子遂成為我的同窗。江城的人們景仰京城，凌子的正直和樸素尤其令人激賞。她那一米七十的優越身材，遠勝出一班南方嬌小女兒，穿起屁股和膝蓋都打大螺窩補釘的褲子，落落大方得叫人歎服，團支部書記非她莫屬。剛轉學她就在運動會為我們班爭了好幾項獎牌，成為炙手可熱的人物。

在一次文娛晚會上，凌子滿懷激情朗誦了葉挺的《囚歌》：「為人進出的門緊鎖著，為狗爬出的洞敞開著，一個聲音高叫著：——爬出來呵！給你自由！我渴望著自由，但我深深地知道，人的軀體哪能由狗的洞子爬出！我只期待著，那一天地下的火沖騰，把這活棺材和我一齊燒掉，我應該在烈火和熱血中，得到永生。」同學們見她朗讀完畢已是熱淚盈眶。對革命烈士的敬仰，對共產主義事業的憧憬，是我們少年時代的信念。文革時期紅衛兵都穿軍裝，凌子長得高大，更覺英姿颯爽。假如不是那場浩劫，她本該成為優秀的紅專人才，豈知全身心的投入革命鑄成了一場青春的遺憾。

大串聯期間許多學生北上聯絡各地紅衛兵組織，尋求革命路線和方向。在眼花繚亂和激動亢奮之中，人們遍訪京城大學堂，參加各種批鬥會、辯論會，日以繼夜地抄錄浩如煙海的大字報。許多人參加毛主席接見紅衛兵，看到老人家戴著紅袖章向天安門廣場沸騰的群眾揮手，怎能不陶醉於紅色海洋？豪情壯志鼓舞沸騰的血液，《大海航行靠舵手》堅定人們的信心，追隨洶湧澎湃的《國際歌》旋律，學子聯盟各路造反英雄，接受中央文革小組領導人的接見……無上的光榮啊，任重而道遠，誰不想成為共產主義接班人！革命家既沉醉於紅色浪潮，亦沉迷西山紅葉的浪漫，戰友攜手欣賞漫山遍野的紅葉，有如置身如火如荼的革命洪爐，馬克思和燕妮的愛情故事激勵著少年人的情懷，尤如那璀璨的楓葉，燃起熊熊愛火。

回江城後他們義無反顧地投入戰鬥，只是革命路線不易摸索，愈演愈烈的武鬥改變了運動的性質，甚至一步步邁向萬劫不復之地。兩年的耳鬢廝磨相濡以沫，情侶卻不能共同進退。運動到了宣告結束的時段，凌子面臨上山下鄉的命運，不得不黯然退出革命陣營。在德化山區修理地球的日子，艱苦的體力勞動令她疲憊不堪，姑娘發現自己的身體有了異樣，悄然回家誕下一個孩子。由於經常浸泡在水田裡勞動，凌子時常感覺小腹疼痛，曾帶著孩子到江城看病，而父母住在牛棚無處下榻，母子便留宿寒舍，我曾抱過那個漂亮可愛的男孩。其時阿龍不肯回校，仍然迷戀草綠軍裝，堅信以往的革命路線，不能理解運動的結局，甚至口出狂言：「大不了上山打游擊！」故而一錯再錯。後來參與過文革的主要頭目都必須接受隔離審查，清算的日子肯定不好過。有說他被打至殘廢，甚至說死了；有說他隱於山林，做一個與世無爭的小醫生。凌子不願提其家事，我也沒敢問。一晃四十餘年未再見面。

後來凌子東渡。四十年的歲月過去了，她能不是地道的日本人？四十年前的革命理想雖已破滅，那些驚心動魄的場面卻時時迴繞夢中，令人肝腸寸斷。每到欣賞楓葉的最佳時節，有個東洋女人總徘徊在京都御所的園林中。京都御所是日本的舊皇宮，就像北京的故宮。从奈良遷都至此到明治維新時期的遷出，一千多年來那裡一直是歷代天皇的住所，後來成了天皇的行宮。皇宮殿堂巍峨造型優雅，園林曲徑通幽綠樹成蔭，秋末初冬更是楓火包圍處處飄紅。女主角在心裡對比：西山楓葉是粗獷的九爪紅葉，京都楓葉卻是細致的五爪紅葉，不盡相同，卻又同樣在低調地燃燒。每年十一月份，好像是心情需要沉澱的時候，她就到這裡來。懷舊的季節，懷舊的地點，化解那一縷濃濃的鄉愁。

像春天賞櫻一樣，秋日賞楓也是日本的一大民間習俗。日本島從北而南，楓葉次第掃過，漫山遍野的紅葉點綴著京都的廟宇樓閣，眺望或金黃或火紅美得令人窒息的大片楓林，沉浸於秋日詩情畫意之中，追隨令人沉迷陶醉的紅葉，一路漫步思緒遼遠。這裡隨處可見穿和服的藝妓或穿浴衣的少女，她們與紅葉，與這座古色古香的城市相映生輝。寂靜的小街傳來咯噔咯噔的木屐聲，身穿楓葉和服的少女正向這邊走來，女孩微微低頭，見到同胞點了點頭，又咯噔咯噔地走過去。木屐聲悅耳動聽，咯噔咯噔消失在遠方。血色楓葉飄落在薄霧當中，夕陽西下，月牙兒升上天空，星光點點。想起當年故國硝煙迷漫，難得見到星辰如此明亮繁多。小街分外沉寂，不遠處的小酒肆有盞微弱的燈，昏黃的燈光有些淒涼，側耳傾聽，隱約有琴弦的聲音。一地落葉如金黃的地毯，倚坐路邊長櫈，依稀沉入那場舊夢……

四十年來物是人非，今天西山的紅葉，仍然是山巒頂上迎風搖曳的風情嗎？那曾經燃燒的火焰，能否融進混濁的瞳仁，再次激發不甘寂寞的心？呵，那一坡一坡的濃淡層疊，那多姿多彩的滿目翻飛，那青春的熱情，早已化作揮之不去的委屈深藏心底。仰望那層層疊疊的山峰，漫山遍野黃紅相間的楓樹在風中搖動，月光將葉子染得明晃晃的。人站在光蔭裡，看著自己小小的影子，失意落寞惆悵，記憶中的西山紅葉只在心深處燃燒。層層霧障漸漸散去，那山、那樹、那草，在夜間閃爍著恬淡而暖融融的光。前塵往事刻在骨子裡，銘在心坎上，被濃濃的鄉愁浸透。哪一天她終將在這個島國老死，沒有人會真正了解她，那些叱吒風雲的歷史，還有失去祖國的空虛惆悵，也將一起埋葬。

鶯歌燕舞春色媚，柳綠桃紅佳人齊

話說雅芝和老公蓋了新房，房子座落在北向的一個果園內，果園往南打橫又有一條巷，打直有小弄通西街。西街熱鬧極了。本來這裡除了寥寥幾家國營商店，其餘均是小作坊和住家，由於國營商店供應的全憑票證，農貿交易便由菜市場自動延申到街上來。許多人見及家門口都是擺攤小販，索性將臨街的部分租給私人開鋪子做生意，自由市場應運而生。我的同學麗麗在一個鋪位當店員。一天她剛開門做生意，門板尚未歸位就闖進一個女人，向她打了個眼色旋即蹲到櫃檯下，顯而易見在躲避什麼人。過了一陣子見沒人跟上來，來人才站起身道歉，原來是位老同學。

「盈盈！你從哪裡跑出來的呀？」麗麗大驚失色，幾乎喊起來。

「噓！」來人環顧周圍並不斷向她使眼色。

盈盈本住塗門外，因屬郊區不必遷徙，父親在海外，母親居香港，哥哥姐姐均大學畢業，家境富裕堪稱千金小姐。姑娘鮮艷嫵媚，風流裊娜，荷袂蹁躚，衣裙飄逸，姣若春花，媚如秋月。她家兄姐出名帥哥靚女，且都是優秀生。唯獨三小姐成績不佳，女孩有一看書就打瞌睡的毛病，而她一瞌睡闔上眼，垂下兩排刷子一般的睫毛，臉蛋粉裡透紅，嬌艷可愛，十足是個睡美人，連老師也想多瞧一眼，豈忍心責備？美人雖然功課不佳，卻是能歌善舞。申請出國未能獲批，大姐出洋前給她介紹了個男朋友，是她大學時代的同學。雖沒見過她丈夫，但見過的都說他帥，美女配帥哥該稱心如意了吧！盈盈婚後隨夫住外省大城市，生了兩個孩子。

都道世人有犯賤的德性，住鄉下的羨慕城裡人衣來伸手，飯來張口，居城市的又嫌嘈雜喧囂，思念鄉間的清閒悠遊，粗茶淡飯。不知何故幾年後盈盈拋夫棄子，孤身回江城。人或曰是她的錯，我猜想另有苦衷吧。老公追到江城來，拉拉扯扯苦苦哀求，老婆卻左閃右避死不相從。今天盈盈又躲貓貓了。男人見沒有結果最終也只能隻身回去，身兼母職，兩人的關係不了了之。其時雅芝的丈夫管理著一家工廠，老同學原應互相關照，就將盈盈安置在廠內工作。為了方便上班，盈盈向麗麗母親租了個房間。

麗麗的家在西街一條巷內，她娘守了幾十年活寡，婚後丈夫出洋再沒回來，麗麗出生後娘守著她過日子。幸虧她們有一座大院，內裡是三進的大屋。以前江城的有錢人都蓋大厝，未曉這老房子是麗父或麗母娘家的產業。這種仿照北京四合院格式的老房子，門庭外表平凡內裡大有乾坤，從外面看見的是一個不起眼的街門，關起門來竟成美好樂園。園內以前必定樹木婆娑、百花如繡、飼鳥養魚，疊石造景，走過這樣的小巷，我總會想像當年的官宦人家多麼闊綽氣派。不過終是「昔日王謝堂前燕，飛入尋常百姓家」，而今後人沒落，早呈衰敗之相。麗麗媽就依靠出租房間過日子。

才子愛美人，老鴇愛金錢，自是千古不滅的定律。貧窮求溫飽，飽暖思淫慾，亦是凡胎俗骨的德性。況兩個情種相遇，玉人又百般柔媚嬌俏，能不情迷意亂？一個是愛得要生要死，一個是迷得欲死欲仙。詩曰：情天情海幻情身，情既相逢必主淫。盈盈與老高來往頻密，迅即發展了超友誼的關係。麗麗媽發現了一些蛛絲馬跡，心生憤怒，想不到現代人的道德觀念都喂狗了。老人守了一輩子婦道，就差父母官沒給立個貞節牌坊。

鄉間有午睡時間，有天中午麗麗媽聽見大門開了又關，如是重複兩次。西廂房有人進去上了門。麗媽屏氣凝神假寐了一會兒，下床換了雙圓口布鞋，躡手躡腳踱過去。剛到窗前，聞得房內有呻吟嬌喘之韻，貼上門往鎖孔望，見兩白條交纏一團，一忽兒翻江倒海，氣喘如牛；一忽兒千姿百態，左右折騰；床板連著牆和地磚，震得山響，就差窗玻璃沒抖下來。此情此景看得老人目瞪口呆，越發拔不動腿腳。

往日裡老婦總是訓斥女兒女婿：我吃過的鹽比你們吃的飯多，走過的橋比你們走的路多。女兒女婿不搭嘴，卻在背後嘲笑母親只不過走過浮橋、新橋、洛陽橋。今天老人可是真正打開了眼界，本能地大喊捉姦。也許太激動了，抖動著嘴唇卻發不出聲音，定下心來後思忖，事不關己，捉姦也沒用，不如慢慢欣賞。此後老太太變本加厲，時常偷窺，雖揚言要趕走這對「狗男女」，可又不願放棄免費觀賞春宮戲，她簡直看上了癮。麗麗瞧在同學份上，做好做醜百般遏制，但好事不出門，風化傳千里，已是街知巷聞。

好在時代已經改變，不必將一對野男女浸豬籠，況哪怕全江城都曉得，只要他老婆不知道或彷彿不知道，也就天下太平了。當今中國正欲與世界接軌，西方國家早已性開放，男歡女愛有何稀奇？有本事的男人三妻四妾平常事，哪個大款沒情婦？有歌唱道：一等男人家外有家，二等男人家外有花，三等男人家外找花，四等男人下班回家，五等男人老婆不回家，六等男人找不著家，七等男人跳樓自殺。

老高享齊人之福，日子過得美美的。或是酒色傷身，觥籌交錯左右逢源的美景惜難久長。成功的男人中年發福身型肥胖，可當今哪見面黃肌瘦者，滿街啤酒肚男人有甚不妥？不久聽聞他兩度中風過了身。兩個女人一定哭得天昏地暗了的。

順口溜曰：

喝酒一定要喝醉，喝完再去夜總會；聽說來了模特隊，千萬要去會一會。弄她一個睡一睡，完事以後交點稅；誰說嫖妓是犯罪，呸！那是萬惡舊社會。

麗人嚶嚶新寡淚，可憐楚楚為誰妍

有些沒上山下鄉留城的同學，雖說不必離鄉背井修理地球，日子也是過得很淒楚。麗麗雖個頭矮一點，仍不失豐盈秀美，團團的臉龐，烏油的頭髮，小小的鼻子，圓圓的大眼，兩邊臉頰上微微幾點雀斑。她是獨生女不必下鄉，但沒有工作，唯一的出路是嫁人，嫁了個建築工人當家庭主婦。丈夫很想要小孩，麗麗努力了許多年，小產無數次惜未成功。這種習慣性流產是富貴病，打一桶水洗幾件衣服就小產了，出去排隊買幾斤米回來也流掉了，孩子保不住，大人夠折騰，麗麗的粉紅臉蛋變得全無血色。如此過了幾年，麗麗媽去農村抱了個男孩子來養，而後竟是一年添一個，接連生下三個男孩。那年頭不容易，娘倆光為這四個小子的吃飯穿衣就傷透了腦筋。那時節什麼都要票證，口糧按年歲配給，孩子比大人能吃，飽了小的餓了大的。小兄弟常為爭吃哭哭啼啼，麗麗和她娘只能半飢飽。衣服將大人的改給小孩，大了不能穿的退給小的，一級級四層樓梯，襤褸似叫化子。麗麗本是獨生女，算是耐得苦了。

後來社會開始改革開放，上山下鄉的同學不少上了大學，多數人都回城，生活有了新的機遇。孩子慢慢拉扯大，麗麗在西街租下個小店鋪，做洗相沖印的小門市生意，有時也賣些小東小西。日子眼看要好起來，沒想到飛來橫禍，老公得了癌症。正是：喜孜孜年華正茂，恨幽幽無常又到，終是敵不過疾病，賒借典當醫窮了才去。可憐三代孤寡怎渡日？好在死鬼老公的單位發給一點撫恤金，勉強湊合過日子。

可是一大家子沒有男人來當家，光對付那班孩子也費勁，他們又是打架又是逃學，老師時時來告狀。麗麗本不是獨當一面的女子，有一絲兒賈迎春般的庸碌，未嫁靠母親，出嫁倚丈夫，時年方三十出頭，思想再找個依傍。徐娘未老風韻猶在，某藝人四十歲還嫁了個大富豪呢。母親到處託親戚替女兒物色對象，娘倆想再婚不致沒人要吧？惜今人多現實，哪個男人見了她那一大家子能不退避三舍？英雄救美是戲裡才有的。潮流興的是：一等男人花女人錢，二等男人花賭贏的錢，三等男人花偷的錢，四等男人花工資錢，五等男人花老婆錢。麗麗沒錢倒貼吸引不了男人。後來認識了位小個子男人，年紀比她小得多，祇肯同居不願正式娶之。每見她長髮披肩，搽脂抹粉，裝扮成時髦少女，僅為迎合那個小男人，老同學均好生替她難受。

曹雪芹筆下的女子皆美麗聰慧，金陵十二釵各具獨立的個性，在風刀霜劍嚴相逼的社會環境下，不願委曲求全只能像絳珠草「質本潔來還潔去」，縱使如妙玉般孤芳自賞，也得「汙淖陷渠溝」。古今同矣，說書人自己也有段永生難忘的經歷。文革期間紅衛兵除了歐鬥家母，還強行將我一家人「掃地出門」，怒撕封門大字報的我更被他們掛牌子遊街。那時節本姑娘年僅十九，雖受奇恥大辱卻高視闊步，因為我相信：誰笑到最後，誰笑得最好，何須效尤三姐以死抗爭。

且看看租住麗媽東廂房的另一位同學，她總讓我想起史湘雲。史湘雲酒醉臥睡於芍藥花叢涼凳之上，是《紅樓夢》中最浪漫唯美的情節，其美感足與黛玉葬花撲蝶抗衡。楚楚有張秀麗的鵝蛋臉面，高傲直挺的鼻樑，櫻唇小口蜂腰削肩，她的美不因身著綾羅綢緞，而是飄逸著一絲瀟灑的氣度，還有那拿得起放得下的性情。她家很有錢，為何租麗麗娘的房子？

公主之所以變得這麼狼狽，只因為她愛上一個男人家人卻拼命反對，身在香港的母親來信說，若是一意孤行，就當少生她這個女兒。倒也不是娘嫌男人貧窮，只因為他的職業特殊，是個屠夫。名門有個殺豬的女婿，實在不甚儒雅，除了家人無法接受，社會上也不很認同，牛郎配織女是神話故事，美女嫁屠夫總覺有些煞風景吧。然而愛情就像仙鳥的歌聲，司馬相如雖口吃琴卻彈得好，一曲《鳳求凰》便鉤走了精通音律的新寡之魂。姿色嬌美的卓文君連夜出奔，情願與他賣酒維生，男人洗碗女人煽爐子，雖一貧如洗甘之如飴。

楚楚就像戲文所演跟定了這男人，不要娘家一分一毫陪嫁，不希罕別人一絲一縷憐憫。多年來她守著個窮家，看著兒子與家人斷絕一切往來，堪謂志比天高。她達觀而不自卑，遇上老同學就自嘲「殺豬某」。誰沒油煮菜，帶兩捲豬板油上門；誰生孩子需要豬肝、腰子，亦親自送到。糧油配給的困乏時期，周圍的老同學皆因為她不致不識肉滋味。

大院內的人們諂笑著求她丈夫代購平價豬肉，心裡卻看不起屠夫在屠宰場的工作；口裡吃著他們代買的美食，眼裡卻是鄙夷的目光。孩子們玩瘋了欺負她兒子，罵他「殺豬囝」，打起架來兒子一還手，孩子們就羞辱他。楚楚不想得罪鄰居，總是先對家長道歉，再好言相勸孩子，然後關上家門噙淚教子：別人可以輕賤你，你一定不能看輕自己，發憤圖強方有出頭之日。孩子很懂事，刻苦攻讀，鄰人見其苦心相夫教子，方敬重起她來。

這院子裡也就他的兒子最出息。告訴諸位，舊戲文裡有男人中狀元的結局，楚楚的兒子果然中了狀元，考上京城首屈一指的大學，十八年後她終於揚眉吐氣了。話說回來，楚楚她娘之前也已回心轉意，接受了女兒女婿，終究是自己的骨肉啊！後來外孫揚名江城，更是大團圓結局呢。

雲淡天高鴿哨邈，落花水逝香魂飛

江城從北到南是長長的中山路，街兩邊種著矮矮的樹木，樹的下半截都刷著石灰粉，街道剛夠來回車輛的寬度，兩層樓高的房子，樓下店鋪樓上住家，人行道上有雨廊。中山路兩邊不規則地隔開一條條橫巷，這些巷弄裡居住著普通的老百姓，都是些大院平房。北段鐘樓到塗山街頭只有整條中山路的三分一，卻是江城的政治文化中心。東面玉犀巷、打錫巷、承天巷、鎮撫巷，穿過這些寬闊的巷道，市委機關、圖書館、工人文化宮、承天寺就在東邊；西面花巷、莊武巷、通政巷、奎霞巷，地委辦公廳及其屬下大樓均在西邊。

每天清晨太陽從東方噴薄而出，連綿的平房上瓦楞金光閃爍。路人抬起頭，總會見到鴿子在盤旋。蔚藍晴空下，刺眼的陽光裡，一群鴿子飛過，空中回響著遠去的哨音。所有鴿子緊緊跟隨著領隊的一隻，那最矯健、最敏捷的首領，掠過地委宿舍大樓的屋頂消失了。嗚嗚的風哨，撲撲的鼓翼聲，在空中長久地回旋。鴿子從不在巷裡留連，也不一路逐食，牠們總是凌空而起，將這城市的瓦頂踩在腳底。牠們撲啦啦地飛過天空，帶著不屑的神情，多麼神氣多麼傲慢。主人的一雙慧眼正目送著遠去的鴿群，神情如她飼養的鴿子一般驕矜。

珊珊讀初中時就享有盛名，其時正值飢荒，她就讀三中。我這個鄉下女孩，第一次見到濃妝艷抹的她，竟驚為天人。那是在一次校際文娛交流晚會，她率領一群女孩跳朝鮮舞蹈《和平鴿》。八個女孩穿白色連衣裙著白帆船鞋，頭上扎著白絲帶，翩翩起舞，「鴿王」珊珊一身銀色的衣裙和鞋子，帶頭領舞。

那玲瓏優美的身段，婀娜多姿的舞步，簡直無懈可擊，獲得全場經久不息的掌聲。臺上的珊珊就像一隻翱翔藍天的鴿子。先前我尚不明白她何以那麼投入，直到後來跟她做了朋友才理解。「和平鴿啊和平鴿，你給我們帶來了好生活」，歌詞裡所唱的不就是人們的憧憬嗎？珊珊希望自己是隻鴿子，可以飛上天空，尋覓她的理想，追求她的自由。當上帝懲罰人類的惡行，用洪水毀滅地上的一切，挪亞方舟在水上漂浮了一百五十多天，是鴿子先飛出去探聽消息，回來時嘴里啣著一片橄欖葉，給人們帶來和平的信息。

珊珊的家境富裕，父親從南洋回國，家人生活西化。少女常挽著男士的胳膊走在大路上，這種大膽的舉止無異於向江城的舊風俗挑戰。渡過了飢荒的歲月，政府給予百姓些微自由，工人文化宮常有露天舞會，那些派對的女主角非她莫屬。在下雖是個笨伯，不懂舞蹈，倒也時常去觀賞捧場。有一回，我看到俄文老師林某輕攬珊珊的小蠻腰，彎身幾乎貼近她的臉龐，他們在舞池裡飄來飄去，有時如癡如醉，有時狂放不羈，令觀者眼花撩亂瞠目結舌。社會上流傳著她的壞名聲，可少女一點也不介意，依然故我。我在心裡非常佩服她。

中考時珊珊以優異的成績考上我們這家名校，成了我的同學。這麼一個標致的少女，在衛道士的學府掀起了怎樣的風波啊！那年頭，女孩子穿的衣服都寬寬大大，沒有腰身；正在發育的胸部硬要綁得緊緊地，好似裹蒸粽；頭髮不是剪齊耳就是扎馬尾。只有珊珊不拘一格。夏天一身絲綢彩衣長裙，若隱若現的身形，飄逸似天女下凡；天鵝絨冬裝尤能襯托其玲瓏浮凸，端莊優雅如高貴的安娜·卡列尼娜。女孩的一頭瀑布般黑髮，在脖子後攏成兩條鬆鬆垮垮的大辮子長至臀部，髮梢的飾物與衣裙的顏色配襯，走起路來，輕擺腰肢如風吹弱柳、荷葉搖曳。

首先是新來的語文老師，偶然望了這個女孩一眼，竟然臉漲得通紅，讀著講義卻文不對題。一班男生也都有點神不守舍。學校領導急謀對策採取緊急措施。教務主任訓斥老師們：自修時間只可巡視不准坐堂。班主任進行個別輔導，要求珊珊改變裝束，勵行艱苦樸素作風。姑娘也想改造自己融入新學校的生活，毅然剪掉心愛的長髮，穿上最普通的衣服，想不到又是一番亮麗的新形象，吸引更多目光的注視。

有一天我遲到，見到珊珊和班主任站在教室外面的樹下，老師走後她揩著眼淚。

「怎麼啦？」我上前問她。

「陳老師命令我馬上回家換衣服。」珊珊閃動著淚光，輕聲抽搐。

我這才仔細打量她。乖乖！原來她今天穿了件薄薄的蠶絲襯衫，隱隱約約看得見貼身的胸圍。天曉得犯了哪條王法？美麗該當何罪？究竟是誰的錯？我搭著她的肩膀陪她回宿舍，借給她一件寬大的罩衫，今天這種衣服視為孕婦裝。後來學生組織決定加強政治學習，委派一個男生幫助她進行思想改造。這位共青團員是幹部子弟，往日裡信口開河就是一套套理論，豈知一接近珊珊，竟然心猿意馬，終於受到資產階級思想「腐蝕」，愛得一發不可收拾。

男孩名叫衛京。高中三個年頭，為了考上大學，他們相當克制地偷偷戀愛，直至文革停課戀情才半公開。之後衛京當了紅派的頭目，參與指揮文攻武鬥，珊珊是和平的使者，怎能忍受打打殺殺？兩人開始有分歧，愛得痛苦起來。衛京全身心地投入革命，沒有時間陪伴女友。倒是那一群鴿子，這些不懂人類語言的朋友，勝過人類本身。起碼牠們不會結黨營私，不嗜血好鬥，與主人相當有默契。早晨放牠們出去，傍晚不用呼喚自己飛回來。鴿子與主人之間情誼綿綿，絕不會無故離棄她而去，無論路途多麼遙遠，亦識途而歸。

人類的心是無法估量的。當你面對前途的抉擇，需要有所取捨，你的如意算盤如何打得響？衛京向父母介紹了女朋友，老首長對這漂亮的姑娘無可挑剔，卻拒不接納，資產階級千金小姐如何融入紅色革命家庭？

衛京聽從父母的安排，參軍去了，高官厚祿等著他，前程錦繡。

珊珊留城。

許多人追求她不果。

她依然飼養她的鴿子，早送晚迎，日復一日，年復一年。

所有的浪漫都平息了，她的抑鬱卻揮之不去。

姑娘患上了血癌，年紀輕輕撒手人寰。時值下鄉，我們再沒見過面。生前她將鴿子都送給別人。

天高雲淡，鴿群沒了影蹤。

鹽碱灘塗腳下踩，蟳埠惠女風中餐

鐘樓位於江城北段正中，向東一直走，出了城門就是往郊區蟳埠、洛陽、惠安的公路。惠安縣包括崇武、黃塘、洛陽、螺城等鎮。各位看官，在下祖輩三代居崇武，只是父輩出來後一直未回過家鄉。

走在江城街上，常見惠東女子包著彩色頭巾、戴尖頂黃色斗笠，穿天青滚袖短衫，著黑色大筒褲，手鐲銀鏈，色彩鮮艷。她們將花布頭巾繫成三角形，遮掩著頭臉，只留下羞人答答的雙眸，短衫遮不住肚臍眼，任人觀賞小蠻腰。當年購買棉布需要布票，江城人打趣之「封建頭，民主肚，節約衣，浪費褲」。姑娘們成群結隊地進城，銀鈴般的笑語盈盈，江城因之而充滿亮麗色彩。看官留意，若是那細腰上繫了條粗重的銀腰帶，表明她已經結婚了。

老家的舊俗是早婚，孩子才五、六歲父母就替他們訂親，女兒十五六歲出嫁，只是「不落夫家」。惠女出嫁三天後即回娘家長住，過年過節或農忙時才到夫家住一兩天，等到懷孕方允許長住夫家。婚後因沒有懷孕住在娘家的，少說兩三年，多則五至八年，也有長達二十年以上。她們每年到夫家不上十次，每次不超過三天。去時用頭巾遮臉，晚上吹燈後才掀開，第二早天矇矇亮又得回娘家。常有惠女集體跳海自殺的傳聞，性壓抑和孤獨感斷送了多少年輕的生命。

惠女若是懷孕了，卻又不能在娘家生孩子，會被娘家認為不吉利，必須趕往夫家分娩，因而常有人生子於路途中。許多夫妻結婚多年尚不相識也不足為怪。身為惠安女人必定勤苦耐勞，她們生了孩子落戶夫家後，要擔當起家事、田事和下海的一切工作，男人通常外出從事石匠、木匠、泥水匠，長年在外。

一些同學來自老家。初三那年尚未渡過飢荒，同室來了個一年級新生海霞，睡在我隔壁床位。海霞來自洛陽，身子單簿，面黃肌瘦，不苟言笑，給人很沉重的感覺。每次週末回家週日返校，她都挑著兩個麻袋回來。窮學生都用肥皂箱子裝糧食，一星期幾斤大米一瓶鹹菜而已。海霞沒有米吃，她的一大擔蕃薯左一網兜右一書包，掛滿整張床。冬天裡她只穿著薄薄的衣衫，帆布鞋子破得露出趾頭，手腳都生了凍瘡，顯見在家是要幫著下海幹活的。

人窮志不短，卻恨肚子不爭氣。海霞很用功讀書，成績也不錯，但飢餓令她發育不良，一陣風就可能給吹起。長期吃蕃薯令姑娘胃氣漲，消化不好老放臭屁，也引起城裡同學的恥笑。有個晚上我因不夠暖輾轉反側，聽到她的啜泣。

「海霞，你沒事吧？」我輕聲問她。

「我想回家。」她繼續抽搐。

「要聊天的請出去！」舍長發出警告。我倆只好假寐不語。這一晚我們都未能入睡，一個因為受凍，一個因為挨餓。

過了一段日子，海霞竟然帶回一包大米，終於有飯吃了，喜氣洋洋地。留心看她，還穿上回力鞋和新衛生衣，髮梢上繫著時髦的塑膠小飾物。

當晚宿舍安靜多了，我特地盯著鄰床室友，小妮子腳上是雙嶄新的粉紅人字拖，口裡還哼唱著曲子呢。

「士別三日，刮目相看喔？」我忍不住揶揄她。

對方曉得我不懷好意，一向把目光盯在她的木屐上。每晚熄燈上床前，女孩們吱吱喳喳的交談怎蓋得過海霞咯噔咯噔的木屐點地。

「我實話對你說吧。」羞人答答的小姑娘終於告饒。

原來海霞的外公是漁民，每個月有四十二斤口糧，最近常帶糧食來看女兒和外孫。漁民不再只將漁穫賣給政府，他們長了心眼，在公海上將加臘魚（海斑）、紅雞魚（黃花魚）與臺灣漁船交換，以物易物，換回花花綠綠的布料、人字拖鞋、球鞋、手錶、單車等等，更主要還有糧油餅乾。

「你知我外公多大吃嗎？他一餐能吃兩斤米飯呢！不用配菜，只要澆點花生油就三扒兩扒吃光了。」海霞模仿外公吃飯的大動作，開心極了。

我從未見她笑得這麼燦爛。

海霞越來越漂亮了，原先乾乾瘦瘦的臉頰紅潤起來，單簿的身子骨也長胖了。我在心裡祝福她。可她只讀完一個學年，竟然要辦退學，令人百思不得其解。臨走前那晚她悄悄對我說，要嫁人了，對方是個漁民。

「你喜歡他嗎？」黑暗中仍可看見她發亮的眼珠。

「我，我不知道。」海霞哭了。「我討厭他那從頭髮到腳趾的魚腥味，但有什麼辦法呢？家裡揭不開鍋，弟弟們都象餓鬼一樣，能怎樣啊！」

又是一個不眠之夜。

第二天海霞走了。

多年後看了阿爾巴尼亞電影《海岸風雷》，我一直斟酌那兩句臺詞：「打漁這行當連條上吊繩都買不起」，「一看見這些鹹魚我就膩透了」。於是我想起了海霞，眼前浮現兩幅畫面：

遙遠的鏡頭：夕照下的海邊，有個姑娘包著彩色頭巾、戴尖頂斗笠，頭巾擊成倒三角形掩飾著臉頰，閃著羞人答答的雙眸。海霞身穿青色短衫，短衫沒能遮住肚臍眼，下著黑色大筒褲，腰繫一條大銀鏈，赤著雙腳，飄逸如下凡天仙。

推近的鏡頭：一個「蟳埠阿姨」早晨肩挑兩隻籮筐沿街巷叫賣，有人向她招手便停下擔子，為買主破開海蠣子殼，兩隻手裂開無數大口，貼滿橡皮膏。傍晚女人在海邊補漁網，收晾曬的鹹魚，風吹日曬，衣衫襤褸，腳邊兒女成群。

……

海霞，你還記得我嗎？

紅繩白髮雪花舞，娘子軍歌耳際飄

那年頭，在偉大文化革命旗手江青的領導下，七億人民只有兩顆明星，即是流亡中國的柬埔寨國王西哈努克親王與夫人。兩位所到之處必人山人海，孩子們送鮮花，送親吻，媒體的鏡頭對準偶像，鎂光燈閃爍不停。每日新聞不外乎：他們又去哪裡參觀啦，哪處為他倆設宴啦。在天天講階級鬥爭的嚴肅氣紛中，不失為輕鬆的點綴。

影院裡除了放映樣板戲，只有工業學大慶、農業學大寨、全國人民學習解放軍的新聞簡報，電影都是老掉牙的《南征北戰》、《上甘嶺》、《地道戰》之類，誰有興趣一再去看？有一晚西街寬銀幕影院放映新聞紀錄片，竟然人頭湧現，因為內容是西哈努克親王和夫人暢遊桂林。有心思的人知道：看親王和夫人的電影絕對是一種享受，美人美服，美食美景，只要你用眼睛去欣賞，用心去感受。

我的前排坐著兩個十三四歲的小妞，她倆一邊觀賞一邊輕聲品頭論足，議論女主角的衣飾、化妝、步履、儀態和風度，原來她們是來觀摩借鑒的。小姑娘的鶯聲燕語引起我的好奇，散場亮燈時留心一看，原來是同學小珍的妹妹小瑾和小玲。小瑾十四歲，文革剛讀完初一，小玲才讀小學六年級。她們的哥哥姐姐也都比我小，來自一個歸國華僑家庭，租住在麗麗大院的第三進門。兩個小女孩能歌善舞，尤其對舞蹈著迷。

我看過小瑾的表演，那是一次街頭空地上的宣傳演出。一群穿軍裝戴紅袖章的表演者出場，他們齊齊叉著腰排好隊陣，刷地將手擺到胸前，抬頭凝視遠方，腳蹬地踩得山響，神情呆板動作誇張，是為「忠」字舞。余覺得慘不忍睹正欲走開，突然發現即將出場的女孩而為之留步。那是一個稚嫩輕盈的小女孩，身軀柔軟窈窕，眸子流動著童真的神采，滿懷對人生的好奇和渴望，輕輕舒展其纖細秀美的胳膊，一雙美腿優雅地顫慄旋轉，宛如一個悠遠縹緲的精靈。啊，多少目光被她深深吸引！她，就是美的化身！

隨著音樂的伴奏，她的腳彷彿不曾沾地，在雪地上翩翩旋轉，在北風中飄飄飛舞，每一個凝神都好像在向人傾訴，等待爹爹回家的心情，每一個動作都彷彿是情感的綻放，期待過團圓年的喜悅。舞者柔美的體態讓人覺得輕鬆和舒展，人們的目光隨著她的舞姿馳騁，感到全身心的釋放，忘記今夕是何年。而當音樂戛然停止，主角隨之靜止下來的孤獨，也讓觀眾頹然終止所有憧憬，陪著她的落寞而失落。

啪啪啪！圍觀的人群一起鼓掌。

「再來一個！再來一個！」人們吆喝起來。

但沒有動靜，眾人只能鼓噪散去。是啊，誰希罕看那些紅衛兵節目！在下更是不屑。

天生的愛美、愛舞蹈、愛舞臺，小瑾和小玲兩姊妹刻苦練功，樣板戲看過一場又一場，情節琢磨一遍又一遍，鞋子磨破一雙又一雙，腳趾頭糜爛血肉模糊也未能動搖她們的信心。舞者相信自己屬於舞臺，愛跳舞甚於愛生命。只有舞臺能展現她們青春的美態，在臺上她們才能像燕子一般飛翔，臺下只是她們等待起飛的歇息。小玲才小學畢業就有建設兵團打她的主意，被招工去當宣傳隊，這在當時是轟動江城的大喜訊。

小瑾是上山下鄉對象，一九六九年僅十六歲。當年大量知青上山給戴雲山區帶去一批人才，縣委組織了歌舞團，小瑾成為該團臺柱，主演芭蕾舞劇《白毛女》的喜兒、《紅色娘子軍》的吳清華等，名噪一時。在下雖然無緣觀賞其表演，眼前卻時時出現《快樂女戰士》、《斗笠舞》的場景，耳邊響著《萬泉河水》、《軍民魚水一家親》和娘子軍歌：「向前進、向前進、戰士的責任重，婦女的冤仇深……」

美女裙下不乏眾追求者。多年後小瑾和小玲兩姐妹都找到生命中的另一半，組織家庭結婚生子。她們將最美好的青春獻給了戴雲山區，完成一代人的歷史使命，該是回城的時候了。新時代新機遇，有人下海從商，有人興辦企業，兩姐妹則選擇執教鞭，為文化斷層培育人才。

小玲回到母校除了做個辛勞的園丁，更致力學校公關，聯絡校友成了她的一項特殊工作。美中不足的是小瑾深愛的丈夫因病早逝，美女放下悲痛繼續其璀璨的舞蹈生涯，在舞臺上大放光芒。改革開放後的江城青少年文化宮需急一流師資人才，小瑾憑藉自己的實力不負眾望，為家鄉培養大量舞蹈人才。瞧她屆耳順之年尚天天練功永不言休，且時時帶領小朋友外出參賽獲獎無數。

我這個一事無成的師姐除了祝福她們，還得囑咐一句：當今祖國正與世界接軌，培育新一代任重而道遠！

無可奈何花落去，似曾相識燕歸來

南門兜顧名思義在江城南端。當年遵照毛主席的指示，下廠到線毯廠和工農兵結合，我被分配與女工燕燕學織而成了好友。燕燕與我同齡，身為家中長女早年喪母，小學畢業就出來做事幫父親養家。從十三歲學徒做到當師傅，那年十八歲已有五年工齡。妙齡的燕燕身材窈窕，樣貌姣好，且能歌善舞，無疑是廠花。但我奇怪的是，圍繞她身邊的幾個男工矇矇曨曨，或時獻殷勤，或若即若離，或滿不在乎，外人惟有冷眼旁觀。

這家廠規模很小，位於南門一條小巷內，工廠範圍不過幾百平米平房，以幾十部手動織機為主，工廠賺了錢又添置些機動織機。燕燕每天坐在織機前，像是下凡的織女，滾筒順著架子調好的一條條經線，只要將穿著緯線的梭子插入橫位，踩一踩腳掣，梭子就上下穿過經線交織起來，然後將交織而成的經緯線壓實、收緊、移位，如此往復循環成為線毯的粗胚。由於需要輪班生產，燕燕住在廠內宿舍，我便加入其寢室。年輕人都愛留廠湊熱鬧，她家就在南門兜五堡。我去過她家，兩間小房一個陋廳，雜亂無章家徒四壁，他老爸嗜杯中物，弟妹常吵鬧，因而燕燕很少在家住。

潮流興演樣板戲，每個廠都要籌備節目參加匯演，燕燕有一把好嗓子，她的拿手好戲是《沙家浜》。至今我尚記得她飾演「阿慶嫂智鬥刁德一」的那段折子戲，飾演機智伶俐的阿慶嫂維妙維肖。

刁德一：哎！這個女人真不簡單哪！

胡傳魁：怎麼，你對她還有什麼懷疑嗎？

刁德一：不不不！司令的恩人嘛！

胡傳魁：你這個人哪！

刁德一：嘿嘿嘿……

上面是戲文，但我覺得飾此角的兩人不僅在做戲，似乎還在作曖昧的角力。當飾阿慶嫂的燕燕上場時，兩人互瞥了個不服氣的眼色。

阿慶嫂：參謀長，煙不好，請抽一支呀！

刁德一接過阿慶嫂送上的煙。阿慶嫂要替他點煙，刁德一拒絕，自己用打火機點著。我看到他有些假戲真做的神情。

阿慶嫂：胡司令，抽一支！

胡傳魁接煙，阿慶嫂給胡傳魁點煙。這演員用欣賞的眼神眯著燕燕。

刁德一：這個女人不尋常！──他將愛放在心裡？我想。

阿慶嫂：刁德一有什麼鬼心腸？──燕燕猜不透？我又想。

胡傳魁：這小刁一點面子也不講！──他將愛擺在臉上？我繼續猜。

阿慶嫂：這草包倒是一堵擋風的牆。——燕燕覺得可以考慮？我揣測。

拉二胡的那位雖不聲響，卻似洞若觀火，令人看不透他。

……

他們均是燕燕的裙下之臣，不管在臺上還是在臺下，都在落力地表演，都是箇中高手，戲假情真。飾演司令胡傳魁的是技工阿明，大大咧咧的性情，總是表現出君子風度，甘當「柴可夫斯基」，其永久牌私家車隨時為女士服務。飾演參謀長刁德一的為畫室技術員方圓，線毯和毛巾邊上的小圖案皆出自其手，家境富裕，城府較深。拉胡琴的乃一介書生阿海，總是一書在手，喜在雜誌報刊上發表幾行破詩，美中不足是臉上有幾粒麻子。排戲時男女日夜在一起，廠裡的女人們話就多了，曾在飯堂裡聽到一班既沒有臉蛋又沒有身材的女工交頭接耳，竊竊私語什麼「一拖三」，污衊燕燕挺胸凸臀、招蜂引蝶，不守婦道。我很想替燕燕打抱不平，但念及自己是下廠的學子，不好亂批評工人老大姐，只能忍了。

有晚閒聊，我盡量輕描淡寫地提及這三位男工，比較誰誰的長處，想試探燕燕的心事。我先誇阿明有技術人也大方；繼而讚方圓有才華，家中又有錢；最後再說阿海也挺不錯，只是有些莫測高深。燕燕是聰明絕頂的女孩，馬上看透我的意圖反擊：

「你到底看中哪個，要我當紅娘嗎？」

「你先挑一個，剩下的我來考慮。」在下只好厚著臉皮說。

她沉默了。

我小聲唱起《山楂樹》。那是首蘇聯歌曲，描述一個女孩愛上兩個青年，要山楂樹告訴她答案。很煩哪！燕燕突然哭起來。我驚慌失措了，難道她像那歌中的姑娘無法作抉擇？燕燕大概怕誤導我，哭完從枕頭套中抽出一個殘舊的信封，上面印有《西安大學》四個紅色大字。打開信封，除了一張薄薄的發黃的信紙，還有一張照片，相中是一個高高大大的男孩，信裡只有簡單問候的話語。燕燕平靜下來，對我說起她這位遠房表兄，她曉得自己的學識永遠配不上表哥，只能將愛深藏心中，而表哥根本不曉得表妹的單思。我替燕燕難過了一夜，再不敢惹她。

不久她告訴我表哥結婚了，似乎放下了心上的大石頭，願意考慮自己該情歸何處。她開始接受阿明的邀請一起去看電影，看了那些東歐片子，接吻的鏡頭令她耳熱心跳，沒有拒絕阿明放膽撫摸她的手。阿海與阿明是鄰居，阿明媽急於了解未來媳婦，向阿海媽打聽燕燕，聽到的是負面的傳聞，並用「一拖三」來形容。阿明媽只一個兒子，死活不接受這種媳婦，他們就散了。我這多事的電燈泡瞧不過眼，找借口闖進技術科責問阿明。阿明負氣地反問我：你為何不去問破壞者？我曉得阿海嫌疑最大，卻找不到機會接近他。阿海心裡有鬼避不私下見面，大庭廣眾又不好追著他刨根問底。

為了好朋友我一定要強出頭。我知道每月某雜誌出版的日子阿海必去那家書店，等著他，果然給我逮住了。他見到我知道逃不脫，索性擺出一副死豬不怕熱水燙的神色，不打自招。

「我喜歡她也不想別人得到她，愛是自私的，我沒有罪。」他分辯。

「你卑鄙，你愛她為什麼不追求她？公平競爭嘛！」我怒斥。

「我幹嘛追求她，我知道自己沒有條件，何必發白日夢。」他很冷靜。

「你們都可惡！」我指著他的鼻子罵。

我不想再追究了，只為燕燕悲哀，我也終於了解：有些男人心裡愛著你，嘴裡卻要損你，他們究竟是無膽還是無奈？鷸蚌相爭漁人得利，燕燕嫁給了方圓。出嫁前燕燕很擔心，傳聞方圓的父母很厲害，恐怕會嫌媳婦娘家窮負擔重。我只能安慰她不要多慮，而因為下鄉沒有參加她的婚禮。想不到幾年後見到燕燕已是單身。她侃侃談起自已當年的預感，公公婆婆為難她，不僅嫌她家窮，甚至提她的「風流史」。財產是父母的，方圓不敢迕逆，他們終於離婚收場，兒子跟了方圓。

路遠天高思舊友，青蔥歲月耗京城

記得老師說過，高考是穿皮鞋和草鞋的分界線。毛澤東倡導全民學習《愚公移山》，並身體力行，給七億人民搬來了座文化革命的大山，替六六屆造了道分水嶺。老三屆都是穿草鞋的命，一生艱辛自不必言。各位看官，前面說的全是穿草鞋的故事，最後說個穿皮鞋的故事，自然也是說的江城紅粉佳人。

六五屆的多屬狗，人道「好狗命」，果然。這裡有三個同班的，一個是學生會文娛委員文君；一個是普通女孩華珍；男孩子名叫國泰。

文君是歷屆最漂亮的校花，不光能歌善舞，還善演話劇歌劇。記得校慶時她主演獨幕歌劇《三月三》，飾演女主角桂芳，一個鄉村小酒家的老闆娘，酒店是共產黨的地下交通站。女主角的扮相極其嬌俏，一出場就吸引了所有觀眾。只見一個秀麗的村姑，一身紅夾棉襖襯綠褲子，腰扎圍裙，頭插鮮花，碎步走來開口唱道：

三月裡來三月三，

娘家推車把姑娘搬，

今年和往年是不一樣，

都只為紅一邊白一邊。
白軍住大山前，
紅軍在山後就安營盤，
白天黑夜槍聲響，
已經是兵慌馬亂兩三年。
……
唱作優美，歌喉嘹亮，餘音繞樑，文君完全有資格當職業演員。臺上的美女明麗照人，卸了妝仍是豐腮秀目、窈窕溫婉。

國泰身高一米八，是校隊男籃中鋒。風傳他倆相好，在當時公開戀愛是不允許的，且他們都期待上大學，便先按捺住等穿上皮鞋再說。私下師生們都認為他倆很登對，堪稱才子佳人，也相信他們在心裡是深愛對方的。人常見他們三人一起，夾著個電燈泡華珍，恐怕是有避嫌之意。

話說考完試文君與國泰熱戀起來，相約日後不論前景如何，山盟海誓絕不相負。正式放榜了，男孩一向成績優秀，考上省城大學建築系；文君學業中上，錄取在北京地質學院；華珍名落孫山。考上省城大學讀建築系是很理想的，可鄉下人看重京城大都市，人皆認為首府的學校就是最好的，文君也就驕傲起來。女友的新生活新天地令國泰擔驚受怕唯恐情變。

踏足京城的南方佳麗有如候選秀女，吸引著無數關注的眼球。文君因嗓音優美舞姿婀娜名噪一時，成為校際宣傳隊臺柱，投於石榴裙下的不乏人在，何況是一群八一子弟。入學一年來，姑娘白天趕功課，晚上到宣傳隊排戲練舞，忙的不亦樂乎，花前月下總有才子相陪，邀約登長城、逛故宮、泛舟頤和園的男生幾乎要排隊。姑娘哪來時間和精神寫情信，寒暑假亦無暇回鄉。距離越來越遙遠，隨著天南地北時空出了岔，思想感情也急速起變化。終於要分手，國泰自是痛苦不堪。

讀了一年書，文革停了兩年課，期間國泰當逍遙派回鄉，無聊時自然與老朋友聚會，華珍也樂意陪伴，默默在其身邊支持。華珍本就對國泰愛在心裡，只是男孩的眼睛以往都落在文君身上。他們沒讀多少書，卻是穿皮鞋的命，下廠也好，下農場也罷，等待分配工作。

運動結束復課後，文君和她的幹部子弟男友下廠礦實習，不幸男友被機器削斷手，搶救後保住命卻成了殘障。姑娘每日淚雨漣漣相廝守，算起來他們未結婚彼此之間並沒有義務，但學校領導不斷地進行輔導，表面給予慰問內裡施加壓力。他老子是高級幹部喎！擺在眼前的路是：嫁給他，兩人工作分配在京城；離開他，中國這麼大，什麼破地方不能叫你去？文君懾服了，既然相好一場就認命吧。

各位看官，有情有義的女子固然令人欽佩，真要義無反顧卻不容易，因為人生路多麼漫長。往後的日子，丈夫不斷服食各類藥物，藥品的副作用令文君生了個智障孩子。既要服侍殘障丈夫，又要照顧弱能兒子，她能不心力交瘁？

文君的人生總使我想起中國演藝界女星秦怡。自古紅顏多薄命，上天不僅賜予秦怡美貌，而且給了她一顆善良的心。這位被譽為「東方維納斯」，被周恩來稱之「中國最美的女人」，命運坎坷婚姻不幸。第一個丈夫施之以家暴斷送其青春，後因「右派」自殺，留下一個女兒；第二個男人臥床二十多年，留給她的是一個弱智兼精神分裂的兒子。兒子一發病就毆打母親，讓媽媽服侍到六十歲才去世。秦怡是怎樣的一個好母親啊！雖飽經風霜卻溫良賢淑、雍容自持、依然故我。

且說國泰畢業分配回江城，在省級建築公司任職，與華珍共諧連理，不久生了兩個高大漂亮的孩子。後來趕上改革開放大建設潮流，國泰的事業更是如日中天。華珍雖說是個平常的女子，但為人平實、善解人意、聰明清俊、沒有怨言，有如平兒般賢慧。在她的操持下，一家人樂也融融。

有一年文君回鄉與舊同學聚會，大家見面緬懷往事不勝噓唏。當她和舊男友再度相遇，兩人的眼神再次交流時，文君明顯是羞愧而悔恨的，悔自己曾經寡情薄義，沒有珍惜當年的愛情。之後文君常有書信來往，她多麼需要老朋友的精神支持啊！

有道是：機關算盡太聰明，反誤了卿卿性命。我這說書人更要嘆一聲：穿皮鞋的命也未必強過穿草鞋呢！

＊　＊　＊

各位看官，人生就像一個沒有化妝的舞臺，慌失失我唱罷你上來。不管是帝王將相，還是才子佳人，在浩翰的歷史長河中，只不過是一粒塵埃，何況我們那代人，早就被大時代席捲淹沒。雁過尚且留聲，今天在下想了說了，明天或許就不想不說了，「禪」是不必開口的，那該是謝幕的時候了。

送各位李叔同的《送別》詩一首，後會有期。

長亭外，古道邊，芳草碧連天，晚風拂柳笛聲殘，夕陽山外山。
天之涯，地之角，知交半零落，一斛濁酒盡餘歡，今宵別夢寒。
韶光逝，留無計，今日卻分袂，驪歌一曲送別離，相顧卻依依。
聚雖好，別雖悲，世事堪玩味，來日後會相予期，去去莫遲疑。

二〇一〇年一月十五日

釀小說60　PG1249

遙遠的莫家店
——短篇小說集

作　　者　李安娜
責任編輯　陳佳怡
圖文排版　周妤靜
封面設計　楊廣榕

出版策劃　釀出版
製作發行　秀威資訊科技股份有限公司
114 台北市內湖區瑞光路76巷65號1樓
電話：+886-2-2796-3638　傳真：+886-2-2796-1377
服務信箱：service@showwe.com.tw
http://www.showwe.com.tw
郵政劃撥　19563868　戶名：秀威資訊科技股份有限公司
展售門市　國家書店【松江門市】
104 台北市中山區松江路209號1樓
電話：+886-2-2518-0207　傳真：+886-2-2518-0778
網路訂購　秀威網路書店：http://www.bodbooks.com.tw
國家網路書店：http://www.govbooks.com.tw
法律顧問　毛國樑　律師
總 經 銷　聯合發行股份有限公司
231新北市新店區寶橋路235巷6弄6號4F
電話：+886-2-2917-8022　傳真：+886-2-2915-6275

出版日期　2015年1月　BOD一版
定　　價　260元

版權所有・翻印必究（本書如有缺頁、破損或裝訂錯誤，請寄回更換）
Copyright © 2015 by Showwe Information Co., Ltd.
All Rights Reserved

Printed in Taiwan

國家圖書館出版品預行編目

遙遠的莫家店：短篇小說集 / 李安娜著. --
一版. -- 臺北市：釀出版, 2015.01
面；　公分. -- (釀小說；60)
BOD版
ISBN 978-986-5696-62-7 (平裝)

857.63　　103024451

讀者回函卡

感謝您購買本書，為提升服務品質，請填妥以下資料，將讀者回函卡直接寄回或傳真本公司，收到您的寶貴意見後，我們會收藏記錄及檢討，謝謝！

如您需要了解本公司最新出版書目、購書優惠或企劃活動，歡迎您上網查詢或下載相關資料：http:// www.showwe.com.tw

您購買的書名：______________________________

出生日期：________年________月________日

學歷：□高中（含）以下　□大專　□研究所（含）以上

職業：□製造業　□金融業　□資訊業　□軍警　□傳播業　□自由業

□服務業　□公務員　□教職　□學生　□家管　□其它_____

購書地點：□網路書店　□實體書店　□書展　□郵購　□贈閱　□其他

您從何得知本書的消息？

□網路書店　□實體書店　□網路搜尋　□電子報　□書訊　□雜誌

□傳播媒體　□親友推薦　□網站推薦　□部落格　□其他__________

您對本書的評價：（請填代號　1.非常滿意　2.滿意　3.尚可　4.再改進）

封面設計____　版面編排____　內容____　文／譯筆____　價格____

讀完書後您覺得：

□很有收穫　□有收穫　□收穫不多　□沒收穫

對我們的建議：______________________________

____

____

____

請貼
郵票

11466
台北市内湖區瑞光路 76 巷 65 號 1 樓
秀威資訊科技股份有限公司 收
BOD 數位出版事業部

（請沿線對折寄回，謝謝！）

姓　　名：__________ 年齡：______ 性別：□女 □男

郵遞區號：□□□□□

地　　址：______________________________

聯絡電話：(日) __________ (夜) __________

E-mail：______________________________